徳間文庫

さくらと扇

国を護った二人の姫

神家正成

徳間書店

目次

主要登場人物

足利嶋子《あしかがしまこ》……足利尊氏《たかうじ》の血を引く娘。
足利氏姫《うじひめ》……第五代古河公方《こがくぼう》、足利義氏《よしうじ》の一人娘。
佐野奈菜《さのなな》……嶋子の侍女。薙刀《なぎなた》の名手。
西の局《にしつぼね》……氏姫の女房衆を取りまとめる上臈《じょうろう》。

小田氏治《おだうじはる》……関東《かんとう》の名門小田氏の前当主。出家して天庵《てんあん》と名乗っている。
小田守治《もりはる》……氏治の嫡男。
小田友治《ともはる》……氏治の庶子。守治の兄。

塩谷惟久《しおのやこれひさ》……嶋子の夫。下野《しもつけ》国の名門塩谷氏の一族。大蔵ヶ崎《おおくらさき》城城主。
高塩弥右衛門《たかしおやえもん》…惟久の腹心で幼き頃からの友。

足利頼淳《よりあつ》……嶋子の父。父の義明《よしあき》が、古河公方と対立して小弓《おゆみ》公方を名乗った。
瓊山法清尼《けいざんほうせいに》……嶋子の姉。鎌倉《かまくら》尼五山の第二位である東慶寺《とうけいじ》の十九世住持。

足利国朝《くにとも》……嶋子の弟。
喜連川頼氏《きつれがわよりうじ》……嶋子と国朝の弟。
喜連川義親《よしちか》……頼氏の子。

豊臣秀吉《とよとみひでよし》……本能寺《ほんのうじ》で討たれた織田信長《おだのぶなが》の跡を継ぎ、天下に名乗りを上げた男。
豊臣秀頼《ひでより》……秀吉の老齢の子。
法泰天秀尼《ほうたいてんしゅうに》……秀頼の娘。
北政所《きたのまんどころ》……秀吉の正室。糟糠《そうこう》の妻。
浅井茶々《あざいちゃちゃ》……秀吉の側室。淀《よど》の方。秀頼の母。
甲斐姫《かいひめ》……小田原《おだわら》の戦いで善戦した忍城《おし》城主、成田氏長《なりたうじなが》の娘。秀吉の側室。
徳川家康《とくがわいえやす》……秀吉の国替え令により北条《ほうじょう》氏の治めていた関東の地に移ってきた。
伊達政宗《だてまさむね》……奥羽《おうう》の龍。小田原の戦いで秀吉に服従。
石田三成《いしだみつなり》……秀吉の腹心。小田原の戦いで忍城を水攻めにする。
佐竹義重《さたけよししげ》……常陸《ひたち》の大名。氏治の好敵手。

足利家系図

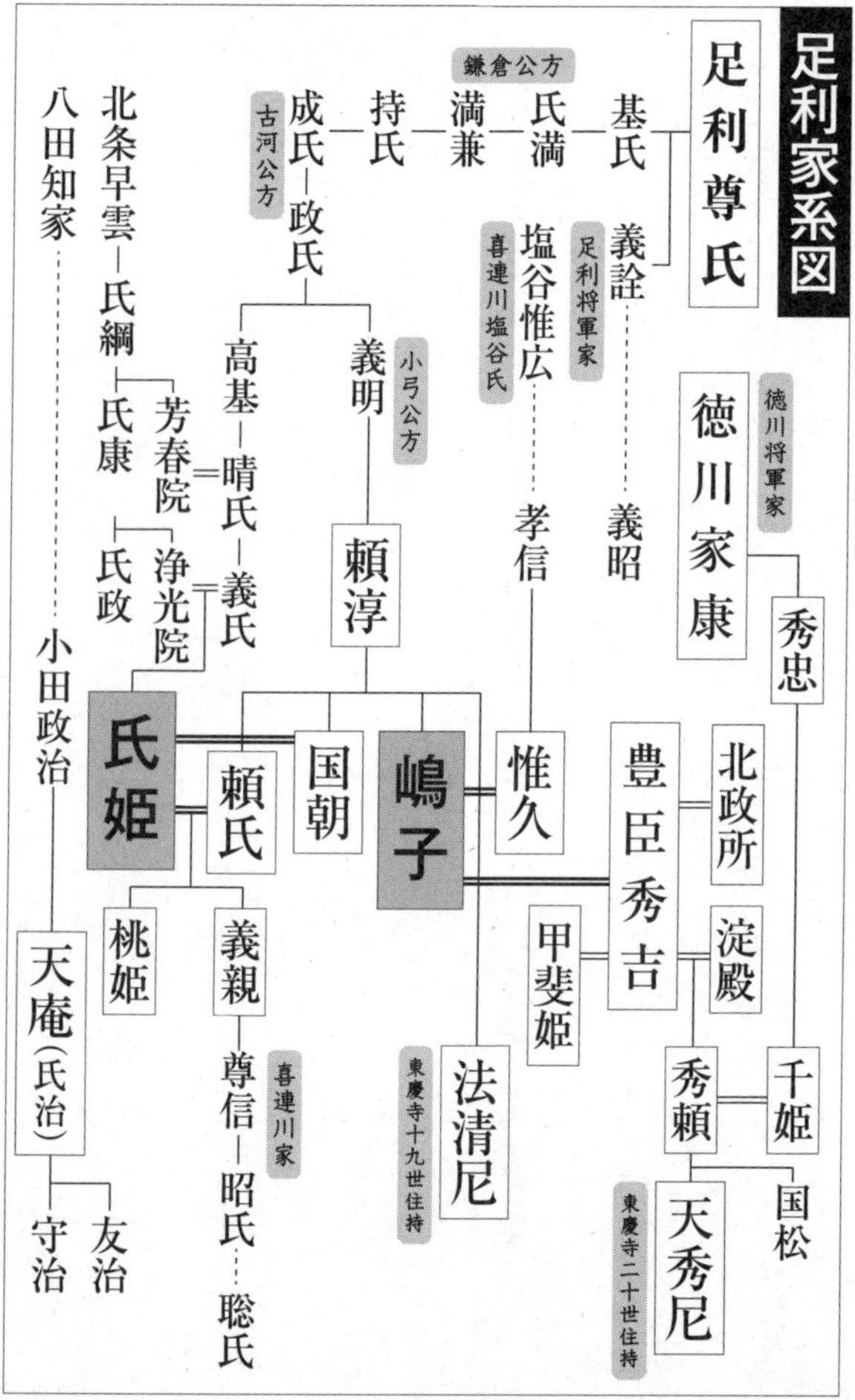

足利尊氏
基氏
義詮
鎌倉公方
氏満
満兼
持氏
成氏
古河公方
政氏
足利将軍家
義昭
塩谷惟広
喜連川塩谷氏
孝信
惟久
義明
小弓公方
頼淳
高基
晴氏
義氏
国朝
嶋子
頼氏
氏姫
法清尼
東慶寺十九世住持
義親
桃姫
尊信
喜連川家
昭氏
聰氏
北条早雲
氏綱
芳春院
氏康
浄光院
氏政
八田知家
小田政治
天庵（氏治）
友治
守治
徳川家康
徳川将軍家
秀忠
千姫
豊臣秀吉
北政所
淀殿
甲斐姫
秀頼
国松
天秀尼
東慶寺二十世住持

山田城
薄葉ヶ原の戦い
川崎城
大蔵ヶ崎城
名胡桃城
衣川
下野
勝山城
太田城
上野
宇都宮城
厩橋城
唐沢山城
小山城
足利荘
常陸
水戸城
渡良瀬川
結城城
筑波山
手這坂の合戦
忍城
小田城
古河城
鴻巣御所
霞浦
武蔵
下総
国府台の合戦
江戸城
小弓城
甲斐
相模
東慶寺
上総
小田原城
鎌倉
石塔寺
安房
伊豆

君がため　惜しからざりし　命さへ　長くもがなと　思ひけるかな

後拾遺和歌集《ごしゅういわかしゅう》　藤原義孝《ふじわらのよしたか》

序章　皐月の風

馬上の姫は、美しい。

自身も常歩《なみあし》で歩く馬に揺られながら、小田氏治《おだうじはる》――天庵《てんあん》は思った。

皐月《さつき》の風が、笠《かさ》をかぶっていない嶋姫《しまひめ》の束ねた髪を揺らす。

小袖に袴《はかま》姿で栗毛《くりげ》の馬にまたがる凜《りん》とした姿の向こうには、紫や藍色の紫陽花《あじさい》が咲き誇っている。その先では、民たちが田植えにいそしんでいる。

天庵たちは昨晩、嶋姫ゆかりの地である足利荘《あしかがのしょう》で、心地よいひと時を過ごした。

日の出とともにいで立ち、十騎ほどの供回りと共に、いにしえに東山道《とうさんどう》と親しまれた道を、東にのんびりと進んでいる。

小山《おやま》まで向かったのち、古河《こが》城へと行くつもりだ。進む先には懐かしい筑波《つくば》の嶺《みね》が、澄みきった空に徐々にその姿を大きくしている。

同じような騎馬の一団が、道の先を進んでいた。道の左手には、軍神と呼ばれた上《うえ》杉謙信《すぎけんしん》の猛攻を、何度も跳ね返した佐野《さの》氏の居城、唐沢山《からさわやま》城が見える。

どこからか雉《きじ》の鳴き声が、聞こえてきた。

のどかな風景に、天庵は坊主頭を触ってから大きく伸びをする。漏れたあくびの音に左斜め前を進む嶋姫が振り返り、ほほ笑みを浮かべる。一斤染めの淡いさくら色の小袖が、青い空に映えている。

「あら、天庵様、昨晩は呑《の》みすぎたのでは、ございませんか」

「いや、拙者、出家の身。酒などは一滴も呑んでおらぬでござるよ」

天庵のざれ言《ごと》に、嶋姫は頰《ほお》を緩《ゆる》める。

「親父《おやじ》殿は酒は呑みませぬが、般若湯《はんにゃとう》は浴びるほどたしなみますからな」

天庵は左隣で馬に揺られる嫡男の小田守治《もりはる》をにらむ。天庵と同じく刈安《かりやす》で染めた黄色の直垂《ひたたれ》に折烏帽子《おりえぼし》の守治は、昨晩の酒がまだ残っているのか、顔色がよくない。

「お主こそ顔が青いではないか。未熟者め」

天庵の一喝に守治は、「そんなことはござらぬ」と言いながらも、口に手を当てた。

「情けない。二十と六にもなっておるのに、酒に呑まれるとは……。そんなありさまで小田城を奪回できるのか」

家督を譲った守治の頼りない姿に、天庵は口ひげを触り、大きなため息をつく。

筑波山のふもとにある先祖代々の居城、小田城が、手這坂《てはいざか》の合戦で宿敵の佐竹義重《さたけよししげ》、義宣《よしのぶ》親子に奪われて、はや十年ほど経《た》つ。小田城は九度落城しているが、八度奪い返している。あの城で往生するのが、天庵の夢であった。

「皆様、お酒とは、さようにおいしいものなのですか」

「いや、うまくないですぞ。姫は決して口にしてはなりませぬ」

天庵の声に、嶋姫は口元に手を当てる。十五の姫に酒など教えたら、足利将軍家の尊氏《たかうじ》の血を引く、父の足利頼淳《よりあつ》に何を言われるか分からない。

「それではこれから向かう古河城の公方《くぼう》様に教わります」

古河公方の現当主は、第五代の足利義氏《よしうじ》。嶋姫にとって、はとこに当たる。

尊氏が征夷大将軍《せいいたいしょうぐん》に任じられ、足利の世を開いてから、二百五十年近くが過ぎた。

京《きょう》から関東《かんとう》は遠い。尊氏は四男の基氏《もとうじ》を、関東十か国を統《す》べる鎌倉《かまくら》府長官として坂《ばん》東《どう》の地に送って治めさせた。その職は関東の地の中心、下総《しもうさ》国古河に移り、今では古河公方と呼ばれている。

「なりませぬぞ。そもそもお父上は、姫が古河を訪れることを知っておるのですか」

嶋姫の父、頼淳も古河公方に連なる家系だ。

嶋姫の祖父である義明《よしあき》が、第三代古河公方の兄高基《たかもと》と対立して、小弓《おゆみ》公方を名乗った。国府台《こうのだい》の合戦で敗れ、義明や伯父の義純《よしずみ》は討ち死にした。次男の頼淳だけは、安房《あわ》国の里見《さとみ》氏を頼って落ち延び、かくまわれた。

頼淳――いや嶋姫にとって、今の古河公方はかつての敵《かたき》のはずなのだが、嶋姫は気にしていない。

天庵の懸念の声に嶋姫は目を回す。

「だって、氏姫《うじひめ》が一人では寂しいでしょう。まだ九つなのに、いかつい武者たちに囲まれて遠出もままならない。せめて私がお話し相手になってあげないと」

今の古河公方の義氏は、本妻の浄光院《じょうこういん》――北条氏康《ほうじょううじやす》の娘との間に、息子一人と娘二人をもうけた。しかし、嫡男の梅千代王丸《うめちよおうまる》と娘一人は幼い頃に亡くなり、今は氏姫と呼ばれる幼少の姫だけが残っている。由緒ある公方家の血筋が、絶えてしまうかもしれない事態に陥《おちい》っていた。

「もうお父上に隠しきれませんぞ」

「その辺《あた》りは、よしなに……」

嶋姫の無邪気な笑みに、天庵は坊主頭をかくしかない。思えば嶋姫と最初に出会ってから、ずっと振り回されてばかりだ。

小田氏は八田知家《はったともいえ》を祖とする名門、関東八屋形《はちやかた》の一つだ。天庵の父である第十四代当主の小田政治《まさはる》は勢力を拡大する中、家の存続のため、関東の諸大名と古河公方家の間を立ち回った。

戦いに敗れ没落したとはいえ、頼淳は名門足利家の血筋だ。万が一に備え、頼淳にも渡りを付けるため、天庵は何度かひそかに安房まで訪れたことがあった。

ある春の日、密議を終えて帰る途中、古びた寺の境内で、老木のさくらを愛《め》でていた時のことだった。

花びらが舞い、老木の枝に小さな弓を抱えた幼き姫が突如、現れた。

「頼淳殿の娘の嶋姫です」と供の者がささやく。

嶋姫はくるりと一回転して地面に降りてくる。さくらの精のように降ってきた嶋姫に、天庵は片膝を地につけ、こうべを垂れた。

「そちは何者じゃ」と聞く嶋姫に、氏素姓を告げ、「坂東の公方家に忠義を尽くす武《もの》士《のふ》でございます」と応えたところ、「武士とはなんのために命を捧《ささ》げる者なのか」と、問うてきた。

童《わらべ》のたわむれだ。適当に答えようと顔を上げると、嶋姫のまなざしは、熱を帯びた想いのこもったものだった。そのいちずさに天庵は息をのみ、あごを引いた。

「それは名《な》のためでございます」

「名とは家に対するものなのか、世に対するものなのか」

それは家名に対するものでございます、と答えようとして、天庵はふと思った。はたしてそうなのだろうか。名を尊《たっと》ぶのは恥を恐れるからだ。恥は先祖に対しても感ずるが、生きている周りの人の目にも感ずる。となれば世に対してもそうなのか。

「分からぬのか。わらわは知っておるぞ」

――ほう、おもしろい。童が何と答えるのか。天庵は嶋姫の答えを待った。

幼き嶋姫は、愛くるしい顔を精いっぱい、いかめしくする。

「それはな、家でも世でもないのじゃ」

天庵は眉根を寄せた。妙な気持ちが湧きあがる。

「――天なのじゃ。名は天のために捨てるものじゃ」

一陣の風が吹き、さくらの花びらが嶋姫の周りを舞う。

まことに道理を解《げ》して言ったのではないのだろう。だが、その言葉は、天庵の胸を激しく揺さぶった。

当時はまだ出家しておらず、天庵という法号は自分一人の胸の内にしまっていたが、天——という言葉は、天庵にとって格別なものであった。

「まことにおもしろい。天でございますか」

「しかし、まだわらわは天を知らぬ。父上が厳しくて、他出《たしゅつ》すらままならぬのじゃ」

嶋姫の素直な物言いに、天庵は唇の端を上げた。

「ならば拙者が教えて差し上げましょう」

思えばこの言葉が命取りだった。

瞳を輝かせ、「武士《もののふ》に二言はないぞ」と言う嶋姫の顔を、今もありありと思いだす。大きくなるにつれ、女だてらに武芸を究める嶋姫の、お忍びの遠出に付き合わされる羽目に陥った。

このたびも遠く、上野《こうずけ》国の廐橋《まやばし》城までお供をした帰り道だった。一行は左手にみかも山を仰ぎつつ、山裾の林の道に差しかかっている。

「それにしても左近将監《さこんのしょうげん》殿の玉鬘《たまかずら》は見事でしたね」

天庵はうなずきながら、数日前の能興行を思いだす。

廐橋城まで他出したのは、新しく関東御取次《おとりつぎ》役となった左近将監——滝川一益《たきがわかずます》の招きがあったからだ。

関東にも多大な関わりがあった清和源氏新羅三郎義光《せいわげんじしんらさぶろうよしみつ》以来の名門、甲斐武田《かいたけだ》家が、今年の天正《てんしょう》十年（一五八二）に、あっさりと尾張《おわり》の織田信長《おだのぶなが》に滅ぼされてしまった。二月から始まった甲州《こうしゅう》の戦いは信長の勝利に終わり、武田勝頼《かつより》は天目山《てんもくざん》にて自害した。勝頼を討ち取った一益は、戦功一番として上野一国と信濃《しなの》二郡を与えられ、関八州と奥羽《おうう》の公事《くじ》を任されることになった。圧倒的な織田軍勢の前に、関東の諸大名は人質を伴い、一益の前に続々と出仕した。

このたびの能興行は、関東の新たな秩序を確かめる場でもあったのだ。

「侍大将の身ながら、あれほどうまく能を舞うとは、都の武士とは雅《みやび》なものですね」

坂東武者である天庵は歌は詠《よ》むが、能までは舞わない。いや舞えない。一益は嫡男、次男を伴い優雅に舞った。

嶋姫は、帯に差した扇子を抜いて開く。舞うまねをしながら、能の玉鬘の元となった紫式部《むらさきしきぶ》の源氏物語の和歌を、すらすらとそらんじる。

「恋ひわたる　身はそれなれど　玉鬘　いかなる筋を　尋ねきつらむ」

扇面に描かれているさくら吹雪が、皐月晴れの空を鮮やかな春の日に染めあげる。さくらの扇は、嶋姫の母の形見だ。嶋姫の母は京土産でもらったという扇を大切にしていた。嶋姫はさくらの扇をどこに行くのにも常に懐に入れて持ち歩いている。

天庵は源氏物語なぞ犬にくれてしまえと思っているが、物語を通じて感ずる「もののあはれ」は嫌いではない。

「拙者も茶の名物はござらぬが、連歌はちとたしなみますぞ」

天庵よりもうまい歌を詠む嶋姫に、天庵は空威張りに胸を張る。

「同じ、おだ――でも随分と違うものですね」

「姫、またそのようなざれ言を」

嶋姫の親しみのこもった笑い声に、天庵はむきになり言いかえす。

織田と小田、読みは同じだ。おまけにうわさでは、信長は天庵と同い年――天文《てんぶん》三年（一五三四）の生まれらしい。

「公方家がまがりなりにも血筋を保っているのは、拙者の忠節の賜物《たまもの》ですぞ」

「もちろん、存じておりますよ」

関東は公方の血の下に、離合集散を繰り返してきた。

公方を補佐する関東管領《かんれい》の上杉氏の勢力が当初は大きかったが、内乱などもあり争いが続いた。

伊勢宗瑞《いせそうずい》こと北条早雲《そううん》から始まった北条家が力を持つと、上杉家と北条家の間を、関東の国衆《くにしゅう》は付いたり離れたりした。

より大きなものに巻かれるのが戦国の習いである。京を押さえ、天下人としての道を進む信長に、関東の諸大名は続々と服従の意を表している。

「それならば、もう少し拙者をいたわってくだされ」

天庵のおどけた声に、嶋姫は扇子を帯に戻し、肩をすくめる。

「分かっております。皆様の想いは……。ここ坂東の地にも、一刻も早く戦《いくさ》のない日々が訪れるといいですね」

嶋姫の願うような声に、天庵はうなずく。

咲き誇る紫陽花の中には、まるで血を吸ったかのような赤い花も見える。天に響く雉《きじ》の鳴き声の下には、荒れ果てて崩れた民家が見える。のどかな風景は一皮むけば、腐乱した死体の大地なのだ。

京においては応仁《おうにん》の頃から、関東においては享徳《きょうとく》の頃から、戦乱が途絶えることなく百年以上も続いている。

天庵も、天文十五年（一五四六）四月に行われた川越《かわごえ》の戦に、齢《よわい》十三で初陣《ういじん》を飾ってから、四十九の今日まで常に戦場《いくさば》に身を置いてきた。

「姫は、織田の旗の下に付くのもいとわず、なのですな」

「ええ、かまいません」天庵の問いに嶋姫は、間髪を容《い》れず答える。

「たとえ公方家が滅びたとしてもですか」

天庵の意地の悪い問いに、嶋姫は眉根を寄せた。

「これ天庵、ちこう寄れ」

顔色と口ぶりが変わった嶋姫を見て、天庵は自らの失言を悔いたが、もう遅い。仕方がなく馬を近づける。

「お主が惜しいのは、名か家か命か」

冷ややかな嶋姫の問いが、向けられる。

「それは名——誉《ほまれ》でございます」

——名こそ惜しけれ。

恥ずべきことをしない。坂東の武者にとって当たり前のことだ。

「そして名は——」

「天のために捨てるもの、でございます」

嶋姫の言葉を天庵はさえぎった。何百回と聞いた言葉だ。

嶋姫は苦々しげな顔をして天庵をにらみつける。

「分かっておるのなら、たわけたことを申すな。公方家が滅びるのが天の思いならば、それは仕方がないことなのですよ」

いくぶん機嫌の直った嶋姫を見て、天庵はため息をつきながら、馬を離す。

守治の含み笑いが聞こえてくる。にらみつけると素知らぬ顔をした。

織田の旗の下に付いたとしても、何としても先祖からの地、小田城は必ず取り戻さねばならぬ。宿敵の佐竹の彼奴《きゃつ》らをいかに打ち負かすか……。

左隣で青い顔のまま揺れる守治を見て、馬上、ため息をこぼす。

せめて姫のような息子でもおればと思う。天庵にはもう一人の息子、友治《ともはる》がいる。守治の兄だが庶子ゆえ、誼《よし》みを通じている北条家へ人質として差しだし、そのまま北条氏康《うじやす》に仕えている。騎射が達者らしい。人選びを誤ったか――。

――微《かす》かだが、鉄《かね》のすれる音が聞こえた。

戦で鍛えた耳が、異変を瞬く間に感ずる。辺りを素早く見渡すと右前方の薄暗い林から、徒立《かちだ》ちの山賊とおぼしき連中が、槍《やり》や刀を手に駆けだしてくるのが見えた。

「賊だっ」天庵は刀を抜き、叫ぶ。守治らの応える声と鉄《かね》の音がする。

敵の人数は我らと同じく十数人。だが、こちらには嶋姫がいる。

抜かったか――と頭に血が上った刹那《せつな》、弓の音がそばから聞こえた。

嶋姫が侍女の奈菜《なな》から受け取った弓で矢を放っていた。先頭の山賊の胸に矢が突き刺さり、あおむけに倒れる。

二の矢を放つ音がする。

「彦太郎《ひこたろう》、お主は姫を護《まも》れ」

天庵は守治に叫ぶと、馬の腹を蹴り、半数を引き連れ、敵に向かう。迫る敵を見ながら、小さく念仏を唱え、刀を握る手に力を込める。先を走る男の槍を、刀の棟で払いのけ、一刀を浴びせる。返す刀で、そばの男の顔を斬りあげる。

天庵は馬上、刀を次々と振るいながら、山賊らを蹴散らしてゆく。刈安色の直垂に、赤い返り血が飛んでくる。血しぶきの臭《にお》いが辺りに漂う。

襲ってきた割には手応えがないと思ったら、叫び声が聞こえた。

振り向くと、守治が護る嶋姫ら一行に襲いかかる騎馬と徒の一団が見えた。

図られた——こちらは陽動で、賊らの狙いは最初から嶋姫。

馬首を返そうとしたら、馬がいななきながら前脚を上げ、倒れた。

馬上から投げだされた天庵は、腰を痛打し、うめき声を上げながら立ちあがる。

馬の後ろ脚が斬られている。供の馬も同じく脚をやられている。

嶋姫の元に向かおうとする天庵らの前に、賊どもがふさぐかのように立ちはだかる。

先ほどより人数が増えていた。

少人数はおびきだすための手——。

天庵は舌打ちをしながら手練《てだ》れの賊どもに斬りかかるが、賊は間合いを取り、囲みを解こうとしない。

「姫っ」叫びながら、囲みを抜け嶋姫の元へ向かおうとするが、らちが明かない。

――彼奴らの目的は、はなから嶋姫なのか。

女子衆《おなご》の叫び声に、さらに頭に血が上る。嶋姫は馬上で刀を操っていたが、馬の脚を斬られ、落馬した。賊どもが嶋姫の体に群がる。

「不届き者っ」

嶋姫のくぐもった叫び声に、天庵は歯ぎしりをして、賊に斬りかかるが、甲冑《かっちゅう》を着ていないがゆえ、思いきって踏みこめない。

嶋姫の声が小さくなる。

もし嶋姫をかどわかされたら、この老いぼれの腹をいくらきっても足りぬ。

悔恨の念にかられる天庵の耳朶《じだ》が、後ろから響いてくる蹄《ひづめ》の音を捉えた。

新手かと絶望の思いにとらわれ振り向いた天庵は、迫る数騎の騎馬武者を目にした。

「助太刀いたすっ」

芦毛《あしげ》の馬に乗り先頭を走る白頭巾の若武者は、力強く叫ぶと、囲む賊の端を、馬上から刀でなぎはらった。

「かたじけない。向こうの女子衆《おなご》をお頼み申す」

天庵の叫び声に、馬上の若武者は、「承知」と応え、馬に一鞭《ひとむち》当て、賊を飛び越すと嶋姫の元へ向かった。

後ろを同じような若武者が、「お任せっ」と叫んで続いてゆく。

新手の登場に賊どもはうろたえはじめた。腰の痛みに耐えながら天庵は刀を振るう。

嶋姫の元へ向かった若武者は、人馬一体、見事な動きで賊を斬り倒してゆく。

風のように若武者が舞うと、敵が一人、また一人と倒れてゆく。

戦いというより優雅な能の舞台を見ているようだった。

騎馬の賊が、若武者に討ち取られると、賊は一気に崩れて逃げだした。

天庵は嶋姫の元へ急いで向かう。

若武者は馬から下り、刀に付いた血を振り落とし、懐紙で拭って鞘《さや》に戻す。

賊どもの大半は打ち倒したが、残りは逃げたようだ。

若武者は胡桃《くるみ》色の直垂のほこりを落とし、ずれた白頭巾を直してから、座りこんだままの嶋姫の手を取ると、嶋姫を見つめた。その眼《め》に驚きの色がともった。

「まことにかたじけない」

天庵は痛む腰をさすりながら、若武者に礼を述べる。

嶋姫の手を握ったまま、目を見開いていた若武者は、天庵の声に我に返ったように手を離し、こちらを向いた。

嶋姫は口を半分開けて、若武者を見上げている。

「おけがは、ござらぬか」

額《ひたい》と目元以外を白頭巾で覆っている若武者の声に、天庵はうなずきながら、白頭巾に付いた返り血に目をとどめた。

「腫物《はれもの》を患っているゆえ、このような姿をお許しくだされ」

若武者は頭を慇懃《いんぎん》に下げる。

「殿はまだ瘗《にきみ》がひどくて」若武者の後ろに立つ男が、愛嬌《あいきょう》のある顔で頭を下げた。

「この辺りは山賊が出ますゆえ、姫衆と共に他出するのは危のうございます」

若武者は立ちあがった嶋姫を見つめる。

「大過なくご無事でなによりでした。道中、馬がないと不便にございましょう」

うなずく嶋姫の顔は青ざめていたが、柔らかい頬には、ほんのりとした赤みが浮かんでいた。

若武者は自分の乗っていた芦毛の馬を嶋姫に差しだし、供回りの者に告げ、さらに馬を数頭差しだしてきた。そのまま立ち去ろうとする。

「お、お待ちくださいませ。お名前を……聞いておりませぬ」

嶋姫のかすれた声に、若武者は足を止めて目尻を下げた。

「さつきと呼んでおります。五月に生まれた馬なので」

若武者はさつきと呼んだ芦毛の馬の首を、優しくなでた。

甘えるように馬がいななく。

嶋姫は眼を大きく開いたあと、袖で口を覆い、顔を横に向けた。

「暴れ馬ですが、この龍笛《りゅうてき》の音色を好むので、よろしければこれもどうぞ」

若武者は胸元から藍色の笛袋を取りだして、嶋姫に手渡そうとする。

嶋姫は顔を背けたまま肩を震わせていたが、やがて袖を外し、腹を抱えて笑った。

「……いや、失礼いたしました。お馬の名ではなく、あなた様のお名前を……」

「ああ、拙者の――」

若武者のあどけない驚きに、天庵は頬を緩める。周りの荒武者どもも相好《そうごう》を崩す。

「名乗るほどの者ではございませぬ」

頭をかきながら若武者は、嶋姫に笛袋を差しだした。

嶋姫は両手で受け取り、たおやかに頭を下げる。

「かたじけのうございます。お礼にこのような物しかお渡しできませぬが……」

嶋姫は帯から大切にしている扇子を抜き、名残《なごり》を惜しむように一度なでてから、静かに差しだす。

若武者はとまどったように扇子を見たが、はにかみながらうなずくと、うやうやしく受け取った。

天庵は若武者の前に一歩進み、声をかける。

「ここまで助けていただいて、なにも返せぬのは坂東武士の名折れでござる」

名刀ではないが腰の脇差を抜こうとする天庵に、若武者は正対すると、かぶりを振った。

「その洲浜《すはま》の家紋、常陸《ひたち》の小田氏とお見受けいたします。同じ藤原《ふじわら》の血。お助けするのは当然でございます」

天庵は己の直垂に染められている洲浜の家紋を見た。黒丸を三つ「品」の字のように組み合わせた家紋だ。若武者の直垂には、勾玉《まがたま》を三つ円形に配置した三つ巴《みどもえ》の家紋が見える。

「宇都宮《うつのみや》の一族でござるか」

「支流の支流でございます」

卑下《ひげ》する物言いだが、言葉には凜々しさがあった。

若武者は頭を下げ、従者が連れてきた馬にまたがる。

「野州《やしゅう》の田舎まで今日中に戻らねばならぬため、お先に失礼いたします」

若武者は手綱を握ると、「それでは、ご免」と力強い声を出す。

「あっ——」呼び止める嶋姫の声に、若武者は嶋姫をもう一度見てうなずく。その眼は皐月晴れの空のように澄みきっていた。

「また、ご縁があれば——」若武者は凛とした声を残し、去ってゆく。

しぐさに愛嬌のある男は軽やかに手を振る。

「道中のご無事を祈っております」

若武者に従い去ってゆく一団を、天庵と嶋姫は黙って見つめていた。

嶋姫は笛袋を両手で抱いて胸に置き、遠ざかる若武者の背を見つづけている。

風が、嶋姫の長い黒髪を揺らす。

雉が一声鳴いた。

「皐月の風のような御仁でしたな」

天庵の声にうなずく嶋姫は、さつきと呼ばれた馬の白茶《しらちゃ》のたてがみを、慈しむようになでた。

さつきは新しい主人を見定めるかのように、潤《うる》んだ瞳で嶋姫を見つめてくる。

嶋姫が笛袋から龍笛を取りだして、口を付けた。

胡桃色の横笛から、静かな音色が流れてくる。嶋姫の細く白い指が、美しくも寂しげな調べを奏でる。

若武者との別れを惜しむようにさつきは一声鳴くと、嶋姫の頬に顔を寄せた。

天高く澄みきった穏やかな空に、優しい調べがいつまでもいつまでも、響いていた。


翌六月の二日払暁《ふつぎょう》、天下人となりつつあった織田信長は、京の本能寺《ほんのうじ》にて明智光《あけちみつ》秀《ひで》の謀反《むほん》により命を絶たれた。

「人間五十年　下天《げてん》のうちをくらぶれば　夢幻《ゆめまぼろし》のごとくなり　一度生《ひとたびしょう》を得て　滅せぬ者のあるべきか」

好んだ敦盛《あつもり》の歌のごとく、四十九にてその命を散らした。

その光秀も、中国《ちゅうごく》大返しを成し遂げた羽柴秀吉《はしばひでよし》の前に討たれる。

天下は再び、騒乱に巻きこまれることとなったのである。

第一章　晩秋の扇

一

右目で狙いをつけている的が、ぶれた。

乾いた音を立てて手から離れた矢は、的の中心の黒点――正鵠《せいこく》を大きく外れ、かろうじて的のふちに中《あた》った。狙いから五寸（約十五センチメートル）も、ずれている。

足利嶋子《しまこ》は大きく息を吐きながら、新しい矢を取り、再度、弓を打ち起こしてから引き分ける。息を整えつつ丹田に気力を満たす。

頰をなでる文月《ふみづき》の風は、朝から熱い。的を見すえながら、半月の狙いに定める。弓《ゆん》手《で》で握る弓の矢摺籐《やずりどう》の左側に、的が半円だけ見えるように合わせ、半月の高さは拳《こぶし》半分だ。矢筈《やはず》をつまむ馬手《めて》に思いを集める。

朝陽を浴びる的に向けて、矢を放つ。軽やかな弦《つる》の音が響くが、矢はくぐもった音とともに的の後ろの土手に突き刺さった。

弓を構えたまま嶋子は、軽くかぶりを振った。

どうも今日はうまくいかない。いつもならたやすく正鵠を射るのに、十五間《けん》（約二十七メートル）先の星的が、今日ははるか遠くに感ずる。

なぜなのかは、分かりきっている。ここ数日、夫である塩谷安房守惟久《しおのやあわのかみこれひさ》の様子がおかしいからだ。

三日前に嶋子の父、足利頼淳からの使いが、ここ大蔵ヶ崎城《おおくらさきじょう》にやってきた。夫と二人だけでかなり長く、由々しげに話しこんでいた。

夫は、この下野《しもつけ》国の北方、塩谷の地を、平安の御代《みよ》から治めてきた名門塩谷氏の一族だ。十六代前の塩谷惟広《これひろ》から、荒川《あらかわ》と内川《うちかわ》に挟まれた丘の上に建つ、山城の大蔵ヶ崎城に居を構えている。

大蔵ヶ崎城の立つお丸山の南斜面の下には、さくらの馬場と呼ばれている地がある。馬場の脇のこの的場で、朝の稽古を共にするのが二人の習わしだが、今朝、夫の姿はなかった。嶋子は弓を、夫は鉄炮《てっぽう》を半刻《はんとき》（約一時間）ほど鍛錬する。

夫の鉄炮の腕に、嶋子は毎度ほれぼれと見入っていた。

織田家から賜《たまわ》ったという十匁《もんめ》（約三十八グラム）玉を放つ重い国友《くにとも》鉄炮を軽やかに扱い、三十間（約五十五メートル）先の一尺（約三十センチメートル）の的を、夫はたやすく射貫《いぬ》く。

夫の服や体からは、玉薬《たまぐすり》の匂いがいつもしていた。抱きしめられたときに、ほのかに漂うその匂いが、嶋子は好きであった。

嶋子は額《ひたい》に流れる汗を、手の甲で拭う。

さくら咲く春の日に、この地に嫁いできてから、はや三年が過ぎた今年、天正十八年（一五九〇）の夏は暑かった。坂東《ばんどう》の地も同じように熱くなっている。

嶋子は弓を下ろし、ため息をつく。今日はもう弓はやめ、苦手な書でも行うか――そう思ったら、的場の入り口から小袖姿の侍女の佐野奈菜が、血相を変えて駆けてくるのが見えた。

「――姫様、一大事でございます」

また始まった、と嶋子は思ったが、口にはしない。嶋子より十ほど上の奈菜は、嶋子が幼い頃より仕えてくれているが、常に杞人《きじん》のごとく憂《うれ》えている。

そばまで来た奈菜は息を整えながら、言葉を続けようとする。

「お奈菜、落ちつくのじゃ。天でも崩れ落ちたか」

嶋子の笑い声に、奈菜は首を小刻みに振った。

「と……殿が、出奔《しゅっぽん》なされました」

山道を早足で登り、二十丈（約六十メートル）ほど上にあるお丸山の館に戻った。汗を拭き、袴《はかま》を脱ぎ捨て小袖を着替え、淡いさくら色に染めた打掛を腰に巻いてから、座敷で話を聞いた。

「しかし、なにゆえ我が夫が、猿などに尻尾《しっぽ》を巻いて逃げねばならぬのだ」

「姫様、猿ではなく関白《かんぱく》様でございまする」

奈菜がやんわりといさめる。

「猿でなければ物《もの》の怪《け》か、小田原《おだわら》のお城は落ちたそうではないか」

「はい、小田原のお城は開かれ、坂東で最後まであらがっていた忍城《おしじょう》も先日、降《くだ》ったそうです」

八年前の天正十年六月、織田信長が本能寺で討たれたのち、その跡を継いだのは豊臣《とよとみ》秀吉であった。信長に反旗を翻した明智光秀を討ち取り、あれよあれよという間に天下に名乗りを上げた。三年前の天正十五年（一五八七）には九州の諸侯を平定し、日《ひ》の本《もと》で秀吉に服従していないのは、関東の北条氏や奥州《おうしゅう》の伊達《だて》氏などとなった。

天下に覇を唱える秀吉は、その後、各大名間の私闘を禁じる「惣無事之儀《そうぶじのぎ》」を、関白の名によって関東と奥羽にも通達した。

それにもかかわらず、去年の天正十七年（一五八九）、北条氏の家臣である猪俣邦憲《いのまたくにのり》が、真田《さなだ》領であった名胡桃《なぐるみ》城に攻めこみ、分捕る出来事が出来《しゅったい》した。

「惣無事之儀」に違約したとして、今年の三月、秀吉は大軍を率い関東へやってきた。圧倒的な軍勢の前に、奥州の伊達政宗《まさむね》を始め多くの者どもは服従の意を表し、秀吉の元へ参陣した。小田原城へ籠城を決めた北条氏を尻目に、秀吉勢は関東の北条氏の支《し》城《じょう》を次々と陥落させ、最後まで残った小田原城と忍城も降伏させた。

「関白様は鎌倉《かまくら》を発《た》ち、宇都宮に参るようです」

「頼朝《よりとも》公の猿まねか……猿だけに」

嶋子の無理やりの冗談に、奈菜は引きつりながらも唇の端を上げる。

無駄口でもたたかなければ、心が折れてしまいそうだ。

鎌倉の世を作った源《みなもとの》頼朝は、奥羽を平定する際、宇都宮で宇都宮大明神に奉幣《ほうへい》し戦勝を祈願した。秀吉もそれに倣《なら》うらしい。

「宇都宮のお城には、すでに関白様配下の武将が入っており、常陸の佐竹殿、陸奥《むつ》の南部《なんぶ》殿なども馳《は》せ参じているとのことです」

夫にも出頭を命ずる書が、届いていたはずだ。

「我が夫は、なにゆえ出頭せずに出奔したのであろうか……」

嶋子の嘆息交じりの声に、奈菜はうつむく。

確かに夫はここ数か月悩んでいた。難しい顔をし、嶋子が話しかけても生返事をするだけのことが多かった。

夫は塩谷氏の一族であるが、本家筋に当たる塩谷義綱《よしつな》とは先代から対立している。ここ大蔵ヶ崎城の北を流れる内川の上流にある川崎《かわさき》城を本拠とする義綱は、下野の南部を支配する宇都宮氏と結び、北部を治める那須《なす》氏と争っていた。

嶋子の義父の塩谷孝信《たかのぶ》は、那須氏の重臣である大関《おおぜき》氏の娘を妻としており、その縁ゆえ那須側に付いていた。宇都宮氏は北条氏と敵対しており、それゆえ夫を含む那須側は北条氏と誼《よし》みを通じている。このたびの秀吉の北条攻めにも、当主の那須資晴《すけはる》は参陣せず、夫も同調し参陣していなかった。

小田原の戦《いくさ》の大勢が決すると、参陣しなかった者たちも、服従の意を訴えるため、続々と宇都宮に向かっているらしい。

坂東武者として名《な》を惜しむのであれば、忍城のように一戦を交えるべきであり、利を求めるのであれば、今からでも服従の意を表すべきであろう。

それなのに、逃げるとは——。

再度の嶋子のため息に、奈菜がおそるおそる問いかけてきた。

「それで、我々はいかにいたしましょうか……」

夫が戦うのであれば、嶋子は自らも弓や薙刀《なぎなた》を振るい、共に死ぬ覚悟であった。忍城では、城主の成田氏長《なりたうじなが》の娘である甲斐姫《かいひめ》が、奮闘したと聞いている。

「わらわは、戦うぞ」

嶋子は立ちあがり、鴨居《かもい》にかけている気に入りの薙刀を握り、畳に石突きを打ちつけた。

「名こそ惜しけれ。猿なぞにこうべを垂れてたまるかっ」

嶋子の大音声《だいおんじょう》に、奈菜は口に手を当てる。

「たくましき姫様、奈菜はうれしゅうございます。わたくしめもお供させていただきます」

奈菜は袖をまくり、嶋子に応える。

奈菜は下野の名門、佐野氏一門に連なる娘だ。安房の国で父が不遇を託《かこ》っていた頃から、嶋子たちの世話をしている。薙刀の名手で、嶋子の薙刀の腕は、奈菜ゆずりである。

「し……しかしながら、家中の男手の多くは殿様に付いていくか、逃げだしてしまいましたぞ」

続いた奈菜の弱々しい声に、嶋子は肩を落とす。

「なんということだ――。情けない」

城中の女子《おなご》だけで、秀吉の率いる二十万以上と言われている大勢に立ち向かうのは、蟷螂《とうろう》の斧《おの》にすらならない。

「そうだ、天庵はどうしておる」

出家して天庵と名乗っている小田氏治は、関東の名門、小田氏の先代当主だ。常陸国の南部にそびえる筑波の嶺《みね》の南ふもとを所領としている。

幼きときに出会って以来、厳しい父に代わり、嶋子に外の世の中を見せてくれた。何かあれば、嶋子はまずは天庵を頼った。

「小田のお城を取り戻そうと、正月に佐竹に戦いを挑んだそうですが、いつもと同じように返り討ちにあったようです。小田原攻めにも参陣せず、関白様の怒りを買い、所領没収となってしまったらしく……」

嶋子は嘆息を漏らす。

「相変わらずじゃな天庵は……。して父上はいかに」

「御所《ごしょ》様は、関白様と合わせて北条領内へ攻め入っている里見《さとみ》のお殿様と共に、小弓城を取り戻したそうでございます」

奈菜が御所様と呼んだ父——頼淳は、名でも家でも命でもなく力——権威に執着している。権威はうつろいゆくはかないものだ。力はさらに強大な力が現れれば、それにひれ伏すしかない。秀吉に組み伏せられた今の北条家のように。

嶋子は眉根を寄せ、唇をかむ。

室町《むろまち》の世を開いた先祖の足利尊氏から流れる源氏の血を尊ぶのは分かるが、公方家に固執する父の思いを、嶋子は解することができなかった。

「父上は相変わらずじゃな。猿めに取りいって古河の地までうかがっておるのではないか」

七十年ほどの昔から始まった古河公方と小弓公方の対立は、今も続いており、自らこそが公方の本流であると、父は考えているのだろう。

関東十か国を統《す》べる公方家は、尊氏の四男である基氏から始まり二百四十年の歴史を持つが、今や存続の危機にひんしている。

鎌倉公方の五代目であった成氏《しげうじ》は、鎌倉から坂東の中心に位置する下総国の古河へ移り古河公方と呼ばれた。

それから五代目の足利義氏は、天正十一年（一五八三）に男の跡継ぎを残さずに亡くなった。まだ十と七つの氏姫が、一色《いっしき》家などの御連判衆《ごれんばんしゅう》に囲まれながら、かろうじて命脈を保っている。

足利の血筋を保つ公方家も、関東に威を振るう北条家の前には輝きを失い、傀儡《かいらい》と成り果てていた。古河公方五代目の義氏の母は、北条家二代目当主だった北条氏綱《うじつな》の娘の芳春院《ほうしゅんいん》であり、さらに義氏の妻は、北条家三代目当主であった北条氏康の娘の浄光院なのだ。

嶋子と同じく足利の血を引く氏姫は、嵐の海に浮かぶ小舟の船頭だ。戦国の世に振り回されながらも、かわいらしく小さな手で、何とか公方家を護《まも》ろうと奮闘している。

「御所様は、関白様の右筆《ゆうひつ》の山中《やまなか》様や、お取次《とりつぎ》の増田《ました》様へ盛んに働きかけている模様でございます」

石を飲んだがごとく胃の腑《ふ》が重くなる。

父らしい――。父の元には嶋子の弟が二人いる。嶋子の四つ年下の国朝《くにとも》はもう十と九つになった。古河公方に代わり公方家を引き継ぐつもりなのだろうか。

京で室町の第十五代将軍として世を治めていた足利宗家の義昭《よしあき》は、二年前に将軍職を辞して出家した。

氏姫の住む古河御所は、戦うことなく秀吉に降ったそうである。

今や天下は、どこの出自とも分からぬ猿に似たとうわさされる男の、手の中にある。

もちろん嶋子も秀吉に会ったことなどはない。ただ天下のありさまは、父や天庵、奈菜などから聞いている。

「父上も天庵も頼りにならぬとなれば――。お奈菜、馬を持て」

「して、いずこに」

奈菜が驚きの目を向ける。

「知れたこと。まずは我が夫に出奔の仔細《しさい》を質《ただ》すのじゃ」

二

自分が生まれたとき、父は顔をしかめたそうである。

馬に揺られながら領内の道を進む足利嶋子は、喉に刺さった魚の小骨のような話を、思いだしていた。

お丸山の北を流れる内川の上流、戌亥《いぬい》（北西）の方、一里（約四キロメートル）ほど先に鷲宿《わしじゅく》の平城がある。

奈菜によれば夫の惟久は、いったんその地に向かったとのことだ。

他出に用いる小袖に着替え、股上が浅い馬乗りの袴をはいた嶋子は、奈菜ら数騎の供回りを引き連れ、穂が出て花を咲かせはじめた田の道を進んでいる。昼の陽に照らされた稲が、風に揺れていた。

嶋子を見ると民たちは手を止め、頰《ほお》かぶりにした手拭いを取り、会釈をしてくる。童などは跳びはねながら手を振ってくる者もいる。

嶋子も馬上から手を振り、笑みを返す。暇があれば領内を歩いているので、多くの者とは顔なじみだ。

民に交じり気軽に土いじりをする嶋子を、好奇な目で見る者はいるが、誰も女だてらにとか女のくせにとは言わなかった。民にとっては、男も女も同じ人手なのだ。

素朴な土と清らかな水の匂いがする新しいふるさとは、嶋子に優しかった。

だが武士にとって、男と女の役目は違う。

父の様子をじかに聞いたわけではないが、姉、嶋子と女が二人続いたあとに、念願の弟が生まれた際の喜びようを嶋子は目にしている。おそらく事実なのであろう。

家を残す――それこそが武家に生まれた者の宿命であると多くの者は言う。つまり女ではなく男を生み成すこと。

「血を残すこと、それが女子《おなご》として生まれた者の一番大切なこと」が口癖だった母は、多くの子をなして、死んだ。

足利氏の末裔《まつえい》であるという誇りはあるが、領地も民もなく、里見氏にかくまわれてくすぶっていた父は、何かあるたびに母にきつく当たっていた。祖父に従って付いてきた家臣の佐野大炊介政綱《おおいのすけまさつな》の娘であった母は、父に一言もあらがうことがなかった。

部屋で独りたたずむ母の手には、いつもさくらの扇があった。扇面に描かれているさくら吹雪をもの憂げに見つめる母の横顔を覚えている。

母は、はたして幸せだったのだろうか——。

嶋子はときおりそんな詮無《せんな》きことを考える。

そしてその思いは、自分自身に返ってくる。夫には自分に見せる顔とは別に、外に見せるもう一つの顔がある。外向けの顔を嶋子はよく知らない。しかし夫に見せる嶋子の顔は、一つだけである。嫁いだ嶋子にとって夫はすべてであった。

そんな自分を捨てて逃げるとは……。いったいどんな訳があるのであろうか。

手綱を握りしめ、顔を上げた嶋子の目に、鷲宿城の土塁が見えてきた。

村を走る道筋から二丈（約六メートル）ほどの高台に築かれている鷲宿城は、大蔵ヶ崎城の出城である。周りには田畑が広がり、周囲は土塁で守られている。

小ぶりの城だが、館から城外まで逃れる地中の抜け穴まで備えていた。

嶋子が馬上、門への坂道を進んだところ、具足を付け陣笠をかぶった足軽どもが、槍を手に行く手を阻んだ。

「無礼者、殿はいずこじゃ」

嶋子の一喝に足軽どもはひるんだが、道を空けようとはしない。

「聞こえぬのかっ。殿はどこにおるのかと問うておる」

「姫御前《ごぜん》様」

親しみのある声に振り返ると、高塩弥右衛門《たかしおやえもん》が道を馬で登ってくる。

奈菜など供の者の間をかき分け、嶋子の前まで来ると、甲冑《かっちゅう》姿の弥右衛門は馬から下り、一礼した。兜《かぶと》こそかぶっていないが、赤茶色のとび色の腹巻をよろい、打刀《うちがたな》を差した戦支度だ。

「どういたしましたか」

森から迷い出てきたとんびのような弥右衛門は、いつもと同じようなのんきな声を出す。弥右衛門は夫の幼い頃からの友で腹心の一人だ。

「どうもこうもあるか。逃げだした殿に問い質しに来たのだ」

弥右衛門は、いたずらが見つかった童のように頭をかく。

「実はですね……。それがしどもも困っておりまして……」

愛嬌《あいきょう》のある顔で申し訳なさそうに答える弥右衛門を見て、嶋子は気勢がいささかそがれたが、強い声を出す。

「弥右衛門、お主も武士《もののふ》ならば、猿、いや関白に一泡吹かせようと思わぬのか」

弥右衛門は目を丸くして慌てたように両手を振る。

「いやいや、無理、無理ですって。あっちは百戦錬磨の強者《つわもの》どもですよ。知ってますか、賤《しず》ヶ岳《たけ》の七本槍《しちほんやり》って……。一番槍の福島正則《ふくしままさのり》、六尺三寸の大男の加藤清正《かとうきよまさ》とか化け物ばかりですよ」

嶋子は馬上、ため息をつく。弥右衛門とて武芸には秀でている。無論、個の戦と集団の戦が違うのは知っているつもりだ。しかし、それにしても……。

「ええい、お主ではらちが明かぬ。殿を出せ。殿を」

「そいつはちと難しいですね。ここに来てから殿はまるっきり人が変わっちまったありさまですから」

夫は自分に何かあれば、弥右衛門を頼れと常々言っている。二人は城主と家臣というよりは、友垣のような間だ。無口な夫とは違い冗舌《じょうぜつ》だが、嘘《うそ》や偽りの言葉は吐かない。

親しく語りあう二人を見て、嶋子はときおり嫉妬の思いが湧きあがることがあった。嶋子に見せない夫のもう一つの顔を知っている弥右衛門を、憎く思うときもある。

「話にならぬ。妻が夫に会うのに訳がいるのかっ」

嶋子は馬を強引に進ませようとする。嶋子の強い物言いに足軽どもは腰を引きながらも、震える槍先を向けてくる。

「お主らは、わらわに槍を向けるのかっ。お奈菜、薙刀を」

嶋子は、奈菜に手を差しだす。柄《え》が茜《あかね》色の薙刀を受け取り頭上で一回転させると、足軽どもの顔がこわばった。

「まったく、姫御前様は……」

弥右衛門が、嶋子と足軽の間に割って入る。

「それ以上ご無理をおっしゃると、それがしが相手にならねばならぬでは、ございませんか」

弥右衛門は腰の刀に手をかける。口元は笑っているが、眼は本気の色になっている。

「おもしろい、弥右衛門、わらわに刃《やいば》を向けるか。猿に向ける刃はなくとも、女子《おなご》に向ける刃はあるのだな」

弥右衛門の笑いが消えた。

した。


「男には男の戦が、あるのですよ」

男、男と——。弥右衛門の顔に父の顔が重なる。耐えていた辛抱の堰《せき》が切れる音がした。

馬上のまま薙刀を右上から、弥右衛門に向けてなぎ下ろしていた。

弥右衛門は軽く後ろに飛びのく。

「逃げることが、男の戦か。笑わせるな」

嶋子の声と行いに、弥右衛門は顔をゆがめる。

驚いた足軽が槍を向けてくる。その槍を、薙刀で左から右へとなぎはらう。

切れた槍先が、陽の光を反射しながら飛んでゆく。

腰の刀を抜こうとする足軽を、弥右衛門が右手で制した。鯉口《こいぐち》を切る音が聞こえた。

「姫御前様、それ以上の辱めは、さすがに頭にきますぜ」

弥右衛門は、落とした腰に手をかけたまま、馬上の嶋子との間合いをはかってくる。

嶋子を見るまなざしは本気だ。

逃げる男の顔ではない。ならば何ゆえに——。

弥右衛門は立合の名手である。手を抜けばこちらが斬られる。

嶋子は左手を静かに押しだし、薙刀の構えを八相《はっそう》から上段へと移す。

奈菜や足軽の息を呑《の》む音が、聞こえた。

奥歯をかみしめる。薙刀を持つ両手に力を込め、振り下ろした。

捉えたと思った刹那《せつな》、薙刀は急に軽くなった。刀身が空高く舞いあがる。柄だけとなった薙刀を、嶋子はむなしく振りぬいた。

弥右衛門が刀を納めるのと同時に、薙刀の刀身が近くの田に鈍い音を立てて突き刺さる。田の脇の木に止まっていたせきれいが、鳴きながら一斉に飛び立つ。

本気で斬るつもりで振り下ろした薙刀があっさりと、何が起きたのかも分からぬ内にかわされ、柄だけになってしまった。

弥右衛門は二の太刀を浴びせてこない。嶋子は顔をゆがめた。

――しょせん、女子だ、とあざ笑われた気がした。

「殿に伝えることがあれば、承りましょう」

静かに言い放つ弥右衛門を、苦々しい思いとともに大きく息を吐いてにらみつける。

「我が夫に、伝えよ」

嶋子は切れた薙刀の柄を、弥右衛門に向ける。

「猿から逃げるのであるのなら、城は、わらわがもらい受ける、とな」

折れた茜色の薙刀の柄を、弥右衛門に投げつけた。

三

足利嶋子はお丸山の館から、大蔵ヶ崎城の大手とは逆側にある一番奥の郭《くるわ》の端まで歩いてきた。

三つの堀を斜面の下の小道で通り越えてやってきた高台は、矢尻のように左右と先が狭《せば》まり、断崖となっている。

嶋子は眼下の川沿いの湿田を眺めた。左手を流れる内川と、右手を流れる荒川が、田の先で重なり一つの川となっている。

緑の穂が、夕陽を受けて朱《あか》く染まりながら揺れている。その上を、背の黒いせきれいが何羽も飛んでゆく。

夏の終わりの匂いがする風が、川から吹きあげ、嶋子の長い髪を揺らす。

嶋子は右手を、そばのさくらの老木に添える。

心に迷い事があるときには、この想い出の地に立ち、龍笛《りゅうてき》を吹いた。

新しいふるさととなった景色を見ながら横笛を奏でると、心が落ちつき、進むべき道が見えた。しかし、今は何も浮かばない。

左手に握る龍笛は、あの日、若武者から渡された物だ。篠竹《しのだけ》に樺桜《かばざくら》の蔓《つる》が総巻で巻かれ、胡桃《くるみ》色に染めてある龍笛は、嶋子の手になじんだ。唄口の逆の管尻には、切り取って束ねたさつきのたてがみを結びつけている。

三《み》つ巴《どもえ》の家紋の若武者から託された芦毛《あしげ》の馬——さつきは、あれから嶋子と共に多くの道を歩み、天を見た。この地にも共に来るつもりであったが、嫁ぐ前にさつきは、脚をけがしてしまい、泣く泣く安房の地に残してきた。弟たちに世話を頼んだが、元気にしているだろうか……。

奈菜や弥右衛門の前では強がってみせたが、どうすればよいのか途方に暮れている。戦に敗れれば、敵に生殺や与奪の権を握られるのは当然のことである。それは男どものみならず女子供も同じである。

いや、実際に籠城などで、本妻を始め女子衆がその後の己の行く末を案じ、城と共に討ち死にすることは多々あった。信長の妹である市《いち》の方も、二度目に嫁いだ柴田勝《しばたかつ》家《いえ》が、秀吉に攻められた際には、自害した。

龍笛のさつきのたてがみをなでる。城主の妻となった時から覚悟はしていた。

だが、まさか夫が逃げるとは——。

考えたこともなかった事態に、思いは乱れ、何をどうするべきなのか分からない。

そういえば、父から嫁入りの話を聞いた時も、同じように困惑した。

自分が嫁ぐとは、思ってもいなかったのだ。

公方家の娘は、その立場ゆえ尼寺《あまでら》の住持として求められる場合が多い。

嶋子の姉も、鎌倉尼五山の第二位である東慶寺《とうけいじ》に十九世住持、瓊山法清尼《けいざんほうせいに》として入山している。幼き頃に別れた姉との想い出は、わずかしかない。


「姉様《あね》は、仏様のところに嫁ぐの」

無邪気な問いを発した嶋子に、姉は柔らかい笑みを浮かべた。

「嶋や……。姉さんはね、この世の多くの苦しみをなくすため、仏様のところに修行をしにゆくのよ」

「でも嶋は、姉様がいなくなると寂しい……。この世の人より、嶋のためにそばにいてはくれないの」

姉は嶋子の目を、真っすぐに見つめてくる。

「足利の家に生まれた者は、自分や家よりも、もっと大きなもののために生きないといけないのよ」

　姉の両手が、嶋子の肩に静かに置かれる。

「大きなものって言うのは、さくらの木や山のことなの。それとも、この間一緒に見に行った広くて大きい海のこと」

　姉は優しくほほ笑んだ。

「嶋にはまだ難しいかもしれないけど、大きなものを――天と言うのよ。嶋や姉さんの生まれる前からあり、死んだのちもあるもの、それが天なの」

　嶋子は首をかしげた。

　姉は嶋子を力強く抱きしめてくる。姉の温かく柔らかい頰が、頰に重なる。

「だから嶋とはお別れ……。でも姉さんは、いつでも嶋の味方よ」


　姉の湿った声を思いだすたびに「天」という言葉を考える。

　嶋や姉は、上総《かずさ》国南部の小田喜《おだき》や周淮《すえ》郡、安房国の古刹、石塔寺《せきとうじ》などで育った。山とさくらの老木に囲まれた寺から南へ一里ほどゆくと、房総《ぼうそう》の外海が広がっていた。

　嶋子は初めて見た海の大きさを、忘れることができない。あの海より大きいものなどこの世にはないと思っていたら、姉は、海より「天」がはるかに大きいと言った。

それから嶋子は、天を知りたいと願いつづけた。

海のない下野国に嫁いだのは、何の因果であろうか。

嶋子は緩やかに息を吐く。どこからかせきれいの鳴き声が聞こえてくる。

思えば自分がこの地に嫁いだのも、父の策の一つと思うが、その訳を詳しく話してくれる父ではない。父にとって自分は、ただの駒の一つなのだ。

しかし駒だとしても、嫁ぎ先は下野国と聞いて、心に一つの想い出がよみがえった。

――三つ巴の家紋の若武者。

嫁ぎ先の塩谷氏の家紋も、三つ巴であった。

微《かす》かな望みを胸に祝言の儀に臨んだが、夫の額には左右に走る醜い刀創《とうそう》が刻まれ、鼻の下とあごには長いひげを貯《たくわ》えており、若武者とは似ても似つかない姿だった。

手にする扇子も、若武者に託したさくら吹雪の扇面ではなく、黒一面の親骨の太い武骨なものだった。日々励む鉄炮の鍛錬のせいなのか、厚い胸でたくましい体の新郎は、しわがれた低い声で、「苦労をかける……」と呟《つぶや》いた。

まるで山賊のような刀創とひげのいかつい夫の容貌に当初、嶋子はとまどった。刀創の訳を聞いても答えてくれず、口数も少なく何を考えているのか分からない夫に、どう接すればいいのか悩む日々が続いた。

そういえば、二年前のあの春の日も、ここで同じように川を見つめていた。

ささいなことで夫や家臣団と言いあいになった。誰とも顔を合わせたくなく、嶋子はさくらの老木のそばで膝を抱えながら座りこみ、たそがれていた。

ふらふらとさまよっていたら、ふるさとの石塔寺のさくらの老木を思わせるこの場にたどり着いていた。

山の終わりで眼下には村が一望できる。さくらの老木の脇は、人が一人座れるほどになぜかならされていた。

揺れる川面《かわも》が夕陽を浴びて光り、土と木々の春の匂いが漂い、夜がそっと近づく兆しがしていた。ときおり舞い落ちるさくらの花びらを、手のひらで受け止めながら、ぼんやり見つめていると、唐突に目に涙が浮かんだ。

――死んだ母や、姉に会いたい。

優しい二人の面影がまぶたに浮かび、涙が頰を伝う。

嫁いで一年、まだ子宝を授からなかった。しゅうともしゅうとめも嫁ぐ前にすでに亡くなっていたが、口さがない言葉を嶋子にぶつける者もいた。

子供でもいればこんな想いを抱《いだ》くことはないのかもしれない、と思うとさらに哀しくなり、こうべが垂れた。小袖の細帯に差しこんだ龍笛を右手で強く握る。

もう、いっそのこと、ここから身を投げれば楽になれるかも、と考えた時、何かの鳴き声が聞こえた。

顔を上げ、ぬれた目をこすり、辺りを見渡すが、何も見えない。気のせいかと思ったら、再度、寂しげな鳴き声が聞こえた。

黄金色の一匹のきつねが、少し離れた草むらからこちらを見ていた。上目遣いに嶋子の様子をうかがっている。

この丘のすぐ下には、笹追《ささお》い天王《てんのう》と地元の人々に親しまれている神社がある。夫の養祖父である惟朝《これとも》が、尾張《おわり》国の津島牛頭《つしまごず》天王社のご分霊を勧請《かんじょう》して創建した神社だ。

霊験あらたかな牛頭天王の使いなのだろうか、嶋子はわらにもすがる思いで、きつねに右手を伸ばした。

きつねは辺りを何度か見渡したあと、おそるおそるといった様子で、嶋子の元へやってきた。嶋子の右手に鼻と口をすりつけてくる。くすぐったい毛の手触りに嶋子は笑みがこぼれた。おでこをなでると甘えるように鳴いた。

「やよいと、呼んでおる」

突然の声に振り向くと、胡桃色の胴服姿の夫が、気まずそうに立っていた。

嶋子は慌てて立ちあがり、頭を下げる。

「お主の来る一年前の、春の日に出会った。雄のきつねだが、やよいと名付けた」

やよいと呼ばれたきつねは、尾を振り、夫の前まで行くと寝転んで白い腹を見せた。

夫は腹をなでながら、「息災か」とやよいに呟いた。

「と、殿が――飼っておられるのですか」

ふだん嶋子の前では決して見せない、夫の柔らかげな顔に、驚きながら声を出す。

夫は袖から木の実を取りだし、地面に丁寧に置く。やよいはうれしそうに食べはじめる。

「ここは、なにか考え事をするときにちょうどいい」

夫はさくらの老木の根元に腰を下ろした。座れと促すので、右隣に同じように座る。

夫はまた袖を探ると干し柿を取りだして、嶋子に差しだしてくる。同時に袖口から何かが落ちた。木の実かと思い拾いあげると、それは鉄炮の鉛弾――十匁玉だった。

「ああ、すまぬ。袖に入れておかぬと落ちつかぬものでな」

笑う夫に十匁玉を返し、干し柿を受け取った。促され、白く粉のふいた干し柿を口に運ぶ。甘く苦い味が広がる。さくらの花びらが、目の前をゆっくりと落ちてゆく。

「幼き頃、父上にこっ酷《びど》く怒られたときがあった。なにもかもが嫌になり館を飛びだしたわしは、村にも出られず、館にも戻れず、ここで一人泣いたものだ。それ以来ここは、わし一人の秘密の地となった」

夫は干し柿をかみちぎり口を動かすと、手で川を指した。

「夏が始まると鮎《あゆ》が、この川を上ってくる。美しい川面の光とともに、この地にも恵みの夏が訪れる。恵み多き川が連なるところゆえ、来て連なる川と書き、来連川《きつれがわ》と呼ぶ者もおる」

初めての夏は嶋子も鮎を堪能《たんのう》した。柔らかく淡泊な川の幸に舌鼓《したつづみ》を何度も打つ嶋子に、奈菜が憂えながら、「鮎は年魚ですから、嫁いだばかりであまり召しあがりませぬよう」といさめたくらいだ。

嶋子と夫の間に、木の実を食べ終えたやよいがやってきて、二人を見上げて鳴く。

夫はやよいの背を静かになでる。

「きつねが多く伝承も伝わるゆえ狐河とも呼ばれておる。だがわしはそう呼ばぬ」

夫は嶋子を見つめてくる。あまりの近さに頬が熱くなる。

「喜びの連なる川と書き、喜連川《きつれがわ》と呼びたい」

喜連川——いい響きだ。

嶋子は夫の眼を見つめ返す。夫は真面目な顔つきになった。

「嶋……。お主をめとることができ、わしは幸せだ」

閨《ねや》でも聞いたことのない、思いがけない言葉に胸が高鳴る。何も言えずうつむいてしまう。

「お子をなせず……。まことに申し訳なく思いまする……」

平らな腹をさする。まだ懐妊の兆しは見えない。

「案ずることはない。子をなせぬのは、女子《おなご》のみではなく、男のわしのせいでもあるのかもしれぬのだ」

夫の優しい言葉に、嶋子は奥歯をかむ。

「いえ、血を残すのは、女子《おなご》の戦にてございます」

母の顔が思い浮かぶ。

強い声にやよいが体をこわばらせた。

夫は嶋子を見つめてから、やよいをなでる。低い鳴き声がした。

「嶋、天は要る刻《とき》に、要るものを授けるのだ。まだ刻ではないだけだ」

「しかし……。殿もわらわも、いつなんどき……」

この騒乱の日々、夫も私もいつまでも命がある限りではないのだ。

「確かに……。この豊穣《ほうじょう》の恵みの地は、宇都宮と那須の境目の地だ。奥州へ続く奥《おくの》大道《たいどう》が走り、関東とみちのくを結ぶ要所として古来《こらい》、戦が絶えぬ」

そう語る夫の顔は、一転して苦しげに見える。

「父上がなにをもって宇都宮を裏切り、伯父上を殺したのかは、分からぬ。ただ、それにより血で血を洗う復讐《ふくしゅう》が始まってしまった。伯父上は信じていた重臣に裏切られた。同じことが我が家でも起きないとは、言えぬのだ……」

しゅうとである孝信は、塩谷本家の孝綱《たかつな》の息子だ。子のいない分家の惟朝の養子となり、この地の塩谷家を継いだ。孝信の兄の義孝《よしたか》が本家を継いだが、二十四年前の永《えい》禄《ろく》七年（一五六四）、孝信は義孝の居城である川崎城に突如乗りこみ、兄を殺害した。その際、義孝が重く用いていた重臣が背信し、手引きをしたらしい。

「兄弟で争うなど愚かなことだと思うのだが、戦国の世の習いだ。なんともならぬ」

のちに落ち延びた義孝の遺児である義綱が、宇都宮氏などの力を借り、川崎城を取り戻している。宇都宮氏や佐竹氏、那須氏などの周辺の者どもを巻きこみながら、塩谷家は本家と分家に分かれて骨肉の争いを続けている。

「落城すると無残なものだ。特に城にこもる女子衆《おなご》は……。薄葉《うすば》ヶ原《はら》で、わしはこの世の地獄を見た」

夫は額の傷に手を当ててうなった。

夫は、従兄弟《いとこ》に当たる義綱と敵味方に分かれ、いまだに戦っている。

嶋子が嫁ぐ二年前の天正十三年（一五八五）に、この地の戌亥（北西）の方、薄葉ヶ原で大きな合戦が行われた。合戦のさなかに山田《やまだ》城で、城主の本妻である菊《きく》御前が、十一人の侍女と共に崖から川に身投げをして、命を絶つという出来事があったらしい。

「できるだけお主に苦労をかけたくはない。だからこそ日々のまつりごとや争いに手を抜けぬのだ。城主としてのわしは、お主に甘えることは、できぬのだ」

夫は、喜びが連なる川を見ながら寂しげに呟く。

横顔を見ながら嶋子は、「はい……」とうなずくことしかできない。

「天は要る刻に要るものを授けるのだが、自ら助くる者しか、それを得ることはできぬのだ」

夫の力強い声に、嶋子は腰の龍笛に手を当てる。

夫は龍笛を一瞥《いちべつ》して言葉を続ける。

「九州の地も関白に降り、西は落ちついたかも知れんが、東は徳川《とくがわ》に北条、伊達、争いの火種は当面尽きぬ。お主とゆっくり語りあえるのは、まだまだ先になる。苦労をかける」

夫は、体を前に倒し、嶋子をのぞきこむように見て、目尻を下げた。

「血を残すのが、女子《おなご》の戦であるのなら、それを護るのが男の戦、なのだ」

思わぬ夫の優しい声に胸と頰が熱くなる。両手を胸に強く当てる。

さくらが舞い散る中、やよいが天にも届くかのごとく、一声鳴いた——。


あれから二年。夫に何があったのかは分からない。

夫は相変わらず館では無口でいかめしい顔をしているが、ときおり、このさくらの老木の下で会うときは、優しく嶋子を包んでくれた。ここは二人だけの語らいの地となった。

ただ、逃げたという出来事だけは、まことのことである。

嶋子は大きく息を吐いて、左手で持つ龍笛を見つめる。さつきのたてがみが夜風に揺れている。あれから泣かぬように己を律して生きてきた。強く生きようと誓い、ひたむきに城主の妻としての日々の務めを果たしてきた。

草のこすれる音に目を向けると、いつの間にか来ていたやよいが、こちらを見つめていた。

座りこみ、右手を差しだすと、そばにやってきて手のひらをなめる。くすぐったさに口元が緩む。

誰かを探すかのように、やよいは辺りをうかがい、寂しげに鳴いた。

――あなたの主人は、もうここには戻らないのよ。

やよいと自分の身の上が重なり、とたんに胸が詰まった。目頭が熱くなり、涙がこぼれ、頬を伝わる。

やよいが体をすりつけながら、気遣うように嶋子の周りを回る。ひとしきり嶋子の周りを回ったあと、やよいは目の前で甘えた鳴き声を出した。

逃げた夫に代わり、この子を、私が護らねばならない。

いやこの想い出の地を、私が――。

嶋子は涙を拭いてやよいのおでこをなで、龍笛のさつきのたてがみを触ってから、唄口にそっと唇を重ねた。

過ぎたことを悔いてもどうにもならない。今、為《な》せるより良きことを為すしかない。

思いを重ねるように調べを奏でる。

寂しげな調べが、さくらの老木の下に流れる。

さつきのたてがみが、嶋子を励ますかのように幾度も揺れた。

四

「姫は相変わらず、お美しいですな」

目の前であぐらをかいている天庵は、そりあげた頭をたたく。ぺちりと陽気な音に、足利嶋子は頰を緩める。

「まあ、もう般若湯をお召しあがりなのですか」

刈安《かりやす》色の古風な毛引《けびき》縅《おどし》の丸胴をよろう天庵の笑い声が、お丸山の館の一室に響く。

今朝、天庵は嫡男の小田守治ら数人の供回りと共に、にわかに大蔵ヶ崎城を訪ねてきた。二人だけで話がしたいということで、守治らは奈菜が馳走《ちそう》をしている。

「猿、いや関白の怒りを買われたと伺っておりますが……」

「そうそう、佐竹の彼奴《きやつ》らが、早々と関白様に降ってしまったゆえ、時節を逸してしまいましてな……。小田城も取り戻せず、無念の極みでござる」

天庵は筑波の嶺のふもとにある小田城を巡り、何度も常陸の佐竹義重、義宣親子と干戈《かんか》を交えている。天庵はなぜか知らぬが、小田城に執着している。昔、そのことを問うたことがあるが、珍しく言葉を濁しただけで教えてくれなかった。

「宇都宮のお城には向かわれないのですか。許しを乞えば、お家が絶たれる事態は避けられるのではございませんか」

天庵は頭をかいてから、口ひげを触る。

「義宣めが、すでに入城しておるらしく、後塵《こうじん》を拝してしまいました。どうも彼奴と顔を合わせるのがいまいましく……。関白様は会津《あいづ》まで足を延ばされるとのことなので、折を見て釈明とお家存続の願いの儀を、お頼み申すつもりでござる」

嶋子は目を細めた。ということは、秀吉はここ大蔵ヶ崎城の城下を通るのだ。

「それより安房守殿は……」

夫の名に嶋子はため息をつく。

「唐突に出奔いたしました。鷲宿の城に引きこもり、私が出向いても会ってもくれませぬ……」

天庵は腕を組みながら、うなる。

「あくまで那須氏に殉ずるおつもりなのか……。塩谷本家は関白様と懇意らしいですからな。いまさら足元には付けんでしょう。うむ……。よろしい、のちほど拙者が訪ねて様子をうかがってみましょう」

「まことにかたじけなく存じます」

嶋子は深々と頭を下げる。

「して、お父上のことですが……」

天庵は言いづらそうに、茶をすすった。

やはりそう来たか――。

嶋子は小さく息を吐く。

顔が見たくてなどと天庵は言っていたが、この大変な時期にわざわざ刻を割いて会いに来るのだ。父から何か言づてがあるのだろう。

「お父上は古河城におります。また関白様も古河の地に逗留《とうりゅう》しておるようでござる」

嶋子は眉根を寄せる。

逗留とは――。

「どうやら関白様は、氏姫にご執着の模様で……」

「なんじゃと」

右膝を立ててしまい、打掛の裾がこぼれた。

「いや、その、まだ、どうこうした……というわけでは、ないはずなのですが……」

「猿めっ」

舌打ちとともに膝を戻す。

「武家の棟梁《とうりょう》たる清和源氏の血を、なんと心得るのかっ」

「しかし、関白様は下々の出としても、すでに天下を手中に収めるのは間違いなきことかと存じまする。こたびの北条家との戦いを終え、もはや明白であると……」

天庵の口ぶりには、悔しさがにじんでいる。

「でも信長公の本能寺のようなことも、あるかもしれぬであろう」

「天が、望めばあるかもしれませぬが……」

「猿が、天が望みし者だというのか」

「それは分かりませぬ。が、ここまで上りつめたということは、傑出した者であるのは確かでしょう」

嶋子は息を吐く。

家柄によって人の善し悪《あ》しが決まるわけではない、ということは、嶋子もじゅうじゅう分かっている。天庵と共に多くの人を見てきた。どこから生まれたかではなく、どう生きるのかによって、その人の貴《たっと》さは決まるものだと信じている。

「少なくともお父上は、そう思われているようですぞ。こたびの関白様の古河入りも、お父上の手引きによるものかと」

眉間にしわを寄せてしまう。胸の内が黒くなる。

「父は氏姫を、猿の側《そく》にしようとしておるのか」

「そこまでは分かりませぬが、関白様は高貴な血をお好きで、なおかつ好色と聞いております」

「たわけたことを。五十も半ばの者に嫁ぐとは、氏姫がふびんではないか」

氏姫の愛らしい顔と小さな手が思い浮かぶ。凛《りん》と咲くさくらの花が、無残に手折《たお》られる姿を想像してしまい、慌てて首を振った。

「公方家とはいえ、北条家の傀儡であったゆえ、拒むのは難しいかと……。またなぜか、大納言《だいなごん》様がそれを熱心に勧めているとのうわさもござって……」

徳川大納言家康《いえやす》は、秀吉の国替え令により、北条氏の治めていた関東の地に移ってくるらしい。同じ関東の地に二人の統治者は要らぬ、ということなのだろうか。

「氏姫も、もう十と七つ、男の兄弟がいないですからな……。公方家の跡目にも関わることゆえ、関白様も公方家をいかにするか、お悩みの様子でござる」

公方家の跡目――。

「待て、氏姫が猿――いや関白に嫁ぐとなると、公方家はどうなるのじゃ」

天庵は坊主頭をかいてうつむいた。嶋子には二人の弟がいる。元服済みの国朝と、まだ元服前で十と一つの龍王丸《りゅうおうまる》だ。

「父は氏姫を生贄《いけにえ》にして、国朝を公方としようとしておるのか」

「いや拙者は、まつりごとにはうとくて……」

「そんなことは許さぬ。名は力のために捨てるものではなく、天のために捨てるものじゃ。父は間違っておるぞ。そう思わぬか、天庵」

天庵はあごひげを左手でなでながら、上目遣いに嶋子を何度か見てくる。何かを言いたいときの天庵の癖である。昔から見誤りようのない人だ。

「なにかあるのなら、申してみよ」

嶋子の声に、天庵は頭を上げた。思いがけず真面目な眼の色である。

「一つだけ、それを避けることができる方案がございます」

低い声に嶋子は息を呑んだ。

「あ、ちなみにこれは拙者の方案ではなく、お父上からのお言葉と思っていただきたいので、ござりまするが……」

「早う、申せ」

「氏姫を、弟君と妻合《めあ》わせるのでございます」

氏姫と国朝を――。血は近いが、その程度の同族の婚礼は今までなかったわけではない。

「古河公方と小弓公方を一つにするのか……。氏姫の気持ちは分からぬが、周りの御連判衆が得心せぬであろう」

嶋子は古河城に住む氏姫の元を何度も訪れている。外の世の話をする嶋子に対して、氏姫は姉様と懐いてくれているが、一色家を始めとする周りの御連判衆の態度は冷たかった。

「お父上もその程度のことは存じております。こたびの古河入りに弟君も連れているそうです。またそのために関白様に誼みを通じておるのでございます」

「より大きな力をもって、従わせるということか……。しかし関白が氏姫に執着ということは、どうなるのじゃ」

「それも避ける道が一つ……。ただこれは拙者の口からは……」

唐突に背筋に悪寒が走った。高貴な血、好色、夫の出奔……。古河公方側には氏姫しか女子はいない。小弓公方側の嶋子の姉は、東慶寺に入山している。急に息が荒くなる。

「ま……待て、殿は逃げたのではなく……。まさか——」

「ともかく一度、関白様の元へ参らねばなりませんでしょう」

天庵のおもんぱかる声を、嶋子は放心したまま聞いた。

五

秋の匂いを含みはじめた葉月《はづき》の風が、馬上の足利嶋子の頬をなでる。

嶋子は奈菜らを引き連れ、大蔵ヶ崎城から未申《ひつじさる》（南西）の方に二里（約八キロメートル）、奥大道を氏家《うじいえ》の郷《ごう》まで馬を進めてきた。右手には宇都宮氏に連なる芳賀《はが》氏の城である勝山《かつやま》城が見え、左手には森が広がっている。

勝山城の向こうにある衣川《きぬがわ》からは、湿り気を帯びた川の風が吹いてくる。嶋子は、これから己が為すことの重大さに唾を飲みこんだ。

南に延びる奥大道の先には、衣川を渡る阿久津《あくつ》の渡しがある。宇都宮を発った秀吉らの一行は、そこを渡り、こちらに向かってくるはずだ。

昼前に宇都宮に忍ばせていた使いからの言づてを得て、嫁ぐ時に造った鮮やかな茜色の胴丸をよろい、ここまで来た。

今日は我が家《いえ》の戦である。

刀を天神《てんじん》差しにし、胴丸の上には夫からもらった真白の陣羽織を羽織った。兜も笠《かさ》もかぶらず、額金《ひたいがね》を入れた白い鉢巻きを巻き、長い髪は後ろで束ね垂らしている。

着付けを手伝ってくれた奈菜は、「姫様、まことに凜々《りり》しく、在りし日の謙信公のごときでございまする」と感嘆の声を上げた。佐野氏に連なる奈菜は、幼き頃、下野の唐沢山城にやってきた上杉謙信を見たことがあるらしい。

「この辺りで待ちましょう」

隣にいる馬上の奈菜の声に、嶋子はうなずき、馬を止めた。

奈菜も嶋子と同じような胴丸をよろい、薙刀を肩に担いでいる。

嶋子を見る奈菜の顔は、血の色が引き蒼白《そうはく》だ。奈菜にだけはこのたびの企てを話した。他の供の者には、会津に向かう秀吉を、城下の道中でもてなすとだけ告げてある。

古河に逗留した秀吉は、その後、下総の結城《ゆうき》城に入り、先月の二十六日には宇都宮城へ入った。長雨の中、出頭した各大名の仕置などを行ったあと、今日八月四日、奥州の雄、伊達政宗の案内により、会津に進むためこの道をやってくる。

鷲宿に引きこもった夫の元へ向かった天庵からは、書状が二通届いた。

一通は天庵の文《ふみ》で、夫の様子がつづってあったが、肝心要である出奔した訳は記されていなかった。相変わらず弥右衛門などと弓や鉄炮の鍛錬に励んでいることなどしか書かれていない文を、嶋子は嘆息交じりに読んだ。

もう一通は夫からの去状《さりじょう》——離縁状であった。

去状につづられている夫の一文字一文字を、嶋子は信じられない思いで追った。まさかこのような形で、夫婦の営みの終わりがくるとは、思ってもいなかった。共に過ごした三年の月日は、いったい何であったのであろうか――。

手綱を握る手に力が入る。馬がいななく。はるか遠目に旗指物《はたさしもの》が見えてきた。

「大蔵ヶ崎城城主、塩谷安房守が室、足利左兵衛督《さひょうえのかみ》が娘、嶋と申す。関白様の道中をお供せんと参った」

先触れの騎馬武者は、嶋子の名乗りに驚きながらも、申し出を伝えるために戻った。道の脇に避けた嶋子たちを、物珍しげに見ながら騎馬と徒《かち》の軍勢の列は、奥大道を騒がしく進んでゆく。それにしても雲霞《うんか》のごとき軍勢だ。お丸山の城など一刻《いっとき》も持たずに落ちてしまうのではないだろうか――。

下劣で卑しい笑い声が所々から聞こえてきた。歯の欠けた足軽たちが、ぬれた足を引きずり、薄ら笑いをしながら、嶋子の一行を好奇の目で見てくる。

両肩にのしかかる陣羽織の重さに、嶋子は奥歯をかむ。

やがて数騎の騎馬が駆けてきた。秀吉かと思ったが、関白自ら手綱を握ってくるわけがない。

遠目に見ると、三日月のような兜の前立《まえだて》が陽を浴びて光った。漆黒の弾のように、土煙を上げ、こちらに向かってくる。

男は目の前で手綱を引き、馬を止めた。黒毛の馬が大きく首を振った。

黒鉄《くろがね》の当世具足の男は、嶋子の白い陣羽織を無遠慮に見て白い歯を見せたのち、嶋子の顔をしばらく見つめてから、「ほうっ」と息を吐いた。

嶋子と同じくらいの若い武者だ。男の右目は白濁しているが精気がみなぎった顔をしている。そばの供の馬印は、黒の二段鳥毛《とりげ》笠の上に鳥毛が付いている。聞いていた秀吉の馬印は金の逆さ瓢簞《ひょうたん》だ。

「おっと、見とれちまったぜ。あんた好《い》い女だな」

低く砕けた声に、嶋子は眉根を寄せた。

「大蔵ヶ崎城城主、塩谷安房守が室、足利左兵衛督が娘、嶋と申す。そなたは――」

「威勢がいいねえ。女はそうでなくちゃいけねえぜ。奥羽の龍――伊達藤次郎《とうじろう》たあ、俺のことよ。あんた惟久なんて弱っちい奴じゃなく、俺の側にならねえか」

「無礼な」

声を上げた奈菜を、嶋子は手で制した。

この男がうわさに名高い隻眼《せきがん》の政宗。嶋子は気圧《けお》されぬよう背筋を伸ばす。

「お主が小田原に遅参して、関白に尻尾を振った奥州の猫か」

政宗は左の眼を、微かに広げた。

政宗の供回りが険しい顔になる。政宗も供を手で制す。

「尻尾を巻いて逃げだした猫以下の鼠《ねずみ》よりゃ、ましだがな」

政宗の笑い声に供の者が追従する。

「窮鼠《きゅうそ》、猫をかむということわざを、奥州の猫は知らぬとみえる」

嶋子のざれ言《ごと》には、誰も笑わない。

政宗の眼の奥底が光った気がした。

「言っておくがな、公方の血なんぞ、いまさらありがたくもなんともねえんだぞ。力なき血は無力ってやつさ。勘違いしている女ってのは滑稽だぜ」

「血が大切なのではない。綿々と続いたその先人の想いを、自らが背負う――その気概が、尊《たっと》いのじゃ。想いなき力は乱暴狼藉《ろうぜき》であることを知らぬとは鄙《ひな》びた男じゃ」

政宗は眼を細め、馬をゆっくりと近づけてきた。

嶋子はあごを引き身構える。奈菜の息を呑む音が聞こえた。

「気の強《つえ》え女は嫌いじゃない――が」

そう言うなり嶋子の腰から、刀を鞘《さや》ごと引き抜いた。

避けようと腰を回したが、背中に着込んだ鉄《かね》が邪魔で身動きが遅くなってしまった。

「関白が会うってよ。奥羽の守役としてこたびの仕置は俺が仕切ってる。万が一のため、腰のもんは預かっとくぜ」


後光が射《さ》しているような金色《こんじき》の兜が、遠目に見えた。政宗が馬を止め、下馬したので、嶋子もそれに倣う。すれ違う騎馬と徒の群れは、秀吉に近づくに連れ、整然と統率された者どもになり、屈強な者が増えた。無駄口をたたく者はいない。

政宗が頭を下げたので、嶋子も頭を下げる。奈菜の手にしていた薙刀も取りあげられているので、供の者も含めて無腰だ。背中に汗が流れる。


馬蹄《ばてい》の音が響き、やがて止まった。

「面《おもて》を上げられよ」の声に、ゆっくりと顔を上げたとたん、金色の光に目を細めた。

派手な金色の馬鎧《うまよろい》で飾った芦毛の馬に乗る、小さな貧相な男――豊臣秀吉は、嶋子を見ると満面の笑みになった。

秀吉の後ろ脇にいる能面のごとき男が、満月に見える前立を光らせながら、続けて問いかけてきた。

「そちが、塩谷安房守惟久が室、嶋か」

「だからさっき、俺が言っただろうが、治部少輔《じぶのしょう》よ」

政宗があきれた声を出す。

嶋子は一歩前に出た。

「大蔵ヶ崎城城主、塩谷安房守が室、足利左兵衛督が娘、嶋と申しまする。関白殿下《でんか》に喜連川名物の鮎を馳走せんと参りました」

嶋子の声に奈菜が、竹の皮を開きながら鮎を差しだした。今朝用意したばかりの串刺しにした鮎の塩焼きの香ばしい匂いが、辺りに広がる。同じものをいくつか持ってきている。

秀吉の馬の口取りが、匂いに釣られたのか嶋子たちを見てくる。小柄な口取りの脚は、他の供回りと違ってぬれていない。

数匹の鮎が載った竹の皮を差しだそうと奈菜が一歩前に出たところ、治部少輔と呼ばれた男が手を上げた。奈菜は槍を持った足軽にさえぎられる。

「毒味もせずに召しあがるのは、いけませぬ」

敵意を含んだ男の声に、嶋子は唇をかむ。

「三成《みつなり》よ、いかにすべきか」

こわばった声が、秀吉の口から出た。

三成と呼ばれた能面の男が、苦々しい顔をする。治部少輔の三成――そうするとこの男が、忍城を水攻めした石田《いしだ》三成なのか。

秀吉は顔をしかめたまま黙っている。

突如、その鮎を一本、政宗が手に取り、口に運んだ。

「うん、うめえ、こりゃいけますぜ、殿下」

政宗が嶋子を見て得意げに笑う。

三成の舌打ちが聞こえた。

「ほうっ」と言う声がした。秀吉の馬の口取りが、感嘆したかのような顔をしている。半分開いた口から黒い歯がのぞいた。

嶋子は奈菜から竹の皮を受け取り、口取りの前へと進んだ。

けげんな顔を向ける口取りに一礼してから、嶋子は鮎を一口、口に運ぶ。ふくよかな身を飲みこんだあと、腰をかがめて笑顔と共に口取りへ両手で差しだした。

「殿下、尾張や美濃《みの》の鮎に優《まさ》るとも劣らぬ喜連川の鮎でございます」

「嶋っ、控えよ」三成の焦った声が響く。

口取りは嶋子を黙って見ていたが、やがて大口を開けて高らかに笑った。

「ははは、嶋よ、なぜ余が関白と、そう思う」

「はい。僭越《せんえつ》ながら申し上げます。まず殿下のおみ足はぬれておりません。阿久津の渡しを徒渡りではなく船で渡られたということです。また、お口の中に鉄漿《かね》を引いておられます。それに……」

その先を言うべきか言わざるべきか嶋子は迷った。

口取りは黙って嶋子を見つめてくる。

「まなざしの強さが、馬上の武者とは違っておりました」

追従ではなく正直に思ったことを述べた。

口取りは一笑して手を伸ばし鮎を取った。

「殿下、なりませぬっ」

三成の強い声の中、口取りに化けていた秀吉は、鮎を口に運んだ。

三成を始め供回り衆の息を呑む音が聞こえる。

嶋子は頬を引きつらせながら、緩やかに息を吸った。

秀吉の咀嚼《そしゃく》する音だけが続く。

やがて秀吉は破顔した。

「うみゃい」

秀吉の高らかな笑い声が響く。

「三成よ、そうそう固くならんでもええがや。見目《みめ》麗しき女子《おなご》が差しだす鮎に、毒が盛られておるわけがあるまい」

秀吉は続いて、嶋子が口を付けていない鮎も手に取り、口に運んだ。

これには嶋子も息を呑んだ。

秀吉は口を動かしながら、おどけた顔を見せる。

これが天下人たる者の器量——。嶋子のこうべは、おのずと垂れた。

奈菜の鮎を、秀吉の供回りの者が受け取る。

鮎をきれいに平らげた秀吉は、両の手をなめながら問うてきた。

「それより、惟久殿はどうした。宇都宮にも来なかったが……」

柔らかいが棘《とげ》を含む秀吉の声に、嶋子はあごを引く。

「夫は——」言葉に詰まる。どう説明すべきか——。

「出奔したと聞いておるぞ。そちは釈明にでも参ったのか」

三成の冷たい声に、嶋子は奥歯をかむ。

「名を惜しむ坂東武者が、出奔なぞするわけが、ございませぬ。まあ道中ゆるりとその話なぞをしながら、我らが城までお供をつかまつります」

「殿下、なにをたくらんでおるか分からぬ者の申し出なぞ、受けてはなりませぬ」

「小っちぇえ男だぜ」

三成をからかうように政宗が呟く。

「ええい、そんな鮎など捨てろ」

三成は、嶋子の鮎を渡そうとする小者に当たり散らす。

「けっ、俺が食うからよこしな」

満月と三日月が言い争う中、日輪《にちりん》の声が響いた。

「おもしろい。天下一統の総仕上げぞ。源氏の棟梁、足利の血に見守られながら、にぎやかにゆくのもいいものだがや。馳走を楽しもうぞ」

嶋子は頭を下げる。同じくこうべを垂れた政宗が微かに笑ったように見えた。


小柄で貧相な付けひげの男は、天が選んだ男かもしれない――。

嶋子は左隣で馬に揺れている秀吉を見ながら、そう思いはじめていた。口取りの姿のまま、影法師武者のしていた金色の兜だけをかぶっている。釣り合いの取れぬ滑稽な姿だが、それを気にする様子はない。

何よりも人を虜《とりこ》にするような、とろけるごとき笑い顔にほれこんでしまいそうである。話の受け答えも当意即妙で知恵が回る。

手綱を握る手に力が入る。自分がこれから為そうとすることに対して迷いが生じてしまっている。

田と松の道を共に進んできた。前方にはこんもりとした丘陵の森が見えはじめた。

政宗は前に、三成は後ろに、嶋子と秀吉を囲むように馬を歩かせている。

腰に差していた茜色の脇差も三成に取りあげられ、嶋子は無腰だが、胸の内には懐剣をひそませている。

「一つお伺いしてもよろしいでしょうか」

秀吉は朗らかにうなずく。

「なぜ、口取りのお姿に……」

自分を試したのだろうか——。

秀吉は顔をほころばせた。

「若き頃は、名を上げるために死に物狂いじゃった。今は亡き信長公に仕え、なんでもやった。当然、口取りもじゃ。この頃、妙にあの頃が懐かしゅうなってな……。ところで嶋御前は、信長公にお会いになったことはあるのかな」

「いいえ、京の都にも行ったことのない東夷《あずまえびす》なものでして……。ただ八年ほど昔に上野国の厩橋城で左近将監殿の玉鬘は拝見したことがございます」

「ああ、一益の……。彼奴は運がなき男でござってな……。あの時、余は備中《びっちゅう》の高《たか》松《まつ》城を攻めておった。信長公の変事にすぐ携わることができたのも、京に近かったからよ。上野におったのが奴の不運でござった」

「殿下と立場が逆でしたら、どうなっておりましたでしょうか」

嶋子の問いに秀吉は大笑した。

「もしそうであっても、天下は余の手に転がりこんでおったはずじゃ」

織田家の宿敵の武田勝頼を討ち取り、関東御取次役を命ぜられた左近将監――滝川一益は、当時、織田家中での立場は秀吉より上であったはずだ。だが、秀吉が光秀を討ったあと、清洲《きよす》で開かれた会合に一益は参席することができず、後を継ぐ争いから脱落した。その後、一益は、秀吉に敵対したが、やがて降伏し、天正十四年（一五八六）にひっそりと世を去ったらしい。

「光秀も一益も、鉄炮の腕は百発百中であったが、天下を治めるのは腕にあらず、ここよ、ここ」秀吉は自分の頭を指さす。

同じく鉄炮の腕が立つ夫のことを思う。天が選ぶ男と選ばない男の違いは何であろうか。天に見放されたかのような夫の胸中を思うと、玉薬の匂いが漂った気がした。

「殿下は、なにゆえ、天から選ばれたのでしょうか」

「そうよのお……。その秘密を言うと、前におる者がしめたと思うから、内緒じゃ」

秀吉の笑い声に前を進む政宗の肩が、少し動いた。

「まあ血でもなく、力でもないことは確かじゃ。政宗よ、分かるか、力だけで天下は取れぬのだぞ」

政宗は振り向きもせず、肩を揺らしてから右手を挙げた。

力で日の本を押さえつけた男の意外な言葉に、嶋子はまばたきをする。

「血も始まりは無名から、力も始まりは無力ゆえ、血も力も詰まるところ結実じゃ。天が選ぶものは——。三成はどう思う」

三成は話を聞いていたのだろう、すぐに言葉が返ってきた。

「それは理《り》——ことわりにございます。物事の正しき筋道をわきまえぬ者には、天罰がくだるでありましょう」

秀吉の親しみのこもった笑い声がした。

「お主は相変わらずじゃの。そんなことじゃから京童に横柄者《へいくわいもの》なぞと呼ばれるのよ。そうそれより、ぜひ嶋御前に京を見てもらわねばならぬな。余は玉鬘を上手には舞えぬが、聚楽第《じゅらくてい》にて茶を進ぜよう。京や伏見《ふしみ》、吉野《よしの》のさくらも嶋御前のように美しいだぎゃ」

嶋子を見つめる秀吉の眼に、あでやかな光がともったように見えた。

嶋子は笑みを浮かべてから、前方の丘と森を指さして話を転じた。

「坂東の平野も、いよいよここまででございます。これから山の道に入ります。奥大道最初の難所である弥五郎《やごろう》坂にございます」

安房国から嫁ぐ際に、この坂を登った日が、昨日のことのように思い浮かぶ。あの日から天は嶋子に夫を与えた。今日は、はたして……。

慣れ親しんだふるさとの匂いが、風に乗って嶋子の鼻をくすぐる。

「ふむ、弥五郎とな……。なにかを成した者の名であろうか」

秀吉の問いかけに、嶋子は目を閉じる。やはりこの人は天に選ばれし人なのかもしれない。深く息を吸い覚悟を決めてゆっくりと吐き、目を開けた。

「はい、四十年ほど昔に、この地に迫った宇都宮氏に対して那須氏が戦ったことがございます。その戦で那須方の鮎《あゆ》ヶ瀬《せ》弥五郎と申す者が、敵将の宇都宮尚綱《ひさつな》を矢にて討ち取り、劣勢の戦に勝ったことから、その名をたたえて弥五郎坂と呼ぶようになったとのことです」

「伏兵を潜ませやすいところってことだな、確かに恰好《かっこう》なところだぜ。もし俺がここで殿下を討ち取ったら政宗坂に変わるわけだな」

「政宗、ざれ言を言うなっ」

三成の叱責《しっせき》の声に、政宗は肩をすくめた。

この地は、嶋子も夫も鷹狩《たかが》りなどで知りつくしている。狭く細い道が半里（約二キロメートル）は続く。

「右手に見えるのが、その後、供養のためにと作られた五輪の塔です」

上り坂の右手にある大型の五輪の塔を、嶋子は指さした。この辺りから木々が生い茂りはじめ、道は狭く急になっていく。

嶋子は秀吉の馬に寄り添うように近づいた。これから行うことを考えると、鼓動が速くなる。嶋子は、胸に手を当て静かに奥歯をかんだ。

「嶋御前」

秀吉の強い声に、嶋子は首をかしげる。

「天は人を選ぶが、またその者が能《あた》わずとなれば、あっさりと見切るものなのじゃ。信長公も、途中までは天に選ばれしお方であった」

秀吉から馬をさらに近づけてきた。

心の臓が跳ねあがる。

右奥の山中を見やる。なじみのある人影に息を呑む。

「朝倉《あさくら》攻めの頃、浅井長政《あざいながまさ》の裏切りに遭い、余はしんがりを名乗りでて、金ケ崎《かねさき》から命からがら退いたことがあった。信長公も余もなんとか京に戻ることができた。その後、信長公と余たちは、軍勢を立てなおすため、京から岐阜《ぎふ》城へ向かった。その途中、この地と同じような千種《ちぐさ》越えの道を進んでおった」

森の鳥が鳴いた。

秀吉は馬が重なるほど近づき、顔を寄せ、嶋子の目をじっと見てくる。

「そこで信長公は、わずか十二、三間の近くから、鉄炮で撃たれた」

十二、三間（約二十二～二十四メートル）であれば、夫は決して外さない。

嶋子は手綱を握りしめ、息を呑む。

「それも二発。だが、信長公はかすり傷で済んだ。それが天に選ばれし強者の天運なのだ」

嶋子は覚悟を決めた。おそらくこの辺《あた》りだ。

「強運こそが天に選ばれし秘訣《ひけつ》。嶋……お主、なにをたくらんでおる」

嶋子の目が、暗がりの赤い光を捉えた。

——銃声が響く。

鳥が一斉に羽ばたく。

静かな山中がけたたましくなるが、嶋子の耳には何も聞こえてこない。背中に強烈な熱い痛みを感ずる。

手綱を握る手に力が入らなくなり、嶋子は静かに馬から滑り落ちた。

頭上の木々の隙間から蒼《あお》い空が見える。

美しい空だ。私のふるさとになった空だ。これでいい――。

空に秀吉の驚いた顔が重なる。

「なぜ、余をかばったっ」

秀吉の叫び声が、うつろな頭に響く。秀吉を狙うのであれば、間違いなくここであろうという所に、夫はやはりいた。筒先の赤い光を見てとっさに秀吉を覆うように体を動かした。

「殿下。お約束を……」

「なんじゃ」

「彼《か》の者を、追わぬと……約束してください」

秀吉の吐く息が顔にかかる。秀吉の手が嶋子の手を握ってくる。温かい手であった。

「う、うむ……。承知した……」

秋の蒼い空が徐々にかすみ――漆黒に包まれた。

六

「嶋よ、似合っておるぞ」

早乙女に交じりながら田植えをする足利嶋子に、夫の惟久はあぜ道から優しく声をかけてきた。

秀吉が坂東の地に押し寄せてくるとのうわさがあり、胡桃色の直垂《ひたたれ》姿の夫は、これから小田原の北条家まで軍議に向かう途中であった。

晴れわたった皐月《さつき》晴れの空のように、馬上の夫の笑顔はまぶしい。夫の後ろに見えるお丸山は新緑に包まれ、緑の城となっている。お丸山に沿うように流れる荒川が、陽を浴びて輝いている。そこから田に引いてきた水はぬるく、素足に心地よい。

笠をかぶり色あせた小袖姿の嶋子は、茜色の手甲で額の汗を拭う。

「あなた様もいかがですか」

嶋子のおどけた声に、周りの早乙女がくすくすと笑う。

黒い折烏帽子《おりえぼし》をかぶった夫は、いくたびかまばたきをしてから、唇の端を上げた。

「それでは、どれ、わしも交ざるか」

馬を下りて袴の裾をはしょると、緒太《おぶと》の草履を脱いで田に入ってきた。

「ちょ、ちょっと……殿」

後ろに控えていた弥右衛門の驚きの声を気にせずに、夫は帯刀のままこちらに向かってくる。いつの間にか笑顔は消え、険しい顔になっていた。

周りの早乙女が口を結び、硬い顔になる。

思いの分からぬ夫の顔に、嶋子は口を真一文字に結ぶ。

強い風が、植えたばかりの稲を揺らし、水面に筋を作る。遠くでせきれいが鳴いている。

そばまで来た夫は前かがみになると、破顔して田の水をすくい嶋子たちに勢いよくかけはじめた。

早乙女のはしゃぎ声が、青い空に広がった。


泥まみれになった夫は、満足した顔であぜ道に座っている。

嶋子は左に座る夫を見つめると、また頬が緩んだ。

早乙女たちと水のかけ合いになり、最後は泥をぶつけあった。

巻きこまれた形になった弥右衛門は、しかめ面で何かぶつぶつ言いながら、顔についた泥を落としている。

空は高く青い。

柔らかい風が田の水面に波をかたどり、稲を揺らす。

あぜ道には、背の黒いせきれいが尾を振りながらさえずっている。

久しぶりに大声で笑い、はしゃいだからなのか、腹が鳴った。

惟久が嶋子を見つめて笑う。この頃の夫は険しい顔が多かったが、やはりこの人には笑顔が似合う。

「お主と植えた稲を、秋に食すのが楽しみだ」

「無事に実るといいですね……。いえ、殿が泥だらけになって植えた稲でございます。きっとたくさんの実を結ぶはず。皆、驚きましたよ」

早乙女たちの田植え歌が聞こえてくる。

「早乙女《そうとめ》村の早乙女に誘われては、断るわけにはいかぬであろう」

「そうでございますね」

嶋子は、ほほ笑みながら空を見上げる。

この辺りの村は早乙女と書くが、「さおとめ」ではなく「そうとめ」と読む。

安房国から嫁ぐときに越えた奥大道初めての急坂の弥五郎坂は、かつては早乙女坂と呼ばれていたらしい。

以前、なぜ弥五郎坂と呼ぶのか夫に聞いたことがあった。

その時、夫は由来を話してくれたあとに呟いた。

「人の名やいわれに想いをはせることは、大切なことだ。お主が弥五郎坂のいわれを聞いてくれてうれしく思うぞ。人を想う者こそ、天も想えるのだ」

嶋子は澄んだ青い空を見上げたまま願った。

この幸せな刻が、とわに続きますように――。

七

「……して、お主のまことの望みはなんじゃ」

御殿の奥には、白い小袖姿で秀吉がくつろいで座っている。その問いかけに、足利嶋子は深々と頭を下げた。

「夫を、お許しくださいませ」

「それは出奔の件か、それとも……」

秀吉の疑念のこもった声に、嶋子は唾を飲んでから顔を上げ、背を伸ばす。弾を受けた背中が痛むが、歯を食いしばり、ほほ笑みを浮かべる。

灯台のろうそくの炎が揺れた。

「もちろん、出奔の件にてございます」

秀吉は、手にした黄金の扇子を開いたり閉じたりしながら、何かを考えている。

あの日から十日が過ぎた。会津まで進み、各地の大名を仕置した秀吉は、秋風吹く今日、八月十四日に宇都宮に戻ってきた。前もって出頭していた嶋子は、別の間に控えていたが、夜も更けた頃、にわかに秀吉が小姓と共に現れた。

秀吉が扇子を手に打ちつける乾いた音が響く。

「嶋――お主は、この扇と同じよ」

秀吉が金色の扇子を頭上で広げた。日の本と明《みん》や朝鮮《ちょうせん》の地が、金箔《きんぱく》で飾られている。

「晩秋の扇――。かようにきらびやかな扇であろうと、夏が過ぎれば不要となる」

嶋子は、言葉の義を胸に吞みこむと打掛の上の拳に力を入れる。

「惟久に義理立てする道理はない。それでも惟久を許せ――と申すのか」

流れてくるろうの匂いに、玉薬の匂いを思い浮かべる。さくらの老木のそばで、優しく抱きしめてくれた夫のたくましく温かい胸を、思いだす。

「もし、扇に心があるのならば……」

嶋子は言葉を切り、金の扇子を見やってから、目を静かに閉じた。まぶたに夫の笑顔が浮かぶ。

「抱きいだかれたその想いを胸に、冬を過ごすでしょう……」

ろうの匂いを胸いっぱいに吸いこむ。秀吉の扇子の音を聞きながら嶋子は、夫と過ごした刻を一つ一つ胸の奥にしまってゆく。

やがて、大きく息を吐く音が、聞こえた。

「よかろう、その代わり、余の命《めい》も呑んでもらうぞ」

嶋子は目を開けた。覚悟はしている。

「なんなりと、お申し付けください」

「余の側になれ」

「……かしこまりました」

丁寧に頭を下げ、両手を畳につけた。

すでに心に決めていた。これが多くの人の願いをかなえる唯一の道なのだ。私一人の心を殺せば、すべてはうまくゆく。

「もう一つだけ、お願いしたい儀がございます」

頭を下げたまま言葉を続ける。

「うむ、なんじゃ」

「足利の血を残しとうございます。どうか古河の氏姫と、わらわの弟の国朝との婚礼をお許しください」

「ふうむ……」

扇子を手に何度も打ちつける音が聞こえてくる。

「血を残すのは、まことに難儀なことじゃな……」

子に恵まれぬ秀吉の嘆息が聞こえた。去年、側の淀《よど》との間に、棄《すて》と呼ばれている息子が生まれたが、病弱とうわさされている。

「分かった。氏姫は国朝と妻合わせよう。それでよいな」

嶋子はかしこまったまま、殿上の秀吉の声を聞いた。

「一つは貸しぞ」

意外な秀吉の声に、嶋子は面を上げる。

「お主の願いを、余は二つ聞いた。余は一つしか願っておらん。もう一つはいつか必ず返してもらうぞ」

おどけたように笑う天下人に、嶋子は再び深々と頭を下げた。

八

足利嶋子はお丸山の端、いつものさくらの老木に寄り添うように座り龍笛を奏でている。ふるさとへの別れの想いを込めて吹く調べは、哀しげな音色になってしまう。左隣にはやよいが寝そべっている。嶋子の集めてきた木の実に、どうしたことか今日は手をつけない。

龍笛を胸の内にしまい、やよいのおでこから耳、体を、そっとなでる。冬に備えて生え替わった毛は、ふさふさしており、手のひらがくすぐったくなる。温かい背中を名残《なごり》惜しく何度もなでる。

山の木々は鮮やかに色づき、秋の夕陽を浴びて二つの川面は、光り輝いている。稲刈りの終わった寂しげな田には、落ち穂をつまむ、せきれいの黒い背中が見えた。ふだんと変わらないふるさとの眺めだが、夫は共に植えた稲を食すことなく消えた。秋が終われば、京の秀吉の元へ向かう。もうこの地に戻ることはないだろう。しばしの間を与えてくれたのは、秀吉なりの配慮なのだろう……。

秀吉に宇都宮城で会ったのち、鷲宿の平城を訪れた。

すでに夫はおらず、嶋子が来るのを待ち構えていたように弥右衛門が残っていた。

「もう会わぬのがお互いのため、と殿は言い残されました」

とび色の大紋姿の弥右衛門は平伏してから言い放った。そう来ると思っていた言葉であったが、はっきり言われると鉄《かね》を飲みこんだような気持ちになる。

「お主も、あそこにいたのか」

嶋子の問いに、弥右衛門は、頭をかいた。

「まあ、その、それは……。姫御前様は知らないほうがいいんじゃないですか」

嶋子はため息を返す。

「他の方案はなかったのか」

「かなり悩んだようでしたよ。まあでも、詰まるところ、その……男の意地ってやつですかね。男の戦のけじめをつけたんだと、思いますよ」

「馬鹿者めが……」

思いがけず寂しげな声になってしまった。

「ただ……すまぬ。殿のわがままに付き合ってくれて」

「いや、そんなんじゃ、ないですって。まあしくじりましたけどね……」

嶋子は背筋を伸ばし、弥右衛門を見つめた。

弥右衛門も居住まいを正した。

「彼《か》の人をこれからも支えてくださいませ」

深々と手をつき頭を下げる。

「いやだな、姫御前様、頭を上げてください。言われなくってもそのつもりですよ。殿はそれがしがいないと益体《やくたい》なしですからね……」


あの日、弥五郎坂を登り山中に入ったあと、鉄炮で馬上の秀吉を狙うのならば、おそらくここであろうという右側の山奥に、人影が見えた。

夫でないことを願ったが、近づいたのち目を凝らすと、やはり夫であった。

白い陣羽織をわざと羽織った私に、気づいたはずだ。そのまま撃つのをやめるのであれば、それでよかった。しかし腕に自信がある夫は、自分を避けて秀吉を狙うかもしれなかった。その場合どうするのか——正直、直前まで迷っていた。

——夫に本懐を遂げさせる。

秀吉が亡くなっても亡くならなくても、夫の命はないだろう。あれだけの軍勢から逃げるのは難しい。また逃げたとしても信長を狙った男のように、最後は捕まり、殺されるであろう。わざわざ去状を出したのは、自分に咎《とが》がかからぬようにしたのだ。

――夫の邪魔をする。

秀吉が傷ついてはいけない。また逃げる夫を追わせないためにも、何らかの生贄が入り用だった。あの日、重い陣羽織には鉄《かね》を編み、胴丸の背中には鉄板を重ねていた。背中でなら銃弾を受け止められるはずであった。万が一、貫通してしまったとしても、夫のいないこの世に未練はなかった。

弥五郎坂で賭けをした。その坂の名のいわれを聞いてくるのであれば、秀吉は天から選ばれし者であろうと――。

秀吉は嶋子の命を賭した約束を守ってくれた。薄々は気づいているかもしれないが、それも嶋子が側になることにより不問としてくれた。

夫の惟久が治めていた喜連川三千余石の領地は、嶋子が賜った。それをそのまま弟の国朝へ譲ることを願いでて許された。

龍王丸はまだ安房にいるが、父と国朝はこの地にやってきている。

久しぶりに会った父は、相変わらずであった。一度父の思惑《おもわく》を問うた。

「お主は知らぬほうがよい」

冷たく言い放った父に、言い返してしまった。

「父上は、女子《おなご》の戦を知らぬと存じます。男のみがこの戦国の世を戦っているのだと思わぬほうが、よろしいかと思いまする」

毅然《きぜん》とした声を返した嶋子を、父はしばらく眉根を寄せながら見ていたが、やがて口を開いた。「お主も分かる刻がくる……」思いがけず寂しげな声だった。

夫の出奔は、父がそそのかしたのか、夫が決断したのかは、詰まるところ分からなかった。ただ、妻を秀吉に献上せよ、などと言われ、そのままでいる夫ではないはずだ。名を惜しみ、命を賭して秀吉に、坂東武者の意地を見せようとしたのだ。

とどのつまり、父の望みどおりになったのかどうかは、分からない。過ぎたことを思い煩ってても仕方がない。

秀吉に名をもってあらがった武者として死ぬ夫よりも、汚名を被《こうむ》ったとしても生きぬく夫であってほしい、と嶋子は望んだ。嶋子のしたことは、夫の名と晩節を汚《けが》させることに、なってしまったのかもしれない。

でも生きていれば、どこかで会えるかもしれないのだ。夫と共に過ごした三年の日々、嶋子は幸せであった。

とわに続くかと思われた暮らしは唐突に終わりを告げたが、私の戦は終わらない。

夫の柔らかい声を思いだす。

——血を残すのが、女子の戦であるのなら、それを護るのが男の戦、なのだ。

「そんなあなたを護るのも、女子の戦なのでございます……」嶋子はそっと呟いた。

弟の国朝は、立派な若武者になっていた。古河で氏姫と会ったそうである。珍しく上気した顔で氏姫のことを語る弟を見て、嶋子は二人の幸せを強く願った。

戦乱の刻はまだ続くかもしれない。男にも女子にもそれぞれの戦がある。だが、二人はそれに加え、足利の血——名を残すという共に戦うべきものを背負うのだ。嶋子は自分の為せなかった願いを、二人に託してみたかった。

さくらの老木に右手を添える。風雪に耐えた老木は、嶋子の愛するこの地を、守り神として見守るように凛とそびえている。私が晩秋の扇——散ったさくらなら、氏姫は今まさに花盛りのさくらの姫なのだ。

二人を見守ろう——それも私の新しい戦。

弟にはあの日の想い出を語り、一つだけ願いを伝えた。

「この地を、喜びが連なる川——喜連川と呼んでほしいのです」

嶋子の想いを厳粛に受け止めたのか、弟は誠実なまなざしになった。

「願わくば、姉上様の想いが、行く末永く語り継がれますよう――この国朝、身命を賭して参ります」

この地で為すべきことは為した。

嶋子は愛するふるさとを今一度、胸に刻むかのように見渡す。

やよいが体を起こし、あくびをして気持ちよさそうに体を伸ばす。

「やよい……。あなたともお別れね……」

やよいは愛くるしい眼で見つめてくる。

「ちょっと辛抱してね」

小袖の細帯に差しこんだ懐剣を抜き、尾の辺りの毛を少し切った。やよいは抗議するかのように尻を振り、嶋子から離れた。

懐剣を戻し、代わりに若武者から託された胡桃色の龍笛を取りだす。いまだ安房にいるさつきの毛が揺れている。ここにやよいの毛も結ぼう。安房と喜連川の想いを抱いて、晩秋の扇は、京で過ごすのだ。

やよいが何かをねだるかのように鳴いた。

嶋子は首をかしげる。何かが気になる。さつきとやよい……。

――お主の来る一年前の、春の日に出会った。

夫の言葉を思いだす。やよいは弥生《やよい》……。

——さつきと呼んでおります。五月に生まれた馬なので。

あの日の若武者と夫が重なる。もしかして、夫の刀創とひげは、あのあとに。

やよいが、草むらの茂みに入ってゆく。立ちあがり、後を追うと、茂みの中に木の実が山のように置かれていた。やよいは、それをおいしそうに口に運ぶ。

すでにおなかがいっぱいだったから、嶋子の木の実を食べなかったのだ。

それにしても誰が、いつ。

木の実のそばで何かが光った。目を凝らすと黒い塊が一つ落ちていた。つまみあげてみるとそれは、鉄炮の鉛弾、十匁玉だった。玉薬の微かな匂いがする。

ああ——。嶋子は天を仰いだ。

——また、ご縁があれば。

若武者だった夫の凛とした声が、耳朶《じだ》によみがえる。

きっとまた会える。

嶋子は龍笛を持つ両手を胸に当て、高く澄みきった秋の空を、いつまでも眺めつづけた。

第二章　籠中の鳥

一

古河城のたもと、花盛りのさくらの木の下を、小袖姿の足利氏姫は一人走っている。堅苦しい御殿を抜けだし、氏姫しか知らぬ秘密の抜け道を通り、郎党や町衆の住むさくら町の一角にある屋敷を目指していた。

町に出るための古びた柿色の麻の単《ひとえ》は、渋る女房衆の西《にし》の局《つぼね》から借りた。浅黄色の細帯を締め、護《まも》り刀をねじこみ、髪を束ね、裸足《はだし》のまま往来を走る姿は、町衆の少女たちと何ら変わらない。抜け道を通る際に、頬に泥を付けるのも忘れていない。

西の局は、古河公方《くぼう》の娘である氏姫が、一人で町に出るのを何度もいさめるが、こんな楽しみを奪われてなるものか。

お目当ての屋敷が近づいてきた。今日はどんな和歌が聞けるのかと、はやる心を抑えながら、生け垣の隙間にその小さな体を滑りこませる。手入れされた庭を抜け、広い板の間に向かったが、今日はまだ誰も来ていなかった。

春の陽は空高くに上がっている。古河宿で花見の会が開かれる今日、いつもであれば花見を終えた大勢の人が広間に詰めかけ、連歌を詠んでいる頃合いのはずだった。

昔、この屋敷には猪苗代兼載《いなわしろけんさい》という連歌師が住んでいたと聞く。死後も兼載を慕う人々が集まり、歌会がときおり開かれるようになっていた。

まだ十にしかなっていない氏姫には、解せない言葉も多い。

だが、五、七、五と来て、七、七と続く、歌を詠みあげる節回しが、氏姫の胸には非常に心地よく響くのだ。

「なんだ、つまらない」と呟《つぶや》き、氏姫は、板の間を通り抜け、奥の座敷の隅で寝転がり、ため息をつく。

ふた月ほど前の凍える冬の日に、父の足利義氏が四十二歳で亡くなった。それから、哀しみを感ずる暇もないほど、慌ただしい日々が続いていた。

堅苦しい葬儀や儀式の場や、ひっきりなしに訪れる弔問客どもの前で、仮としても古河公方として打掛姿でかしこまるのは苦痛だった。

ようやく落ちつき、久しぶりにお忍びで外に出てきたのだ。

氏姫には弟の梅千代王丸《うめちよおうまる》と妹がいたが、どちらも早世しており、まともに覚えていない。母も二年前の天正九年（一五八一）の六月に、この世を去っていた。

亡くなった日のことは、今でもはっきりと覚えている。

寝室に横たわる母は、そばに座る氏姫を、何も言わず黙って長い間、見つめていた。

やがて母はすっかり細くなってしまった手を伸ばしてきて、氏姫の頰を何度も何度もなでた。その手は、温かく柔らかかった。優しく包まれる気持ちになり、氏姫は目を細めた。

母の手が止まる。

目を開けると、母の目から大粒の涙がこぼれた。

「ごめんね……」と呟いた母を思いだすと、氏姫は胸の内で何かが震えだし、どこか遠くへ逃げてしまいたくなる。

どこかで母は、きっと私を待っている――。

私も早くそこへ行きたい、という思いが体中を駆け巡る。

氏姫は横を向き、母から譲り受けた緋《ひ》色の護り刀を強く握り、体を抱きかかえた。

「かか様……。とと様……」

呟くと、独りぼっちになってしまった思いが、唐突に体の奥底から湧いてきた。

頬を熱いものが流れる。父を亡くしてから初めての涙をこぼしたら、わけの分からない叫び声が、止まることなく口からあふれだした。

常に女房衆が侍《はべ》っている御殿では、声を上げて泣くことははばかられた。

泣きたいだけ泣いたら、まぶたが自然に閉じた——。


「——終わりだべや」

「馬鹿、滅相もないことを言うな」

誰かの話し声に、氏姫は目を開けた。まぶたは腫《は》れていて重く、横にしていた体はしびれて急には動かせなかった。

「でも、もう御所様もおしまいだべや」

「馬鹿こくでねえ。北条様がおられるからなんとかなるべ」

「でも信長公が討たれたあと、羽柴ちゅうのが力をつけてるだべや」

二人か三人の声がする。一人は歌会でなじみの声だ。氏姫は重い上体を何とか起こした。隣の板の間から話し声は聞こえてくるが、障子は閉じられており姿は見えない。

「もう足利の将軍様も力がねえし、どうなるんだべや」

「しかし、姫様もかわいそうだべや」

「んだんだ。ふびんだべ」

自分の話が出てきて、立ちあがろうとしていた体が止まった。

「男だったらよかったけど、女子《おなご》じゃな……」

「梅千代王丸様が生きとればな」

「んだんだ。男ならばな」

亡くなった弟の名に、氏姫は目をしばたたかせる。

「いっそ姫様が亡くなって、梅千代王丸様が残ればよかったんじゃ」

「そうすりゃ、古河の宿ももっと栄えるかもしれんなあ」

「今からでも替わらんかね」

何を言われたのか最初、分からなかったが、頭の中が真っ白になる。

「あーあ、小田原にでも家移《やうつ》りするか」

「役に立たない姫様じゃ。お先真っ暗だもんな」

「ほんと役立たずだよ。姫は」

氏姫は雷光に打たれたかのように立ちあがると、板の間と逆のふすまを開け、駆けだした。

頭の中に、「かわいそう」、「役立たず」という言葉が、何度も何度も繰り返される。泣きながらどこをどう駆けたか分からないが、気づくと古河城の大手であるさくら門を抜け、橋の手前にいた。

橋の向こう側は観音寺《かんのん》などがあり、遠国の武士などがたむろしている。父からも母からも、この橋――さくら橋は、何があっても渡ってはいけない、ときつく申し渡されていた。

古河城の西を流れる渡良瀬川《わたらせがわ》のせせらぎが、左手から聞こえてくる。

立ち止まって何度も重いまぶたを手で拭うが、涙が次から次へと暴れ川のときの渡良瀬川のごとくあふれてくる。

朱に塗られた欄干の左の土手にしゃがみこむと、川から引いた堀の水面がにじんだ。

――私は要らない人なのだろうか。

しゃくりあげて泣いていると、懐かしい声が聞こえた。

「姫、姫様、どうしたのでござるか」

顔を上げると、刈安《かりやす》色の直垂《ひたたれ》に坊主頭の天庵――小田氏治が、驚いた顔で立っていた。なじみの顔を見たら、さらに涙があふれてきた。

「おお、どうしたのですか。拙者が来たからには、もうご安心くだされ」

天庵はその大きな体をかがませて、氏姫をかき抱いてくれた。泣きつづける氏姫の頭を、天庵は優しくなでてくれる。

「て、天庵……」

何とか思いを伝えようと、氏姫は口を開いたり閉じたりするが、うまく言葉が出てこない。

「なんでござるか。なんでもお任せくだされ。拙者はいつでも姫の味方でござるよ」

「わ、わらわは、かわいそうで、役立たずなのか」

胸の内を真っ黒に重くしている思いを口にしたら、また涙がこぼれた。

天庵は氏姫を抱いていた腕を解き、氏姫の頬の涙を優しく拭ってくれてから、手を小さな両肩に載せた。向かい合い、眼を合わせて氏姫を見つめてくる。

氏姫は手で涙を拭い、はなをすすった。

「誰がそんなたわ言を言ったのか知りませぬが、姫がおらねば、拙者は生きる値打ちもない者でござるよ」

さくらの花びらが、二人の間に舞い落ちてきた。

天庵は橋のたもとのさくらの若木に顔を向ける。

氏姫も息を大きく吸ってから、花盛りのさくらの花を見上げた。

「拙者にとって姫は、さくらでござる。さくらの姫なのです。いや、坂東《ばんどう》の荒くれ武者どもにとって、姫は仰ぎ見る花盛りのさくらなのでござる」

「さ……さくら」

「そう、さくらは見る者をえり好みしませぬ。誰が見上げても美しく愛らしい花を惜しげもなく見せるのでござる」

天庵はほほ笑んでから氏姫の後ろに回ると、氏姫の両足の間に坊主頭を割りこませ、唐突に立ちあがった。

にわかに肩車されて見えるものが広くなり、氏姫は天庵の頭を両手で抱えこんだ。

「おや、姫、昔より重うなりましたなあ……」

天庵の間延びした声に、口元が緩む。

足利の世から、関東十か国を統《す》べる鎌倉府の長官《かみ》である公方家と、古河の東にそびえる筑波の嶺《みね》の南ふもとを治めている小田氏との縁《えにし》は深い。

天庵は踊るように体を揺らし、回りはじめた。

「これ、天庵、やめぬか。落ちてしまうではないか」

「これしきで驚いていては、公方家の重き務めは担えませぬぞ」

天庵の笑い声に、先ほどまでの重たい気持ちが、春の雪のように解けてゆく。

「嶋姫が気遣っておられましたぞ」

嶋姫という言葉に、氏姫の胸は躍る。

「姉様《あね》は、いつ来るのじゃ」

「姫は嶋姫の来られるのが待ち遠しいでござるか」

氏姫は強くうなずく。

「うむ、いつも外の話をたくさんしてくれるのじゃ、姉様は。前の年なぞ踊りまで踊って……。あまり上手ではなかったがな」

同じ公方家の血を引く嶋子は、氏姫の父、義氏のはとこだ。古河城から他出することもままならぬ氏姫と違い、外の世を知っている。

去年、古河城にやってきた嶋子は、氏姫に上野国の厩橋城で見た玉鬘《たまかずら》という能の話をしてくれた。それだけでなく実際に舞い踊った。嶋子が大切そうに持つ龍笛《りゅうてき》の調べに合わせて、氏姫もまねをして舞ったのだった。

「そうでござるか。泣いていたら嶋姫は来てくれませぬぞ」

天庵のざれ言に氏姫は、慌てて首を横に振る。

「泣いてなどおらぬぞ。わらわは」

氏姫は右手で天庵のそりあげた頭を軽くたたいてから、その手を天に掲げた。

数羽のかわせみが鳴きながら、朱《あか》いさくら橋の上を飛んでゆく。

春の暖かな風に乗り、さくらの花びらは嶋子の舞と同じように、ひらひらと青空に舞い散る。

氏姫は天に右手を掲げながら、さくらの花びらを全身で受け止めた。

二

「刀が折れ矢が尽きようとも、最後の一兵まで戦いつくすべきじゃ。どこの生まれかとも分からん猿に、こうべを垂れるなど真っ平ご免である」

御連判衆《ごれんばんしゅう》の一人である一色氏久《うじひさ》の大声が、古河城の寒々とした板の間の大広間に響いた。

「なにを言う。関白様は九州を平定して関白宣下まで受けられたお方であるぞ。我らがかなう相手ではないはず」

同じ一色家の義直《よしなお》が逆の声を上げる。

先ほどから続いている評定《ひょうじょう》は、いっこうに終わりそうにない。

足利氏姫は、背筋を伸ばしたまま、気づかれぬように緩やかに白い息を吐く。

上座に座る氏姫の前には、十数人の直垂姿の御連判衆と主立った家臣が、右と左に分かれ対座している。

天正十八年の正月が過ぎた今、豊臣秀吉がここ坂東の地に攻め入る動きを見せていた。関東を統べる古河公方としていかに立ち回るか、先ほどから評定が行われている。

「しかしながら、縁の深い北条家を裏切る行いは、天道にもとりましょう」

御連判衆の筆頭である禅僧の芳春院松嶺《しょうりょう》が、嘆息まじりに呟いた。七年前に武蔵《むさし》国の久喜《くき》の甘棠院《かんとういん》で執り行われた父、義氏の葬儀をつかさどった松嶺の言葉に、皆、程度の差こそあるが一様にうなずく。

室町の世を開いた足利尊氏の血を引き継ぐ公方家二百四十年の歴史は、その神輿《みこし》を担ごうとする多くの者たちの手により、大波にもまれる小舟のように揺れ動いてきた。いや公方自ら、揺り動かしたのかもしれない。氏姫の五代前の公方である足利成氏が、補佐役である関東管領の上杉憲忠《のりただ》を享徳三年（一四五四）に謀殺して始まった享徳の乱から、日の本は戦乱の世となった。

鎌倉から、坂東の中心に位置する下総国の古河に座を移した公方家は、その後も山内《やまのうち》上杉家や扇谷《おうぎがやつ》上杉家、宇都宮家など関東の国衆と離合集散を繰り返したが、やがて北条家の影響が強くなった。

氏姫が姉様と慕う嶋子の祖父義明が、第三代古河公方である兄の高基と対立して、小弓公方を名乗った。高基側は、北条家と誼《よし》みを通じ力を借りて小弓公方を国府台の合戦で破った。

高基の嫡男の晴氏は、北条家二代目当主の氏綱の娘である芳春院を継室として北条家から迎えた。その子であり氏姫の父である義氏の本妻は、北条家三代目当主であった氏康の娘、浄光院である。氏姫の父も祖父も北条家の娘を、嫁に迎えたのだった。

氏姫には、北条家の血も濃く流れているのだ。

氏康の三男の氏照《うじてる》が義氏の後見を務め、義氏の死後、公方家が北条家の傀儡《かいらい》と成り果てたのちは、公方家が行っていた関東の国衆に対する官途補任《かんとぶにん》の権は、北条家がつかさどることになった。

ただ関東五山や十刹《じっさつ》、関東の諸山へ、禅宗官寺の住持を任ずる公帖《こうじょう》を与えるのは、関東公方の権として残っている。

「そのとおり、北条家の天道に我らも殉ずるべきである」

公方家の譜代の家臣である一色家の中では傍流であるが、氏照によって重く用いられている氏久のよく通る声が響いた。

元々、一色家の嫡流であった義直は、苦い顔をする。

北条家の操り人形のような立場に陥っても、由緒ある公方家は、その出自ゆえ独立を保っている。公方の旗の下に仕えている者たちは、公方家を担ぐ者どもによって閥《ばつ》を作り、お互いににらみを利かせあっている。

「小田原の城は難攻不落じゃ。かの謙信公ですら落とせなかった城であるぞ。北条家についておれば御所様も安泰じゃ」

同じく氏照に目をかけられている簗田助実《やなだすけざね》も、氏久に追従する。こちらも簗田家の中では傍流であるが、この頃は重く持ちあげられていた。

「あの頃とは違うわい。北条家と同盟しておる奥州の伊達ですら関白様に臣従するというわさがあるのだぞ。時流を見抜けねば、我ら一同、御所様と共に消え去ってしまうかもしれん」

簗田家の本流であり筆頭重臣として晴氏の代から仕えながら、一色家の義直と同じく冷遇されている晴助《はるすけ》が、氏姫を一瞥《いちべつ》し、低く脅すような声を返す。

皆が、御所様と呼んでいるが、それが飾りの言葉であることを、十と七つになっている氏姫は分かっていた。

北条家に付くか豊臣家に付くかもめているが、誰一人氏姫にその意を問うてくることはなかった。そして氏姫も自らの思いを話すことはない。

父の死のあとから見慣れた光景だ。一同が必要としているのは、氏姫の思いや考えではなく血筋なのだ。まつりごとは御連判衆らの合議で決め、発する文も御連判衆の連署だ。

あの日から私は、役立たずで、かわいそうな女子《おなご》なのだ――。

天庵や嶋子は、私のことをさくらの姫と褒めてくれるが、氏姫にとって今の身の上は、籠《かご》に閉じこめられた小鳥であった。

さくら橋を気ままに越えて飛んでいった、あの日のかわせみを思いだす。

自らの思いで大空を思うままに天高く舞う鳥になりたい――。

橋を自らの思いで越えることすらできぬ身の上に、打掛に載せた両拳を強く握ると口が開いてしまった。

「関白はなにゆえ、坂東の地に参るのじゃ」

突如発した声に、議論していた御連判衆たちは、一斉に氏姫を見た。

「なんのために、我らを従わせようとするのじゃ」

続けた言葉に皆、一様にとまどいの色を顔に浮かべる。

「それは、天下一統のためかと……」束ね役として松嶺が答えた。

「天下一統など、せずともいいのではないのか。このままでいいであろう」

「そりゃあ、このままがいいですが……」、「向こうから仕掛けてくるから仕方がないのですぞ」、「そもそも北条家が臣従すれば」、「戦国の世の習い。武士《もののふ》とは戦う者なのでござる」、「民を護るためには――」

一同が、それぞれの思いを口にしだした。

古河公方の血を引き継いだだけの、私の為すことは何なのであろうか。

力の強い者が、他者を従わせ、従わなければ殺戮《さつりく》する、この戦乱の世になぜ、女子である私が、公方としてここにいるのか。

子をなすのが女子の生きる道だと、女房衆を始め多くの者は口にする。しかし、御連判衆からも後ろ盾の北条家からも、私に対する婚礼の話は来ない。

口さがないうわさを聞いたことがある。北条家は氏姫をこのままにして、自然と公方家が消滅するのを待っているのだと。

そうであるのなら、私は何のために生まれたのだろう。

男と同じように戦う女子もいると聞いている。嶋子の武芸は、並の男よりは強いと思う。だが私には、そのような才はない。私はこのまま飾り物として年老いて、死ぬだけなのか。父が亡くなってから担がれるままに生きてきた。父が死んだ際に公方家も滅びてしまえば良かったのではないかと考えたこともある。

そうすれば私も、姉様のように鳥籠から広い空に、飛び立てるのではないか、もしくは誰かが籠の扉を開けてくれるのではないか、と夢想した夜もあった。

自ら進むべき道を見いだすことのできない籠中《こちゅう》の鳥の耳朶《じだ》に、御連判衆の喧騒の声がむなしく響きつづけた。

奥御殿に座りながら氏姫は、今日の評定を思い返していた。

長く刻《とき》を費やしたが、詰まるところ秀吉の出方を待つことになった。父の死の前年に織田信長が武田家を打ち破り、関東に迫ったときと同じ答えだった。

家名はあるが力はない公方家が生き残るすべは、とどのつまり、時流に従うことなのだ。

疲れた体を横たえてしまいたいが、氏姫の黒髪を女房衆の西の局が梳《す》いているので、何とか体を起こしている。

つげ細工の目の細かい梳き櫛《ぐし》が、長い黒髪を引っ張るたびに、頭が何ともむずかゆい気持ちになる。

「お西、もう少し優しく頼む」

「強く梳かねば、髪の脂や雲脂《ふけ》が取れませぬ。辛抱してください」

西の局の声は楽しげだ。西の局は女房衆の取りまとめの上﨟《じょうろう》だが、氏姫の髪を梳くのは侍女には任せず、自分でやりたがる。

「それにしても姫様のお髪《ぐし》は、本当に艶《つや》があって美しい。まさしく玉のような鬘でございまする」

氏姫が物心ついた頃から、西の局はそばに仕えていた。

元々は母の浄光院に付き添って古河の地にやってきたらしい。御所様ではなくいまだに姫様と呼ぶが、氏姫はそれが心地よかった。

「御台所様《みだいどころさま》から譲り受けたのですよ、この黒髪は……」

思えば母の黒髪も美しかった。いたずらに母の髪を梳いたことを思いだす。うまくできず何本も抜いてしまい、泣きそうになった氏姫を、母は優しく抱きしめてくれた。

氏姫は、脇に置いてある蒔絵《まきえ》手箱の上にある護り刀を、黙って見つめる。

死の間際、母は先祖代々伝わってきた嫁入り道具の緋色の護り刀を、氏姫に託した。託す際に自ら黒髪を数本抜き、護り刀の柄《つか》に巻いていてくれた。

「これが、きっとあなたを護ってくれる……。氏、幸せになってね……」

公方家の行く末を案じていたのか、母は死に際まで氏姫のことを憂いつづけた。

「お西や、母上は幸せであったのだろうか……」

氏姫の呟きに西の局は、髪を梳く手を止める。

「御台所様のお心の内までは分かりませぬが、一つだけ確かなことがございます」

氏姫は、力強い西の局の声に、振り向く。

氏姫を見つめる西の局のまなざしは、温かく柔らかい。

「姫様がお生まれになった時の、満面の喜びのお顔を、西は片時たりとも忘れたことはございませぬ」

氏姫は、頰に手を当てる。あの日の母のぬくもりを思いだす。

「お西、わらわもそんなふうに笑える日がくるであろうか」

「来ますとも。必ず」

力強くうなずく西の局に、氏姫は顔をほころばせた。

三

四月から秀吉の軍勢に囲まれていた小田原の城は、七月には開城した。秀吉の率いる二十万以上と言われている大勢は、瞬く間に坂東の地を席巻した。奥羽の龍と呼ばれた伊達政宗も、遅参はしたが、秀吉にこうべを垂れた。

古河城の一部の者どもは、小田原に向かい、北条家と運命を共にしたが、ここ古河の地は戦わずに降《くだ》った。

秀吉によって古河にも乱暴狼藉《ろうぜき》や放火、民に対して非分の儀を禁ずる法度が発給され、民たちはとまどいながらも表面上は穏やかに過ごしている。

秀吉はまだ小田原の地にいるが、これから、下野国の宇都宮城に向かうそうだ。

足利氏姫はふだんは開け放たれているさくら門を出て、あの日と同じさくら橋のほとりに立ち、堀の水面を見つめていた。

肩車をしてくれた天庵は、小田原攻めに参陣せず、秀吉の怒りを買い、所領没収となったらしい。

幼い頃のように町衆の娘に姿を変え、お忍びでの他出は、あの日で終わりにした。ただ今日の姿は、頭に被衣《かずき》もかぶらず古びた桃色の小袖姿なので、誰も城の姫とは思わないであろう。

夕方の涼しさを含みはじめた文月《ふみづき》の風が、氏姫の長い黒髪を揺らす。夏の川の匂いとともに、かわせみの短い鳴き声が聞こえてくる。

公方家は、どうなってしまうのであろうか。氏姫自身もどうなるか分からないが、私を信じて付き従ってくれている者どもを、路頭に迷わせるわけにはいかない。

役立たずと言われぬよう、ひたむきに生きてきたつもりだったが、その努力も水泡に帰するかもしれない。そう思うと、どうにもならないむなしさが、胸を覆いつくしてゆく。

姉様と慕う嶋子は、三年前に下野国の大蔵ヶ崎城主である塩谷安房守惟久に嫁いだ。それから、一度も会っていない。

六つ年上の嶋子は、籠中の鳥である私に多くを教えてくれた。

――姉様は嫁いで幸せなのだろうか。

嫁ぐ数か月前に嶋子は、古河の城を訪ねてきた。

氏姫は、喜びに満ちていた嶋子の顔を思いだす。


「――氏姫はご立派ですね」

氏姫は嶋子に不意に抱きかかえられ、髪をなでられた。

唐突な言葉に、氏姫は首をかしげる。

嶋子のふるさとである安房の広い海の話を、奥の御殿で聞いていた。

海を見たことがない氏姫は、「それは渡良瀬の川より広いのですか」と尋ねた。

嶋子はしばらく黙って氏姫を見つめたのち、抱きしめて先の言葉を呟いた。

「もっとお外のお話をしてあげたいけど、もう好きなようには生きられないの」

嶋子の寂しげな声に、嫁ぐのはそれほど大変なことなのかと落ちつかなくなる。

「許してね。氏姫にだけ重い定めを背負わせてしまって……。できるのなら代わってあげたいけど……」

嶋子の弱々しい声を聞くのがつらかったので、話を転じた。

「安房守様は、どんなお方なのですか」

氏姫を抱いていた嶋子は、体を離し、考えるそぶりを見せた。

「実は、よく知らないの……」

「とても怖い方だったら、姉様はどうしますか」

氏姫のたわむれた声に、嶋子はほほ笑む。

「薙刀《なぎなた》は殿方には負けないわよ」

「わらわも武芸を習うべきでした」

「その代わり氏姫の和歌はすてきよ。そうだ、便りを書くから、お返事をちょうだいね。和歌も詠んでくれたらうれしいわ」

「姉様のほうがお上手ではないですか」

嶋子の詠む和歌は、胸に響く。

嶋子は大げさに首を横に振る。

「いつも天庵様に直されてばかりよ」

嶋子はそう言うが、天庵の詠む和歌は武骨で雅《みやび》でない、と氏姫は心中思っている。

笑う嶋子を見て、氏姫は幸せな気持ちに満たされる。だが、こんなにも楽しいひと時が、もう終わりになるかと思うと寂しさにうつむいてしまった。

嶋子はもう一度氏姫の髪をなでてから、両手で優しく頬を包んでくれた。

「氏姫にもきっとふさわしい良人《おっと》が、現れますよ」

「そうなのでしょうか……」

首をかしげる氏姫に、嶋子は頬を寄せてくる。

「姉さんが、必ずなんとかしてあげる……」

優しい母のような言葉に、氏姫は嶋子に抱きついた。

氏姫は自らの胸のふくらみに手を当てる。

月のものも、とうの昔に始まっている。夫を迎えいれる備えは充分にできていた。

傍らのさくらの若木に左手を添え、水面を見つめていると、この世に独りぼっちでたたずんでいる気持ちになり、辺りが暗闇に包まれる。

いつかどこからか誰かが、私を迎えにきてくれるのだろうか――。

「春の野に　霞たなびき　うら悲し……」

思わず呟いた言葉が、風に乗ってこぼれてゆく。

「この夕影に　うぐいす鳴くも」

言葉を拾うように継いだ男の声が突然、さくら橋のたもとから聞こえた。

顔を向けると、鮮やかな青色の胴丸を着た若武者が立っていた。大きめの袖と草摺《くさずり》は瑠璃《るり》色で胴は橙色《だいだい》――まるでかわせみだ。兜《かぶと》の前立《まえだて》は、源平の頃のような古風な鍬形《くわがた》だ。

思わぬ者の出現に、氏姫は小袖の細帯に差しこんだ緋色の護り刀に手を伸ばす。

「万葉集《まんようしゅう》、中納言《ちゅうなごん》家持《やかもち》の和歌ですね。あ、でもここ古河では、うぐいす鳴くも、じゃなくて、かわせみ鳴くも、が似合うのかな」

若武者の声に合わせて、かわせみがさえずる。

大伴《おおとも》家持は万葉集の編纂《へんさん》に関わり、自身も数多くの和歌を詠んだ。

気取りがなくありのままの若武者の物言いに、氏姫は顔をほころばせてしまった。

「それでしたら発句《ほっく》も、春ではなく、夏の野に、とせねばなりませぬ」

若武者の眉が楽しげに動く。

「それなら、もっといい和歌が。宵のまに　身を投げはつる　夏虫は――」

「――燃えてや人に　逢ふと聞きけむ。伊勢集《いせしゅう》でございますね」

つい挙句《あげく》を答えてしまった。

ほがらかにほほ笑む若武者を見て、握っていた護り刀からゆっくりと手を離す。

「古河の城は水に浮いていると聞きましたが、本当に見事な城ですね」

若武者は大いに感心したように驚きながら、氏姫の横まで近寄ってきて、渡良瀬川から引いている堀に囲まれている古河城を見渡す。

「治部少輔殿が攻めた忍城は水攻めにも持ちこたえましたが、この城も持ちこたえそうですね」

氏姫は、一歩下がり、再度、護り刀に手を触れる。治部少輔、石田三成は忍城を水攻めにしたと聞いている。この若武者は豊臣方なのか。

「なにゆえ、この地に――」

氏姫の問いに、若武者は目を一度大きく回した。やがて何かを思いだしたように手を打った。

「あっ、そういえば父を迎えに行かねばならぬのでした。名残惜しいですが、それではご免」

若武者は軽やかに頭を下げてから、さくら橋をまた越えて、城外へと跳ねるように駆けていった。

何とも慌ただしい人だ――。

氏姫は瑠璃色の後ろ姿を見ながら、まばたきを繰り返す。頬に手を触れると、ほんのりと温かくなっている。なぜだか分からないが、笑みがこぼれた。

翌日の昼、古河城の大広間には、半年ほど前の評定の際と同じように、上座に座る氏姫の前に、十数人の直垂姿の御連判衆と主立った家臣が、右と左に分かれ対座していた。

以前と違うのは、一人の男が、氏姫の方を向いて座の中心に座っていることだ。

足利二つ引きの家紋を染めた黒の直垂を着て立烏帽子をかぶり、型通りの口上を述べる男を見つめる御連判衆の眼は、どれも険しい。

目の前の男は、嶋子の父、足利頼淳だ。同じ足利の血を引く一族だが、頼淳の父である義明は、氏姫の祖父である高基と対立して小弓公方を名乗った。

兄弟間の醜い争いは、北条家の力を借りた高基側が勝利を収めたが、古河公方から見れば小弓公方の一族は裏切り者だ。

御連判衆の中には、氏姫の元へ気安く訪れる嶋子にも、きつい言葉をぶつける者もいた。

「それで、なにしに来たのじゃ」

御連判衆筆頭の松嶺のとがめる声が響く。

頼淳は横目で松嶺を見てから、氏姫を見すえた。

「関白様が、明後日の二十一日、こちらに参ります」

大広間にどよめきが広がる。

「逗留《とうりゅう》するので御所様の馳走《ちそう》を楽しみにしている、と申し伝えよとのことです」

さらに騒がしくなる。

頼淳は、ざわめきを気にすることなく、氏姫の目を見つめてくる。

氏姫は背筋を伸ばしたまま、唾を飲みこんだ。

「なんたる言い分、足利の由緒ある血をなんと心得る」松嶺の怒りの声が響いた。

「成り上がり者めがっ」、「仕方がござらぬ。我らは負けたのだ」、「世も末じゃ」

騒がしくなった大広間の様子を、氏姫は冷めた目で眺めていた。

想像していた範囲内だ。力ある者が力なき者を制するのが戦国の世の習い。公方家といえども、それにあらがうことはできない。

役立たずでかわいそうな飾り物の私は、いつもと同じように周りの者の決めたことに黙って従うだけだ。

「もう一つ申し上げたき儀がございます」

頼淳の強い言いように、大広間は静まりかえる。

「御所様にお決めいただく事柄ゆえ、お人払いを」

氏姫を見すえる頼淳の眼は、何の思いも読み取ることができないほど黒かった。


畳を敷いてある奥の書院で、氏姫は頼淳と向かい合っていた。

氏姫の右後ろには、女房衆の西の局がこわばった顔で控えている。

「御所様は、おいくつになられたのかな」

頼淳は茶飲み友達と話すような気さくな口ぶりで話しかけてきた。

「十と七つになりました」

ほうっと頼淳は大げさなしぐさで驚いてみせる。

何を話してくるつもりなのだろうか。

「そういえばうちの嶋と六つ違いでしたな」

頼淳は目の前の茶を口に含むと、遠い目になった。

「あやつも嫁に行きそびれるところでしたが、なんとか嫁ぎ先が見つかり、安心したものです。女だてらに武芸に夢中になり、親としては気がかりばかりでした」

乾いた笑い声が、書院に響く。

「まだ子はなせぬようで、まあ憂いの種は尽きぬのですがな……」

世間話をしにきたわけではないのであろうに、筋の分からぬ話をしてくる。

「ところで御所様には、想い人などはおられるのですか」

「いいえ」かぶりを振る。

武家の娘、それに公方家の姫の自分が、好き勝手にそのようなことを思うことはできなかった。ましてや北条家の傀儡だった立場だ。一存で進めることができぬ事柄であったのである。

「いやなに、それなら一族の誼みで、拙者が良き夫を引き合わせようかと――」

氏姫は目を見開いた。いったい誰を――。

前のめりになった氏姫を、焦《じ》らすように頼淳は、茶を口に運んだ。

「関白様などいかがでござろうか」

「たわけたことをっ」

黙って後ろに控えていた西の局が、大声を出した。頼淳は動ぜぬ顔だ。

「公家の最高位、関白まで上りつめられた日の本一のお方ではござらぬか。将軍家の血を引く公方家とは、これ以上ない組み合わせかと」

「なにを――」

さらに一喝しようとする西の局を右手で制する。

「それは……。関白様が願っておられるのですか」

思った以上に静かな声を出すことができた。耳元で鐘を鳴らされたかのようにうろたえているが、それを気取《けど》られたくない思いが勝《まさ》った。

「まずは御所様のお気持ちしだいでございます」

五十も半ばの秀吉には、糟糠の妻《め》である本妻の北政所《きたのまんどころ》を始め、南《みなみ》、淀など数多くの側《そく》がいる。高貴な血が好きで好色と聞いている。

ただ子宝には恵まれていない。ようやく去年、棄と呼ばれている息子を授かったが、病弱とうわさされている。

何ゆえ、私を求めるのであろうか。天下一統を成し遂げた印として、公方の血が必要なのだろうか。私は生贄《いけにえ》なのか。

言うことを聞かねば、公方家の元に集まっている御連判衆や女房衆を始めとした者どもは、どうなってしまうのだろうか。飾り物である私は、どうすれば誰かの役に立つことができるのか。

目まぐるしくさまざまな思いが、駆け抜けてゆく。

言いたいことは山ほどあったが、口からこぼれたのは意外な言葉だった。

「それでは歌会の馳走を、関白様に差し上げねばなりませぬね」

氏姫の脳裏には、なぜか昨日逢った若武者の顔が、浮かんでいた。

四

「いや御所殿の馳走、堪能しましたぞ」

秀吉は、金糸で桐紋を縫いあげた胴服姿でくつろぎ、金色の扇子で自らをあおぎながら、満足げな声を出した。

腰巻姿の足利氏姫は小さく頭を下げた。傍らには女房衆の西の局が控えている。奥座敷で数人だけで向かい合い、一献を傾けていた。

先ほどまで秀吉を迎えての大がかりな連歌会が、古河城の大広間で行われていた。

「筑波嶺《ね》の　峰をも越えし　さくらかな」との氏姫の発句から始まった歌会は、大いに盛りあがって終わった。秀吉は始終、機嫌が良かった。三年ほど前に京の北野天満宮《きたのてんまんぐう》で大規模な茶会を開いたように、元々派手な催しが好みのようで、参席したおのに気前よく褒美として天正菱大判を与えたほどだった。

「殿下の和歌もお見事なものでした」

里村紹巴《さとむらじょうは》に習ったという秀吉の連歌の腕は、多くの数寄者《すきしゃ》をうならせた。

「下手の横好きだぎゃ。戦やまつりごとに憂いておったので、こたび久しぶりに愉快な刻を過ごした。坂東もなかなかに雅なものだで」

「坂東は荒くれ武者のみではございませぬ」

氏姫のたわむれに、秀吉は口を大きく開けて笑う。歯に付けた鉄漿《かね》が見える。

「ただ、これから江戸《えど》に府を構える大納言は、雅なものにうとくて……。ぜひ御所殿に習うよう言わねばならぬな」

徳川大納言家康は、秀吉の国替え令により、北条氏の治めていた関東の地に移ってくるとのことだ。

「大納言殿が詠む和歌は、薬臭いですからな」

秀吉のそばに控えている石田三成が、真面目な顔のまま呟いて盃を口に運んだ。

能面を付けているかのような三成は、顔に思いが表れない。たわむれなのか、本当にそう思っているのかよく分からない。

「坂東も京のようにあでやかに染め上げ、御所殿に気に入っていただかねば……」

秀吉が何かを含むように唇の端を上げた。ろうそくの灯りに照らされた付けひげが揺れる。先ほどから婚礼の話や公方家の処遇に関して秀吉はまだ一言も触れていない。

「ところで、御所殿は京に参ったことは、おありかな」

「いえ、鎌倉にすら伺ったことはございませぬ」

関東公方家の始まりの地である鎌倉どころか、氏姫は古河の地からほとんど出たことがない。古河のすぐ南の栗橋《くりはし》に、祖父晴氏が一時住んだ足利氏ゆかりの寶聚寺《ほうじゅじ》があるが、そこにたまに参拝するくらいだ。

「それはふびんな。ぜひ一度京へ参られよ。余が聚楽第にて茶を進ぜよう。京や伏見、吉野のさくらも、坂東のさくらに負けぬほど美しいだぎゃ」

それはどのような立場で——という言葉は呑みこみ、笑みを作る。

「そうじゃ。吉野にてさくらを見ながら歌会を開くのはいかがかな。いや醍醐《だいご》のさくらも捨てがたい。御所殿はどちらがお好きかな」

「吉野であれば、まだ見ぬかたの花を尋ねてみとうございます」

秀吉は目を一度回すと眉根を動かした。

「ほう、西行法師《さいぎょうほうし》とは……。御所殿もさくらが好きと存ずる。余も願わくは花の下にて死んでみたいものよ……」

吉野山　去年《こぞ》の枝折《しを》りの　道かへて　まだ見ぬかたの　花を尋ねむ
願《ねが》はくは　花の下にて　春死なむ　その如月《きさらぎ》の　望月のころ

この二首は、氏姫も好きな和歌だ。

「殿下は本当に、和歌がお好きなのですね」

「そうなのだが、誰もそう見てくれぬので、困っておるのじゃ」

闊達《かったつ》に笑う秀吉は天下人というより、市井の茶人のようだ。氏姫が知っている武士とはだいぶ趣《おもむき》が違う。会って一日も過ぎていないのに、ずっと昔からの知り合いのように思えてくる。

「殿下は日の本を、さくらにて満たされたいのですね」

「おお、それだぎゃ。それはいい。いや日の本ならず、唐国《から》やそのはるか先までさくらで満たすのはいかがかな」

秀吉は手元の金色の扇子を広げて掲げた。日の本と明や朝鮮の地が、金箔《きんぱく》で飾られている鮮やかな扇子だ。天下一統のあとには、唐国へ攻め上るであろうといううわさを、氏姫も聞いている。

「そのため日の本の坂東は、大納言に任せたいのじゃが、彼奴《きゃつ》はなかなか曲者《くせもの》でな。御所殿がおってくだされば余も頼もしい」

「でもわらわは、役に立たぬ者ゆえ……。どこまで殿下のお望みに応えることができるか、分かりませぬ」

あの日の喉に刺さった小骨のような出来事がよみがえる。

「そんなことはござらぬ。さくらはあでやかに咲くだけで充分なのじゃ。のう三成や、そうであろう」

「御意にござりまする」

秀吉の笑い声に氏姫は、天庵も同じようなことを言っていたのを思いだす。

さくらを愛《め》でる者は、そこにさくらがあるだけで満足なのだろうか。

さくらにだって咲く想いはある。確かに誰かのために咲くこともあるが、さくらは自分が咲きたいから咲くのである——と氏姫はこの頃、思うようになっていた。

だが、誰もさくらの想いをくみ取ってはくれない。

籠の中の鳥だって、自由に空を飛びたいのだ。だが誰も籠の扉を開けてはくれない。

氏姫は腰巻の上の拳を握り、そっと唇をかみしめた。

五

野分のように慌ただしかった秀吉の一行は、古河を去った。結城の城に向かい、その後、宇都宮城へと進むそうだ。なぜか、秀吉との婚礼の話は、いっさい出なかった。

頼淳の話は、いったい何であったのだろう――。

秀吉が逗留した数日の間に、頼淳は何度か顔を出したが、話を切りだすことはなかった。

足利氏姫は片付けに追われている古河城を抜けだし、朱に塗られた欄干のさくら橋のほとりに再び立ち、堀の水面を見つめながら渡良瀬の川の水音に耳を傾けている。

何かを願うわけではないが、知らぬ間に足が、ここに向いていた。今日も頭に被衣もかぶらず、古びた桃色の小袖姿だ。

左手を添えているさくらの若木は、夏の傾きかけた陽射しをいっぱいに受け、青々と茂った葉を輝かせている。

秀吉の逗留中、嫌なうわさを聞いた。

嶋子が嫁いだ塩谷惟久が、嶋子を城に残したまま出奔したという。

信じられない――。

嶋子の笑い顔が、まぶたに浮かぶ。今、姉様は何を思っているのだろうか……。

夫婦の契りを誓ったのに、愛する人を捨てるなんて、男女の契りなぞ、しょせんその程度のものなのだろうか。いや、男にとって女子は、子をなすためだけの道具なのだろうか。

そうなのであれば、どこにも嫁がず一人で生きるほうが楽なのかもしれない。

男女の機微をまだ知らぬが、それらを詠んだ三十一文字《みそひともじ》によって、どんな想いを抱くのかは知っているつもりだ。

君がため　惜しからざりし　命さへ　長くもがなと　思ひけるかな

後拾遺《ごしゅうい》和《わ》歌集《かしゅう》に収められているこの和歌を詠んだ藤原義孝《ふじわらのよしたか》は、二十一歳の若さでこの世を去った。

これほどの心を焦がすような想いを、私は味わうことがあるのだろうか。

かわせみのさえずりが、聞こえてくる。

一羽のかわせみが水面に飛びこむ。やがて水から飛びでてきたかわせみは、その長いくちばしに小さな魚をくわえていた。夏の光の中、青い背中を輝かせ、川のほとりにたたずむ流木の上に止まった。

流木には別のかわせみがすでにいた。下くちばしが朱い雌鳥だ。

隣に止まった雄のかわせみは、くちばしの小魚をその雌鳥に差しだすように近づけてくる。

雌鳥は橙色の腹を見せて何度か鳴いたあと、小魚を受け取った。

小魚を渡した雄鳥はうれしそうにさえずる。

――人はなぜ、人を求めるのだろうか。

いつの間にか両手で胸をかき抱いていた氏姫の耳に、男の声が聞こえた。

「筑波嶺の　峰より落つる　男女川《みなのがわ》――」

振り向くと、瑠璃色の胴丸をよろった先日の若武者が立っていた。

胸の内が、とくんと高鳴る。

「近くで見る筑波嶺は、立派ですね」

若武者は顔を右に向け、筑波の嶺を見上げる。

緑の映える山が、今日は近くに見える。氏姫にとっては朝夕慣れ親しんでいる山だ。

「筑波の嶺をご覧になるのは、初めてなのですか」

上ずらないように、静かに言葉を刻む。

「ええ、安房の海を見て育った田舎者なので……」

若武者が頬をかくと鍬形の兜が揺れた。

「ここ古河から見える筑波の嶺は、一つのように見えますが、実は二つの嶺がございます。男体山《なんたいさん》と女体山《にょたいさん》で、高きほうが女子《おなご》です」

「そういえば、確かにここに来るまでは二つの嶺が見えました。恋の積もる淵は、どこになるのですか」

筑波嶺の　峰より落つる　男女川　恋ぞつもりて　淵となりぬる

百人一首の陽成院《ようぜいいん》の和歌だ。

「それは山の南の霞浦《かすみうら》でございます」

と言っても氏姫は見たことがない。天庵や嶋子から浦の様子を聞いたことがあるだけだ。筑波の嶺にすら近づく折がない。

籠中の鳥――。

うつむくと、小袖の細帯に差しこんだ緋色の護り刀が目に入る。

「今日は浮かない顔ですね」

顔を上げると、氏姫に向かい合っている若武者は、首をかしげた。

「宇都宮のお城には行かれないのですか」

若武者は眉を動かすと首を軽く左右に振った。

「ああ、わたくしは豊臣の手の者ではないのです」

「それでは北条の――」

北条の者であれば、この辺りにいるのはまずい。

「いえいえ、北条家中でもござらぬ。強いて言えば室町の残りかすのようなものでしようか……」

鼻の頭をかきながら、照れるような言葉が返ってきた。

「おもしろい方ですね」

若武者のほほ笑む顔に、ありのままの言葉がこぼれる。

「姉にも同じようなことをよく言われます」

「姉様がおられるのですか」

「ええ、和歌なぞにうつつを抜かさずに武士《もののふ》らしく武芸の鍛錬をせよと、いつも怒られていました」

若武者は腰に佩《は》いている太刀を左手でたたく。

武士らしからぬ言葉に、氏姫は口に手を当てて、細身で反りが高い太刀に目を留める。由緒ある業物《わざもの》に見える。

「我が家に代々伝わる太刀で、銘は三条《さんじょう》、号は『三日月《みかづき》』と呼ばれております。三条宗近《むねちか》の作と伝わっておりますが、どこまでまことなのやら……」

若武者は肩をすくめるが、三条宗近の三日月といえば、氏姫でも名を知っている名物中の名物だ。

「わたくしは刀は不得手で、こちらのほうが得手なのです」

若武者は上帯から細い筒のようなものを抜きだした。

――あめ色の矢立であった。

腰の業物ではなく自慢げに矢立を掲げる若武者を見て、曇り濁った黒い思いが、みるみると晴れてゆく。

「ぜひ一首、詠んでくださりませ……」

若武者はうろたえたように目を見開いたが、あごを引くと真顔になった。

「実はもうすでに一首、詠んでおります」

若武者は、そばのさくらの若木を見上げた。

「若ざくら　夢にも見よと　願いしの――」

呟いてから若武者は氏姫を見つめてきた。その頬に、紅が差した。

氏姫は両手を高鳴る胸に当て、若武者のまなこを見つめかえす。

「失礼、拙《つたな》き上の句でした」

若武者は、慌てたように矢立を腰に差し、一礼すると背を向けて、早足でさくら橋に戻り城外へと渡ってゆく。

その背中を氏姫は見つめる。追いかけて返歌を送りたいが、この橋を越えることは禁じられている。禁じた両親はすでにいないが、生まれてから一度も渡ったことのない橋を、いまさら渡る勇気は出てこない。

先ほどのつがいのかわせみが、寄り添いながら鳴き、さくら橋を越えてゆく。

瑠璃色の若武者の背が、小さくなる。

一歩、踏みだす勇ましさがほしい――。

何かが、落ちた。

若武者の矢立が、橋の上に転がった。

若武者は気づかずに、そのまま去ってゆく。

かわせみがそばの朱の欄干に止まり、氏姫を見てさえずった。

──若ざくら　夢にも見よと　願いしの
左足が動く。

──愛《いと》しき人が　渡りこぬかな
胸に浮かんだ下の句を返すと、足が動いた。

氏姫は、駆けだしていた。橋の中央に落ちた矢立を拾うと、橋を渡りきり、辻を曲がった若武者を追う。辻を曲がったとたん、何かにぶつかった。

尻もちをついた氏姫の前には、うすら汚れた足軽姿の武者が三人立っていた。

「い、痛ってえな、この女《め》が」

ぶつかってしまったと思われる大男が、酒臭い息を吐きかける。

「ま、まことに申し訳──」

謝ろうとしたところ、ひげ面の男が、右手をつかんできた。

「お、いい女じゃねえか。ちょうどいい、ちょっと相手をしてもらおう」

ぬるりとした汗の手触りに、叫び声が出た。

「秀吉に降った裏切りの城の女だ。ちいと痛めつけやしょう」

小男が卑しく笑う。

体が言うことを聞かない。叫びたいがかすれた声しか出てこない。

大男に左手もつかまれ、力任せにそばの草むらに引きずられる。左手に力が入らず、握った矢立が落ちそうになる。全身から力が抜け、青い空がかすんでゆく。

さくら橋を渡ってはならぬと言った父母の顔が思い浮かぶ。

——風が、頰をなでた。

醜い叫び声と同時に、握っていた大男の手が離れる。

ひげ面の男が氏姫の手を離して叫ぶ。

「なにしやがる」

見上げた先には、若武者と夕陽に映える太刀が見えた。

三人は刀を抜き、若武者を取り囲む。

「ご無事ですかっ、離れて」

若武者の声に言葉は返せないが、尻を地につけたまま後ずさる。

雄《お》たけびを上げてひげ面の男が、若武者に斬りかかる。

若武者は右に素早く動き、男の刀身をよけながら、刀を下からすくいあげた。

男は叫び声と同時に、顔を血に染める。

そのまま後ろに倒れるひげ面の男の左右から、二人の男が同時に刀を若武者に打ち下ろす。

若武者は右に転がりながらそれを避けた。

大男は刀でそのまま若武者を追い立て、小男は若武者の背後に回り、挟みこもうとする。

鉄《かね》の音が何度も響く。

若武者の太刀が、夕陽を受けて三日月のように何度も輝く。

大男は手練《てだ》れだ。刀を避ける若武者をしつこく追い回してゆく。

小男が若武者の退路をふさぐように立ち回る。

――このままでは、討ち取られてしまう。何とかしなければと思うが、小刻みに震える体は、自分のものでないように言うことを聞かない。

――役立たずで、かわいそうな女子。

若武者は大男に果敢に打ちこむが、大男の返しも速い。

じわりじわりと若武者は追いこまれてゆく。

小男が爪先で地面を蹴った。飛んだ砂が若武者を襲う。

目を覆った若武者に、大男と小男が一斉に飛びかかる。

氏姫は矢立を握りしめ、叫んだ。

——風が舞う。

男たちが重なり、動きが止まった。

かわせみの鳴き声がする。

小男が、刀を落として力なく膝を突く。

大男が、にやりと笑う。

瑠璃色の若武者の体が、ゆっくりと左に沈んでゆく。

氏姫は息を呑んだ。

沈みゆく若武者は、左足を上げて地面を踏みしめて踏ん張り、体を支えて起こした。

大男の不敵な笑みが消え、刀が落ちる。膝を突き、そして頭から地面に倒れた。

砂ぼこりが舞いあがる中、若武者は太刀の血を払う。

氏姫は何とか立ちあがり大きく息を吐くと、若武者の元へよろよろと歩みよる。

突如、右足首を誰かにつかまれ、転びそうになった。

最初に倒されたひげ面の男が、氏姫の足首をつかんでいた。血だらけの鬼のような顔をこちらに向けてくる。すくんで動けなくなった氏姫を、立ちあがった男は羽交い締めにしてくる。

濃い血と酒の臭《にお》いとともに抜き身の刀が、首に当てられる。

短くこぼれた叫び声に、若武者が身構えた。

「動くなっ。刀を捨てな」

男の声に若武者は険しい顔になる。

「一歩でも動いてみやがれ。この女の命はないぞ」

刀が喉に押しつけられる。鋭い痛みに、顔をしかめる。

「待て、分かった」

若武者は太刀を下に向ける。

男の下劣な笑い声に、すえた息の臭いが交ざる。

「刀を遠くに捨てな」

男の声に若武者は、無念そうに太刀を投げる。

――役立たずで、かわいそうな女子。胸にあの日の悔しさが湧きあがる。

「脇差もだよ」

若武者は苦しげな顔になる。名も知らぬ若武者は、私のために命を奪われようとしている。

私は――。

右手が動いた。

男のうめき声が聞こえ、喉元に当てられていた刀が静かに下がる。

右手で抜いた護り刀を、もう一度、男の右脇腹に刺す。

男の口から臭い息とうめき声がこぼれ、刀が地面に落ちる。

男がゆっくりと離れて倒れるのと、若武者が駆け寄ってくるのは同時だった。

頭から血が抜けてゆき、若武者の姿がかすむ。護り刀の柄に巻かれている母の黒髪が、ぼやけて見える。体が言うことを聞かず、膝が地面に落ちる。

そのまま後ろに倒れこむところを、若武者に抱きかかえられた。

「ご無事ですかっ」

若武者に左手で握った矢立を、力を振り絞りながら差しだす。

「こ、これを、落としましたよ……」

若武者が眼を見張る。

「わざわざこのために……」

いえ、そうではないのでございます、という言葉は呑みこんだ。

「わ、わらわは、お役に立てたのでしょうか……」

氏姫の問いに若武者は力強くうなずく。

それだけで満足であった。

重くなったまぶたが落ち、若武者の顔が見えなくなってゆく――。

六

秀吉は宇都宮の城で坂東と奥羽の各大名に仕置を行ったあと、会津まで進み、また宇都宮に戻った。

京へと帰る道の途中、八月十五日に古河に一泊した。

その晩、秀吉は足利氏姫に二つのことを約定してくれた。

一つは所領の安堵《あんど》。三百石余を氏姫に御堪忍分《ごかんにんぶん》として与える。その代わり古河城を破却――立ち退《の》いて鴻巣《こうのす》御所に住むこと。

もう一つは、氏姫の婚礼。秀吉はなぜか氏姫を求めず、小弓公方の頼淳の嫡男である国朝との婚礼を命じた。これらにより古河公方の存続が決まり、氏姫は思いがけない形で祝言を挙げることになった。

去り際に秀吉は氏姫に耳打ちした。

「坂東の地をお頼み申しますぞ」

それらの内容は後日、書にしたためて送られてきた。

そしてうららかな秋の今日、鴻巣御所に移った氏姫の元に頼淳と国朝が訪れてくる。秀吉からの正式な婚礼を命ずる朱印状はまだだが、取り急ぎ対面する運びとなった。髪を結い緋色の唐織の打掛をまとった氏姫は、奥の座敷に西の局と座り、二人を待っている。

国朝は氏姫より二つ上と聞いている。老齢の秀吉の側になることを考えれば、できすぎた話であった。

裏切り者の小弓公方との婚礼に、御連判衆からは不承知の声も上がったが、秀吉の命とあれば従うしかない。

どんな方であろうか。

氏姫の胸には、望みよりも不安が大きくふくらんでいた。

嶋子を捨てて出奔した惟久のような男であったら、と思うと胸が重くなり、どこか遠くへ逃げだしてしまいたくなる。

嶋子は秀吉の側になるとのうわさを聞いた。まだ嶋子からの便りもなく、どのような思いでいるのかを知るすべはないが、酷な話だ。

夫に逃げられたあげく、生贄のように秀吉に捕らわれた嶋子を想うと、氏姫の気持ちはさらに沈む。

右脇に置いてある緋色の護り刀に手を伸ばしてそっと触れる。母の髪の毛があの日、氏姫を護ってくれた。

――いや、あの若武者が、護ってくれたのだった。

あののち、若武者に介抱されたあと、丁寧に礼を言ってさくら橋のたもとで別れた。名残惜しく、城に戻る足取りは重かったが、仕方がないのだと自らに何度も言い聞かせた。

初めて自らの想いで、誰かの役に立つことができた――。

それだけで氏姫は充分であった。

公方の血を引く私は、自らの想いを封じこめ、籠中の鳥として、生きねばならぬ。かわいそうで役立たずの生き方が、また始まるだけだ。

緩やかに息を吐く。

侍女が、二人が到着したことを知らせてくる。

ふすまを開けて入ってくる二人に頭を下げる。

座った気配に頭を上げた。

思いを気取らせない、黒い眼の頼淳の姿が見える。黒い直垂の頼淳の隣に座る国朝を見やる。

口が自然と大きく開いた。まばたきを何度も繰り返す。

——まさか。そんな。

息をするのを忘れて瑠璃色の直垂を着た国朝を見つめる。

国朝の口も開いている。

あの矢立の若武者が、そこに座っていた。

「あ、あなたは……」お互いが同じ言葉を発した。

君がため　惜しからざりし　命さへ　長くもがなと　思ひけるかな

藤原義孝の和歌が、心に浮かぶ。

胸に湧いた心を焦がす熱き想いが、全身に広がる。

籠の扉が開いた音がした。

小鳥は籠から青い空へと飛び立った。

国朝の口元にも、柔らかい笑みが浮かんでいる。

役立たずでかわいそうではない道が、目の前に開けた。

護り刀を、そっとなでる。

――かか様、ありがとう。

氏姫の呟きを聞いたかのように、護り刀の髪の毛が、ふわり、と揺れた。

第三章　鞍馬の狐

一

「まことに知らぬと申すか」

書院の上座に座る男の顔は、能面のごとく変化に乏しい。

「ええ、それがしども困っておりまして……」

高塩弥右衛門は、とび色の大紋の胸ひもを触りながらはぐらかす。

能面の眉根が微《かす》かに寄った。

「今ひとたび問うが、そのほうは安房守の行方をまことに知らぬと申すのであるな」

鳥もちのようにねちねちと何度も同じことを聞いてくる。

弥右衛門は心中で嘆息し、兜《かぶと》を脱いだ当世具足の男——石田治部少輔三成を見やる。

「知りませぬ」くどいですぞ、という言葉は呑みこんだ。

秋の終わりの風が吹く昨日、嶋子がここ鷲宿の平城を訪れた。後をつけていたのだろうか、今日突然、三成が数十人の手勢を連れてやってきた。殿――塩谷安房守惟久が参陣しなかったことを責め立てたのち、居どころをしつこく聞いてきた。

弥右衛門は上体を揺らして大紋に入れている九曜紋を見つめる。知らぬ存ぜぬを繰り返し、のらりくらりと相対しているがいっこうに諦める気配が見えない。

三成は右手に持つ采配を、いくたびも左手に打ちつけている。戦場でもないのに、これ見よがしに采配を振るたびに、柄《つか》の先の白紙が乾いた音を立てる。

三成があごをしゃくった。脇に仕える武者が立ちあがり、ふすまを開けて出てゆく。

弥右衛門は静かに息をこぼす。

弥五郎坂で秀吉の狙い撃ちにしくじったあと、惟久は身を隠した。その地は弥右衛門しか知らない。

弥右衛門は、鷲宿城に残り様子をうかがっていたが、秀吉勢からの追っ手らしき者どもは現れなかった。すっかり油断をしていたら不意打ちを食らった。

秀吉はすでに京へ戻ったが、三成は奥州の仕置を続けている。

武者が白い布に包まれた細長いものを持ってきて、弥右衛門の前に置いた。

「布を取ってみよ」

三成のとがめるような声に、眉をひそめながら、手を伸ばす。

国友鉄炮《てっぽう》が現れた。それも口の大きい十匁玉《もんめ》。これは――。

「台かぶを見よ」

狙いをつけるときに右手で握る木の台には、五つの木瓜紋《もっこう》――織田家の焼き印が見える。動揺を気取《けど》られぬように唾を飲みこむと、腰に差している脇差に目を落とす。

「弥五郎坂の山中にそれが落ちていた。見覚えがあるであろう。安房守が信長公から賜った鉄炮だ」

「いや、存じませぬな……」

逃げる際に惟久の手から落ちた物だ。

いかにしらを切り通すか、焦りの熱を帯びはじめた胸で考えを巡らす。

三成の采配を振る音だけが聞こえてくる。

「弥右衛門よ。嶋は殿下に、惟久を許せと頼んだと聞いておる」

三成のねぶるような物言いに、蛇がはうような寒気が背筋に走る。

「そ、それは出奔のことでござりましょう」

三成は唇の端を、片方だけ上げた。

「側《そく》になるのを自ら願ったそうだぞ、嶋は――」

丸太で殴られたかのように、頭が激しく揺れる。

まさか、そんなことが――。

「殿下を亡き者にしようとしたたくらみを、殿下が許すと言われても、わしが、いや世のことわりが許さぬわっ」

三成が一喝とともに采配を突きつけてくる。

弥右衛門の胸は、得体の知れぬ何かに強く押しつぶされる。体が小刻みに震え、言葉を返すことができない。

「のう弥右衛門――」

一転して静かな声がした。

「望むのであればなんなりと仕官の口利きをしてやろう。坂東《ばんどう》でも上方《かみがた》でも、そのほうが願うままに……。我が一族と同じ九曜紋を持つそのほうに免じて、ふさわしい主君を引き合わせてやろう……」

目の前の鉄炮がぼやけて見える。

「こちらとしては別に惟久でなくてもいいのだぞ……。生贄《いけにえ》として鋸《のこぎり》挽《び》きの刑に処される者は……。そう、そのほうでもな」

低く乾いた笑い声に、唾を飲みこむ。

「今ひとたび問う。安房守はどこにおるのだ」

うつむいて目を閉じる。惟久と嶋子の顔が浮かぶ。

「それがしは……知りませぬ」

三成が立ちあがる音がした。

「ひと晩だけ刻《とき》をやろう。よく考えることだ」


弥右衛門は奥書院の一室で、揺れるろうそくの火を黙って見つめている。

この鷲宿の平城の周りは、三成の兵が取り囲んでいる。

あぐらの膝が小刻みに動いてしまう。ため息とともに膝をたたく。自分も身を隠しておくべきであった。後悔が全身を貫く。

三成とは初めて会ったが、数多くのうわさは聞いている。幼少より豊臣秀吉に仕え、武よりも文でもって多くの功績を挙げてきた男だ。このたびの忍城の戦での不手際を返上しようと、やっきになっているのだろうか。

いや、三成から見れば、精誠を尽くしている主君を亡き者にしようとした曲者を放っておくことなどは、とうていできないのであろう。

弥五郎坂に向かったのは、惟久と自分の二人だけだ。他の誰にもたくらみは話していない。

いっそ殿の代わりに自分が――と考えるが、今の殿の様子を思うに、それは難しい。

大紋に染め抜きで入れている九曜紋の家紋を見つめながら、腕を組み体を揺らす。

大きな黒丸の周りを八つの黒丸で囲んでいる九曜紋は、九つの星を示していると聞いている。高塩家は平将門《たいらのまさかど》から始まる相馬《そうま》氏の流れだ。

流れてくるろうそくの匂いが、あの日の玉薬《たまぐすり》の匂いを思いださせる。

弥五郎坂で秀吉の一行を待ち受けていた惟久と弥右衛門は、秀吉と共にいる白い陣羽織の嶋子を見つけて目を疑った。少し前につなぎの者が来て、馬上にいて金色の兜をかぶっているのが、本物の秀吉だと伝えてきたが、嶋子がいるとは言わなかった。

惟久は明らかにとまどい、慌てふためいていた。

それでも本懐を遂げるべく惟久は、火ぶたを切り、巣口《すぐち》を秀吉に向けた。織田家から賜った自慢の十匁玉の重い国友鉄炮を持つ惟久の手は、小刻みに震えていた。

弥右衛門は、赤く染まる火縄を見ながら祈った。

火挟みが落ち、轟音《ごうおん》が響いた時、信じられないことが起こった。

嶋子が、秀吉をかばったのだ。

二人は、秀吉を撃ち損じたとしても、行列に斬りこみ、坂東武者の誉に懸けて死ぬつもりであった。

だが、嶋子が落馬するのを見て、惟久も自分も身が固まった。

玉薬の匂いの中、喧騒が広がるのに気づき、弥右衛門は正気に返った。

「と、殿、早く逃げねば……」

まだ目を見開いていた惟久は、返事をすることもなく口を開けたままだ。

「曲者を探せっ」という声に、惟久の右手を握った。

重い国友鉄炮が、惟久の手から草やぶに落ちる。

鈍い音を聞き、弥右衛門は正気に戻っていない惟久を引っ張りながら、万が一のために用意していた逃げ道を走った。

愛する妻を撃ってしまったためか、それともその妻が秀吉をかばったためか、どちらの行いが胸をえぐったのか分からないが、死人のごとき惟久は、何度か自らの腹を切ろうとした。

「死なせてくれ」と哀願する惟久を見るのは、つらかった。

離れた山中の隠れ家に潜んでいる惟久は、嶋子が生きていることを聞いて少し落ちついたが、まなざしは濁ったままで、全身から生気が消えうせていた。

弥右衛門は再度、体を揺らす。腰に差した脇差が組んだ腕に当たる。脇差を抜きだして眼前に掲げる。並の脇差より幅広で反りも高い。柄も鞘《さや》も茜色《あかね》だ。

あの日、立合で斬った嶋子の愛用の薙刀《なぎなた》を磨きあげて脇差にしたものだ。

男の戦を成し遂げたあと、この脇差で腹をかっさばくつもりであったのだ。

鞘から抜くと刃文が、ろうそくの火に照らされて鈍く光る。

弥右衛門は緩やかに息を吐くと覚悟を決めた。

自然に笑みが浮かぶ。

何を悩むことがあるであろうか――。殿と自分は一心同体であり、いまだ男の戦は終わっていないのである。

弥右衛門は、刃を鞘に戻すと立ちあがった。

二

地元の者も立ち入らぬ夜の山道を、高塩弥右衛門は駆け抜けている。

鷲宿城の地中の抜け穴に、三成の手の者どもは気づいておらず、たやすく忍びでることができた。

古びた隠れ家に着いたら、休んでいたと思っていた惟久は、まだ起きていた。

「妙な胸騒ぎがしてな」と言う胡桃《くるみ》色の小袖姿の惟久に、嶋子と三成の来訪の件を話す。最後まで黙って聞いていた惟久は、緩やかに息を吐いた。

「側になることを、嶋自らが願ったと申したか……」

「ええ、治部――いや三成は、そう言いました。姫御前様はまだ大蔵ヶ崎城におられます。まことかどうか問い質しては、いかがかと……」

惟久の眉間にしわが寄り、苦しげなうなり声がこぼれる。手にはあの皐月《さつき》の日に、嶋子から受け取ったさくら吹雪の扇子が握られている。

きつねの鳴き声が、山から聞こえてくる。

「もし嶋が自らの思いで願ったのがまことであれば、わしは、わしは……」

呟くと腕を組んで目を閉じ、黙りこんでしまった。

うわさがまことであれば、殿は耐えきれず、腹をかき切ってしまうだろう。弥右衛門はそう思いながら、惟久の額《ひたい》に左右に走る刀創を見つめた。

惟久と自分の初陣であった薄葉ヶ原の戦で受けた傷だ。

嶋子が嫁いでくる二年前――天正十三年三月の戦で、この世の地獄を見た。あの出来事を思いだすと、今でも体が震える。

いろりの火が爆《は》ぜた。

あの戦から愛想がなくなり、口数がめっきり少なくなってしまった惟久ではあるが、嶋子を大切にし、愛していることを、そばに仕える自分は痛いほど知っている。嶋子もその想いに応えていると思っていた。だからこそ、三成の言葉が信じられない。

同じように腕を組み、目を閉じて思いを巡らす。

——猿から逃げるのであるのなら、城は、わらわがもらい受ける、とたんかを切った嶋子が、自ら進んで側になるとは考えられない、というより考えたくない。

そもそもこのたび惟久が出奔してまで秀吉を亡き者にしようとしたのは、嶋子を護《まも》るためであった。

嶋子の父、足利頼淳からの使いが、大蔵ヶ崎城にやってきた日から、惟久は様子がおかしくなった。腹心である自分すら同席を許されなかった異例の密談であった。

数日独りで悩んだあと、惟久は弥右衛門に告げてきた。

——お主は、わしと共に死んでくれるか。

たくらみを聞いたときには正直驚いた。

詳しい訳は話してくれず、聞きもしなかったが、嶋のためである、と言われて断る道理はない。秀吉、討つべしと思った。

主君ではなく、自分としては朋友と思っている惟久に死んでくれと頼まれれば、喜んで死ぬ。ましてや嶋子のためであれば、なおさらである。

「弥右衛門」

惟久の声に目を開ける。

泣いているような笑っているような顔が見えた。

冷たい風が隙間から入りこみ、いろりの火が揺れる。

「少し考える刻をくれ」

惟久の寂しげな声に、弥右衛門はうなずいた。

惟久が、嶋子の扇子のみを持ち、近くの古びた堂にこもって三日目の朝が来た。食も取らずにずっと閉じこもっている。

うっそうと茂った深い森の中は、湿った晩秋の匂いに満ちていた。陽はまだ射してこない。

弥右衛門は三成の追っ手に気を配りながら、そばの老木にもたれかかり、惟久が出てくるのをじっと待っている。

竹筒の水を口に運ぶ。

この山奥の地は、平家の隠れ里だった。たやすく見つかるとは思わないが、心は安まらない。鳥の鳴き声で浅い眠りが破られるたびに、今の事態は夢ではないのかと思うのであった。

腰の脇差に手を触れると、あの日の嶋子の顔が思い浮かぶ。

「――逃げることが、男の戦か。笑わせるな」

苦い笑い声がこぼれる。

男勝りの姫であった。毎朝、さくらの馬場で惟久と共に汗を流す嶋子を、弥右衛門はいつもほほ笑ましい想いで見守った。女子《おなご》には女子の戦があると思うが、男の戦を知ろうと努めているように見える嶋子を好ましく思った。

いや、あの日から自分は――。

「また、ご縁があれば――」との惟久の去り際の声を、弥右衛門も心の内でまねた。美しい姫であった。代わりの馬を差しだしながら垣間見た愛らしい横顔を、今も忘れることができない。

まさかその姫が、殿の元に嫁いでくるとは想像だにしていなかった。

あの頃、惟久は痤《にきみ》がひどく白頭巾をかぶっていた。また別れたのち、薄葉ヶ原の戦で額に傷を負い、ひげも生やした。

嫁いできた嶋子は、惟久があの日の若武者であることに気づかなかった。惟久も自分も気づいたが、惟久はそのことを嶋子に伝えず、さくら吹雪の扇子も嶋子の目に触れぬところに大切にしまっていた。だから自分も話さなかった。

一度、なぜ明かさないのかと惟久に問うたことがある。

惟久は珍しく言葉に詰まると苦しげな顔になった。

「あれからたびたび、菊御前が夢に現れる。あの恨みの言葉を思いだすと、嶋を巻きこんではならぬと強く思う。それほど、わしは嶋を深く……」

そのまま黙りこんだ惟久に、弥右衛門は言葉を返すことができなかった。薄葉ヶ原の戦の呪いが、惟久を縛っているのだ。

弥右衛門は、木々に覆われ見えぬ空を見上げる。暗闇に漂う湿った匂いが、じっとりと体を包んでいる。

——これからどうすべきか。

惟久も同じことを考えているはずだ。秀吉を殺し、名のために死のうと誓った。追いこまれた手負いのきつねには、その道しかないと思った。

今思えば、逃げずに斬りこむべきであったが、嶋子の出現によりすべてが狂った。恥をさらして生きるのはつらい。

忍城のごとく一戦を交えたかったが、惟久はその道を選ばなかった。どのような狙いがあったのか分からないが、主君が決めたことに従うのが臣下の道理だ。

きしむ音が、聞こえた。

ふらつきながら堂から出てきた惟久は、憔悴《しょうすい》しきった様子で、今にも倒れそうだ。

使いこんだ竹筒を手に駆け寄る。

「ご無事ですか、殿」

弥右衛門を見る惟久の頬はこけていたが、その眼は闇夜のごとく黒く塗りつぶされ、吸いこまれるような気がした。扇子を持つ手は小刻みに震えている。

「まずは水を……」

惟久は、差しだした竹筒を手にしたが、黙ってそれを見つめている。

どこかで、きつねの寂しげな鳴き声がした。

竹の割れる音が、響いた。惟久の右手の古びた竹筒がひしゃげ、水がしたたる。

「秀吉を、討つ――」

惟久の口から重い言葉がこぼれ落ちた。

「弥右衛門よ、わしと共に死んでくれるか」

弥右衛門は黙ってうなずいた。

三

「どこかで会ったことが、あるでしょうか」

上座に座る足利国朝の問いかけに、高塩弥右衛門はあごを引く。

「いえ、野州の田舎者ゆえ、お目にかかるのは初でございます」

弥右衛門は、あぐらのまま両拳を板の間に突き、頭を軽く下げる。

古河城下の屋敷の一室で、大紋を着た弥右衛門はこれから仕えることになる国朝と相まみえていた。外から静かに入りこんでくる冬の寒さに体を震わせると、左隣に座る天庵が体を揺らした。

「この者の鉄炮の腕は、折り紙付きでござるよ」

刈安《かりやす》に染めた直垂《ひたたれ》姿の天庵の声に、国朝はうなずく。

「それでは、こちらこそぜひお頼み申し上げまする」

折り目正しく自分に頭を下げる紅顔の国朝を見て、弥右衛門は、胸に何ともいえない奇妙な思いが湧きあがっていた。

瑠璃《るり》色の直垂姿の国朝は、自分より年下でまだ弱冠前の十九である。

今夏の秀吉の小田原城攻めに伴う関東での戦のあと、下野喜連川の地に三千余石の領地を賜ったが、それ以前は所領も家臣もなく、安房で不遇を託《かこ》っていたそうだ。

だが目の前に座る数歳年下の国朝に、弥右衛門は、大身の国持大名のような威厳と重みを感ずる。

このような思いを抱く人物に会うのは、惟久以外では初めてだ。

「八潮《やしお》殿、京への道中も、よろしくお頼み申し上げます」

「はっ」弥右衛門は、まだ慣れぬ偽りの名を聞き、再度こうべを垂れる。

国朝は、秀吉に礼を述べるため、秀吉の側となった姉の嶋子と共に上京の途中であった。

嶋子は鴻巣御所に移った古河公方の足利氏姫と別れを惜しんでから、一足先に京に向かっている。国朝はまだ古河城下に滞在していた。

戦乱の世がひとまず落ちついたとはいえ、京までは遠く、道中も物騒である。供回りを求めているはずだと考え、弥右衛門は旧知の天庵に頼みこみ、仮名《けみょう》で国朝への仕官の取りなしを頼んだのだ。

「百戦錬磨の拙者も京まで同行するのでご安心くだされ。この歳になって京見物ができるとは、長生きするものですな」

天庵がそりあげた頭をたたきながら笑う。

国朝はそれを見てほほ笑む。

天庵はこのたびの戦で秀吉の勘気を被《こうむ》り、所領をことごとく没収された。会津まで向かい秀吉に釈明したが覆らず、大名としての小田氏は滅ぶこととなった。再度、京に向かい家の復興を願うそうである。

秀吉の強大な力により、坂東にはかりそめの平安が訪れたが、その下では家や名を失った多くの者の恨みと嘆きの叫びが満ちている。

「父も落ちつきしだい京へ上がり、関白様にお礼を述べるそうです。上方に屋敷を構えねばならぬので、費《つい》えがかさむと嘆いております」

国朝の父、足利頼淳は、喜連川の大蔵ヶ崎城に残っている。大蔵ヶ崎城に国朝や頼淳がやってきたのち、残っていたわずかな惟久の家臣は、そのまま召し抱えられた。

「それは大変でござるな」

自らの不遇は気にしていないかのように、ひょうひょうと応じる天庵に、弥右衛門はいくばくかの苦い思いを抱く。

戦に勝った者と負けた者、両者の隔たりは天と地ほど違う。だがそのきっかけは紙一重だ。一つの決断、一瞬の判断、わずかな違いが、生死を分ける。

負けた者とはいえ、天庵は本卦還りも近い。この戦国の世で充分に生きた、いや生き延びたといえるであろう。

だが自分はまだ若い。弥右衛門は、奥歯をそっとかむ。

「唐入りにも備えねばなりませぬので、金子《きんす》はもちろん、共に戦ってくれる者どもも大切です。八潮殿、当てにしておりますよ」

国朝の温かい声に、弥右衛門は深くこうべを垂れた。


「これでまことによろしいのか……」

屋敷からの帰り道、冬の夕暮れの風に身をすくめながら天庵が聞いてきた。

「ええ、こうするしかないと、それがしも殿も……」

弥右衛門は立ち止まり、言葉を濁す。

「容易ではないことじゃぞ」

「分かっております。しかし、この道しか……」

――ないのであろうかと、うつむく。あごに伸ばした手が、生えはじめたひげに触れる。慣れぬ手触りにため息をつく。隠れ里で、秀吉を討つと心に決めてから互いに名を捨て、姿形も変えた。惟久は口とあごのひげをそり、弥右衛門は生やした。

大紋に見える家紋は九曜紋ではなく、天庵から大紋と一緒に譲り受けた州浜《すはま》だ。名を変えるのなら家紋も変えねばと天庵から助言を受けた。先祖伝来の家紋を捨てても成し遂げると誓ったが、当てもなく京に向かっても本懐は遂げられない。

頼淳と国朝に顔を知られていない弥右衛門は、表で動くために、国朝の京屋敷で奉公するのが都合がいいであろうということになった。

頼淳に顔を知られている惟久は、裏で動く手はずになった。用があるらしく大蔵ヶ崎城に立ち寄ってから古河に来ているはずだ。

肩に天庵の手が置かれ、顔を向ける。

「高塩――いや八潮殿……」

見つめてくる天庵は、慈しみ深い父のような顔をしていた。弥右衛門は、幼き頃に父も母も失っている。兄弟もおらず天涯孤独の身は、家の情愛を知らない。それゆえ殿である惟久に仕えることで、その失われた胸のかけらを埋めてきた。

「戦の世をこの年まで戦いぬいてきて、一つだけはっきりと分かったことがある。命を捨てるのは思うよりたやすい。それより生き残るほうが数段難しい。さらに生きぬくのは、もはや修行、いや苦行じゃ。死んだ者たちの想いや願いまで背負ってしまうゆえにな」

顔すらよく覚えていない父が、目の前にいるように感ずる。

「死に急ぐことはない。若人は、もっともっと永く生きて、我らより苦労をせねばならぬのじゃ。たっぷりとな」天庵はおどけたように片方の唇の端を上げた。

「もちろん、名のために命を捧げるのは、武士《もののふ》の本懐じゃ。だがどうせ名を捧げるのであれば、家や世、力のためにではなく、もっともっと大きいもののために捨てるべき――」

眉根を寄せた弥右衛門を見て、天庵は眼を細める。

「名は天のために捨てるもの、らしいですぞ」

誰かを思いだしたかのように、天庵は笑みを浮かべた。

「安房守にも、よろしくお伝えくだされ」

ほほ笑む天庵に、弥右衛門はこうべを深く垂れた。

天庵と別れ、弥右衛門は城下の町へと歩いている。

嶋子が喜連川に嫁いできてから、天庵はたびたび訪れるようになった。天庵の語る戦話を、惟久も弥右衛門も好んで聞いた。あの皐月の日、嶋子と共にいた天庵を二人は覚えていたが、天庵は忘れているようだった。

秀吉の一行が迫った頃、天庵は鶯宿の平城に嶋子の意を受けてやってきた。惟久と長く話をしていたが、たくらみについては聞かなかったはずだ。

戦乱の世を生きぬいてきた天庵は、二人が何を為そうとしているか気づいたかもしれない。このたび名を変えて京へ向かうことについても、訳は聞かないでくれた。

弥五郎坂で秀吉が撃たれたことは、なぜか表沙汰になっていない。うわさによれば秀吉は会津に入る際、勢至堂《せいしどう》峠でも狙われたそうだ。天下一統の総仕上げに、けちがつくのを嫌っているのか、取るに足らぬ出来事だと思っているのか、自分は何があっても死なないと思っているのか……。

天下が一統され戦がなくなるのは、惟久と弥右衛門にとっても喜ばしいことだ。だが、そのために自らや愛する者が汚され、踏みにじられるのは耐えられない。秀吉を討ち取るという我らの誓いは、またこの地を争いの世に戻してしまうのではないだろうか――。

先ほどの天庵の言葉が思い浮かぶ。

天、などと大きいことは、考えたこともなかった。

言うなれば忠――惟久のために戦い、やがて死ぬことこそ武士として生まれた自分の定めと信じてきた。それに値する主君であり朋輩であった。

だがあの日から、多くのものが狂いはじめた。

惟久は名でも天でもなく、仇《あだ》のために武士《もののふ》としての命を捧げることを誓った。惟久のために生きるつもりであった弥右衛門も、同じく誓った。

ふと思う。嶋子は何を考えているのだろうか――。どのような願いを胸に、京に向かっているのであろうか。新しい夫である秀吉を殺すために京に向かう我らのことを知ったら、はたして嶋子はどう思うのであろうか。

大手の門を越え、弥右衛門はいつの間にか朱塗りの橋の手前まで来ていた。橋のたもとには、葉を落としたさくらの若木があった。橋を渡る多くの人々は立ち止まることもなくそばを通り過ぎてゆく。

冬のさくらには誰も目を留めない。わずか十数日の花を咲かすために、さくらはそのうら寂しい時節を独りで過ごす。

ふるさとのさくらが思い浮かぶ。喜連川のお丸山の端には、一本だけさくらの老木があった。花の時節が過ぎるとさくらは深山に埋もれ、その姿を隠すが、ときおり笛の音色が流れてくるときがあった。

その地を思うと、懐かしくも切ない調べが耳朶《じだ》によみがえる。弥右衛門は冬のさくらにそっと手を添える。葉の落ちた枝には冬芽がふくらみはじめていた。

四

京の町は、騒然としていた。

高塩弥右衛門は、夕暮れの道を急ぎ足で国朝の京屋敷から洛北へと向かっている。右兵衛督《うひょうえのかみ》に任じられた国朝の京屋敷は、秀吉の聚楽第のそばにあてがわれた。弥右衛門は年の暮れに京に着くなり、京見物をする暇もなく、立ち働いていた。天正十九年（一五九一）の正月もゆっくり過ごすことはなく、屋敷を整え、京に住まう大名連中へのあいさつなどの諸事に振り回されていた。

京の町は、驚くほど人と物にあふれている。室町の世の終わりから荒れ果てたままだった京は、秀吉の手によって再びよみがえろうとしていた。

弥右衛門は、京を囲むように造られている土塁を、鞍馬《くらま》口から出て加茂《かも》川を渡る。如月《きさらぎ》の風に肩をすくめる。明日は春分だが、まだ冷たさを含む風が吹いていた。

正月過ぎから始まった長大な土塁の総構の造営は、もう終わりそうだ。そのほかにも京には南北に貫く新しい通りが多数造られ、焼失した東大寺の大仏を超える京の大仏の造営が進んでおり、聚楽第という秀吉の住む黄金の城もあった。

石の築垣が山のごとく巡り、金箔《きんぱく》の瓦が燦然《さんぜん》と輝く聚楽第を初めて見たとき、弥右衛門は言葉を失った。天下人の財力を目の当たりにして、秀吉を討つなどは夢物語ではないだろうかと思った。

下鴨《しもがも》神社を右手に見ながら、鞍馬の山に急ぐ。

だが、天上に日輪のごとく輝く秀吉にも、雲がかかりはじめたのかもしれない。

思えば、松の内が過ぎた頃、秀吉の弟で優れた補佐役でもあった豊臣秀長《ひでなが》が病死したのが、発端であった。大和《やまと》国の郡山《こおりやま》城で行われた葬儀で弥右衛門と惟久は、秀吉を狙おうとしたが、果たせなかった。

その後、今月の二月十三日に、秀長と共に秀吉を支えてきた千宗易《せんのそうえき》——利休《りきゅう》が突然、秀吉から蟄居《ちっきょ》を命じられ、堺《さかい》の屋敷まで下った。

弥右衛門は一度だけ利休を見たことがある。茶人であるが、巌《いわお》のような大きな体からは並々ならぬ戦人の匂いが流れていた。

「内々の儀は宗易に」と秀長に言われたように、利休は多くの大名から慕われており、茶の湯の弟子たちが取りなしに奔走していた。

そして今日二十五日、大徳寺《だいとくじ》の山門に置かれていた利休の木像が、一条《いちじょう》戻り橋にさらされた。切腹を命じられるとのうわさが広がっている。

弥右衛門はその木像を見て、国朝に話をしたのち、洛外に潜伏している惟久に知らせに向かっていた。

なぜか利休は詫びを入れることもなく、利休を救おうと弟子たちは、一戦を交えるかのような準備をしていた。

京が戦乱に巻きこまれれば、秀吉を討つ機会が生まれるかもしれない。

弥右衛門の胸は躍った。


「そうか……」

弥右衛門の話を最後まで黙って聞いていた惟久は、そう呟《つぶや》くと、いろりの灰をかき混ぜた。鞍馬の山中、人里離れた荒屋にはまだ春は訪れておらず冬の寒さに包まれていた。昔は山伏が住んでいたらしい家を、手入れをして人が住めるようにしている。

惟久は胡桃色の小袖を重ねて着ているが、その姿に弥右衛門は笑みを浮かべる。まるで鞍馬のきつねだ――。

「それで、殿のほうはいかがですか」

惟久は嘆息してから、部屋の片隅に置いてある鉄炮を見た。

「どうにもな……」

鉄炮の脇には酒徳利が転がっている。惟久は、行者や虚無僧の姿でときおり京に来るが、それ以外は、山中で鉄炮の鍛錬に励んでいた。

嶋子を撃ってしまってから、惟久は鉄炮を構えると震えるようになった。近くの敵ならず遠くの者を狙い撃つには、あってはならないことだ。先日行われた秀長の葬儀の際も、狙いを定めることができず断念した。

弥右衛門は息を吐く。いざというときには惟久にも負けぬ腕を持っている自分が撃ってもいいのだが、それでは筋が違う。秀吉は、惟久が倒さねばならぬのだ。

「京屋敷での暮らしはどうだ」

「ええ、思いの外、過ごしやすいですよ。殿――いや右兵衛督殿は気さくなお方で」

灰かき棒を持つ惟久の手が、一瞬止まる。

「そうか、よかったな……」

静かな荒屋にこぼれた惟久の呟きに、弥右衛門は唇をかむ。惟久の前で国朝のことを「殿」と呼んでしまった自分のうかつさに腹が立つ。

二君に仕えているつもりはないのだが、国朝は何かと弥右衛門のことを気にしてくれる。ほかの坂東武者と比べ冗舌《じょうぜつ》な弥右衛門は、京の水にすぐ慣れた。自然と国朝の供回りとして動くことが多くなった。

足利公方家の名声は、騒乱が落ちつき再び盛んになってきた京の町衆の話題をさらった。人当たりが柔らかく、足利の血を引く若い国朝は、見事な歌を詠むことから、多くの大名家や公家衆、町衆から連歌会などにお呼びがかかっている。

京の町での国朝の評判を、弥右衛門は誇らしく思うようになっていた。

「お主は手を引いてもいいのだぞ。わし一人でもなんとかなる。気にするな」

惟久の寂しげな声が胸に響く。

隙間風が吹きこみ、灰が舞う。惟久は小さいとはいえ城持ち大名だった。その頃には考えられない今の身の上に胸が苦しくなる。心なしか惟久の顔は白く頬はこけ、生気が冬の木の芽のようにしぼんでいるように見える。

息を吸う。灰とかびの臭いがする。

「またまた……殿、それがしは二心《ふたごころ》なぞないですぞ」

努めて明るい声を返す。

——忠臣は二君に仕えず。忠なれば則《すなわ》ち二心なし。

自分は名を、忠のために捨てると決めたのだ。

いろりの火が小さくはじける。

鞍馬のきつねの鳴き声がした。

灰かき棒を持つ惟久の手が赤く染まる。その手がやけに寂しげに見えた。

二十八日の今日、弥右衛門と惟久は聚楽第の南門そばの小路に潜んでいた。惟久は虚無僧の姿をしており、弥右衛門も同じ姿で惟久の鉄炮を入れた長袋を手にしている。利休は切腹を命じられ、堺から呼びだされて京屋敷に入っている。弟子たちの騒乱に備え、屋敷には三千人にも及ぶ上杉家の軍勢が警固に就いていた。

物々しい気が辺りには満ちていた。事が起きれば聚楽第にいると思われている秀吉が出てくるかもしれない。

突如、雷鳴が響きわたり、ひょうが降ってきた。

弥右衛門は舌打ちをする。雨では鉄炮を扱うのが難しくなる。

利休を救おうと動く軍勢の気配はまだない。

惟久は尺八を吹きながらひたすら待ちつづけている。

惟久の吹く尺八の節回しに、弥右衛門は耳を傾けながら同じく刻を待つ。寂しい調べが胸を打ち、懐かしいあの龍笛《りゅうてき》の音色が思い浮かぶ。

年端も行かぬ頃、弥右衛門は母をはやり病で失い、続いて父も失った。伯父が後見となり家督は継ぐこととなったが、寂しくなった屋敷でぼうぜんと過ごしていた。

ある日突然、同じように前髪を垂らした幼い惟久が、城下の弥右衛門の屋敷に現れた。大勢いる家臣の一人にすぎなかった父の死を哀れんでくれたのち、ときおり屋敷に遊びにくるようになった。

伯父は城主の子と交わるのをそれとなくいさめたが、分け隔てなく接してくれる惟久に弥右衛門はいつの間にか惹《ひ》かれていった。

二人で野原を駆け回り疲れはてて城に戻る前に、なぜ自分に構うのかと一度問うたことがある。

惟久は真顔になったのち、照れたように頭をかいた。

――気の合う者と遊ぶのに訳がいるのか。わしはお主といると胸が弾む。心地よい気持ちになるのだ。

弥右衛門は、その言葉を胸に刻んで生きてきた。

同じように遊んでいたある日の夕暮れ、弥五郎坂のそばで倒れている異形の旅の僧を見つけた。二人で夜を徹して介抱したが、日の出とともに息を引き取った。

旅の僧は最後に礼を述べ、胡桃色の龍笛をお礼にと差しだしてきた。

「お二方は、奇な縁で結ばれておりますな……。この龍笛が、さらに合う縁を運んでくるはずです……。出会いを大切になされ……」

受け取った龍笛を惟久は見つめていたが、やがて口に運び、見よう見まねで吹きはじめた。

その調べは切なく哀しかった。

それから常に大切に持ち歩いていた龍笛を、惟久はあの日、嶋子に惜しげもなく与えた。

そして惟久の元に嫁いできた嶋子は、惟久が渡した龍笛を大切に持っていた。ときおり、お丸山の端から龍笛の音色が聞こえてくることがあった。その美しい調べを聞くたびに、弥右衛門の胸にくすぶっている残り火がうごめくのだった。

弥右衛門は静かにため息をつく。

惟久の尺八の調べとともに、一刻ほど待った。ひょうはやんだが、地鳴りのような不気味な雷鳴は続いている。

惟久に鉄炮を預け、弥右衛門は一人で聚楽第の様子をうかがいに向かった。

日が暮れるまで見ても飽きないと呼ばれている豪華な門も閉まったままだ。秀吉が出入りする気配はない。

今日は無駄な骨折りだったかと思ったとき、門が音もなく静かに開いた。

同時に西の道からは、騎馬の群れに囲まれた駕籠《かご》のようなものがやってくる。

すわ秀吉かと息を呑んだが、よく見ると装飾された女輿《おんなごし》であった。

大きく肩を落とす。

輿が門の前まで来たときに、轟音とともにすぐ近くに雷が落ちた。

甲高い叫び声が上がり、弥右衛門は身構える。

輿の引き戸が開き、中から女子が顔を出した。

その顔を見て弥右衛門は息が止まった。

――嶋子であった。

国朝より一足早く上洛した嶋子は、大坂城《おおざか》に向かったと聞いていた。

聚楽第にいる秀吉に呼ばれたのか、訪ねてきたのか分からないが、雨空を見る嶋子の横顔は血色がよく、ふっくらとしていた。

思案気に空を見ていたが、やがて小さくうなずくと、引き戸が閉まり、輿は聚楽第に入ってゆく。

その後ろ姿を見ながら弥右衛門は息を吐き、拳を握る。

――忠臣は二君に仕えず。忠なれば則ち二心なし。

後に続く言葉がおのずと口からこぼれた。

貞女は二夫にまみえず――。

五

高塩弥右衛門は、京都五山の一つ東福寺《とうふくじ》の境内で国朝の父、頼淳を待っていた。

立ち止まって見上げている見事な三門の上には、青い空が広がっており、二百十日の強い風が、まばらな雲を吹き飛ばすかのように吹いている。

昨日の八月五日、秀吉の唯一の子である棄《すて》――鶴松《つるまつ》が三歳で亡くなった。秀吉の落胆は激しく、祈禱《きとう》していた東福寺でもとどりを切って喪に服している。諸大名や近習も哀悼の意を表してもとどりを切ったので、本堂の前には塚ができていた。頼淳も、もとどりを切りにやってきているのだ。

昨年末に上京した国朝は、氏姫との祝言のため四月半ば過ぎに坂東の地に戻った。代わりに父の頼淳が上洛している。

頼淳は、国朝や嶋子の父とは思えぬほど、思いを人に見せない。その眼は黒く、奥底には何を考えているか分からない不気味さがあった。徳川家康や伊達政宗の家の者どもが頻繁に出入りするようになり、ときおり頼淳自身が出向いては、何やら長く話をしているようであった。

頼淳の上京を惟久に知らせたところ、惟久の顔は一瞬曇った。今日は頼淳の供をしないといけないので一緒にいないが、惟久は聚楽第から出た秀吉を付け狙っているはずだ。

凪に流されるままの雲を見て、ため息をつき充分に貯えたひげをなでる。今日も着ている大紋の州浜の家紋には、いまだにしっくりとこないが、ひげには慣れた。

弥右衛門には、子どころか妻もいないが、家の者を失う哀しみは知っている。その思いに貴賤は関わりない。

だが秀吉は天下人だ。天下を引き継ぐはずだった愛息の死は、否応なしに多くの人の運命を変えてしまうだろう。

──自分たちと同じように。

お丸山に浮かぶ雲を思いだす。ふるさとの雲を次はいつ見ることができるだろうか。浮き雲の自分たちは、どこまで流れてゆくのだろうか。

うつむくと茜色の脇差が目に入る。女輿の嶋子の横顔が思い浮かぶ。自らの想いをそっと呟く。

それがしは──。

「鷹衛門《たかえもん》」

頼淳の呼びかけに、慌てて顔を上げて応える。

もとどりを落とした頼淳の後ろに見知った顔――石田三成の能面が見えた。

「お待ちしておりました」と下げた頭に血が上り、胸が押しつぶされ、息ができなくなる。

頭を下げたままの弥右衛門に、頼淳は、「どうした」とけげんな声をかけてくる。

「は、腹が少し……。しゃ、しゃくかもしれませぬ……」

京に来てから三成と会うのは何としても避けてきた。名前と顔かたちを変えているが、弥右衛門だと知られれば、命はない。鷲宿の平城から逃げたことにより、三成は自分と惟久を下手人だと思っているだろう。

胸がはち切れんばかりにうずく。

三成の足音が近づいてくる。

心の臓が早鐘のごとく鳴りつづける。息が苦しくなり、胃の腑から今朝食べたものを戻しそうになる。

三成の足が、そばを過ぎてゆく。

その足が止まった。うつむいたまま唾を飲みこむ。

足が動きはじめた。

体を固めたまま耳を傾ける。足音が遠ざかってゆく。

静かに息を吐いて、腰の脇差を触る。三成が鷲宿の平城に詰問に来た際にも差していた。これを見られるのはまずい。

「治部少輔殿」

頼淳の声に再度、体が固まる。

「せがれがお世話になっております」

頼淳の声に三成が答えている。

弥右衛門はこうべを垂れ、腹を押さえ、立ちすくんだまま二人のやり取りを聞いている。背中に汗が流れる。早く終わってくれ。

「ところで、そちらは……」

三成の声に息を呑む。

「せがれの元で働いておる者です」

観念して脇差を手で隠すように覆い、顔を上げて三成を見る。

能面の顔の眉がぴくりと動いた。

「拙者、八潮鷹衛門と申します。以後お見知りおきくださ い」

しわがれたような声を出して素早く頭を下げる。

「お主とはどこかで会ったことがあるかな……」

三成の問いに、弥右衛門はかぶりを振った。

「うむ……」

なめるような三成の声が体中にまとわりつく。

「この者、鉄炮の腕が立つようでして……」

頼淳の余計な一言に唾を飲む。

獲物をにらむような三成の眼に、全身が総毛立つ。

「鷹衛門殿、その――」

三成の厳しい眼が向けられる。ああ――。

「大紋の州浜の家紋がよれて見えなくなっておるぞ。武士《もののふ》たる者は礼節をわきまえねばならぬ」

「あっ、はい、申し訳ございませぬ」

慌てて脇下の大紋の文様を直す。

「ふむ、それでよろしい……。右兵衛督殿を、よろしく頼みますぞ」

きびすを返して三成は去ってゆく。天庵の助言に助けられた。そのまま倒れこみそうな体を、何とか気力で支えた。

六

鞍馬の山中に銃声がとどろく。

惟久の鉛弾は、的から大きく外れ土煙を上げた。

続いて鉄炮を構えた高塩弥右衛門は、大きく息を吸う。秋分の今日、山は木々の実りの匂いに満ちている。息を止め、目当《めあて》と筋割を重ねて的に合わせると、闇夜に霜が降るごとくじんわりと引き金を絞った。

火挟みが落ち、右頬から食いしばった歯に激しい力が伝わる。

四十間（約七十三メートル）先の八寸（約二十四センチメートル）の板が、乾いた音を立てて割れた。

惟久の小さな驚嘆の声が聞こえた。

筒の長い十匁筒である。昔の惟久ならやすやすと射貫《いぬ》くはずだ。

弾を込める惟久を見る。顔色は土色で生気が見えない。一緒にいてもふさぎこむことが多く、少ない口数がさらに少なくなった。

あの日、嶋子を聚楽第で見たことは黙っていた。伝える勇気がなかった。

何事もなく終わった利休の切腹から一年半、何度か秀吉を狙う機会はあったが、ことごとくし損じている。

秀吉を狙いはじめて多くのことが分かった。

天下人となった秀吉には、近づくことすら容易でない。他出や鷹狩りに出かけることも多かったが、山ほどの警固の者が付き従っている。幾度か鉛弾を撃ちこんだが、影法師武者も幾人かいるらしく願いは成就《じょうじゅ》していない。

何よりも惟久の弾は、いまだ狙いがぶれ、かすりもしないのだ。

銃声が響く。

惟久の舌打ちが聞こえる。

秀吉の母、大政所《おおまんどころ》が先月末に亡くなった。唐入りで九州肥前《ひぜん》の名護屋《なごや》城にいた秀吉も京に帰ってきて、明日八月六日、洛北の大徳寺で法要が行われる。

母の弔いの場で秀吉を狙うことにはためらいを感ずるが、こちらとしてもやつれてゆく惟久の姿を見るに、仇討ちを長引かせる訳にはいかなかった。

唯一の嫡男である鶴松も失い落胆した秀吉は、甥《おい》の豊臣秀次《ひでつぐ》に関白を譲り、太閤《たいこう》と呼ばれるようになった。名護屋城にいることが多くなり、そこまで狙いに行きたいが、自分は国朝の元から離れられない。今の惟久だけで九州に向かうのは危ない。

今年、天正二十年（一五九二）の四月からは唐入りが始まり、多くの大名が朝鮮の地で戦っている。都の漢城《かんじょう》も落とし、さらに北の平壌《へいじょう》にまで進んだようだが、明が戦に加わり、激しいせめぎあいが続いている。

国朝は去年の四月にいったん国許の喜連川に帰っていたが、今年の春には再び京にやってきた。秀吉の代わりに聚楽第に入って政務を執っている秀次の元に配されている。翌春には渡海する手はずになっている。国朝に厚く用いられている弥右衛門も、共に渡海する見込みである。

その前に何とか惟久の願いを果たしたい。

銃声が響き、今度はため息が聞こえた。惟久の鉛玉はまた大きく的を外れている。惟久はいら立たしげに土を蹴った。

弥右衛門は手に持つ鉄炮を見る。

仇討ちが進まぬこともそうなのだが、もう一つ大きな悩みがあった。

――国朝に惹かれはじめているのだ。

仕えるべき殿は惟久一人と誓っているのだが、国朝と共に談笑していると、ふとしたときに、この刻がとわに続けばいいのにと思っている自分がいるのだ。京に来て多くの名高い大名と会ったが、そのような思いを抱く人物はいなかった。

若く爽やかで人当たりのいい国朝は、それだけでも好ましく受け入れられている。それに何と言っても室町の世を開いた名門足利家の末裔《まつえい》なのだ。おまけに太閤の義理の弟でもある。

太閤の跡継ぎは、秀次ではなく国朝がいいのではないのか、などというわさ話も聞こえてくるくらいだった。

ちやほやされて増長する者も多い中、国朝は、昼は武芸の鍛錬に励み、夜は遅くまで漢書や兵書、古典を学ぶ生活を続けている。弥右衛門も鉄炮の扱いを手取り足取り教えている。めきめきと腕が上がってきている。

八潮殿と慇懃《いんぎん》に呼ばれていたのが、最近は、親しみのこもった声で鷹衛門と呼ばれるようになった。ときおり自分の心が、弥右衛門にあるのか鷹衛門にあるのか分からなくなる。

「どうした、弥右衛門。顔色がすぐれぬぞ」

惟久の声に顔を上げ、頭を左右に振った。

「いやなに、ちと、玉薬の匂いに酔ったのかもしれません」

「なにを言うておるか、ほら、これを呑めば治るであろう」

惟久の差しだした竹筒を受け取り、口に運ぶ。

水ではなく酒であった。それも濁り酒ではなく清《す》んだ酒であった。あまりにうまくて一気に呑み干してしまった。

「うまいですな、これは、もっとありませんか」

惟久の苦笑いに、弥右衛門もほほ笑み返す。

どこからか、きつねの鳴き声がした。


翌日、弥右衛門は惟久と待ち合わせた場ではなく、苦い思いを抱きながら、大紋を着て大徳寺の中にいた。

目の前には黒の束帯姿の国朝が座っている。

法要で国朝の供をするはずだった家老は、今朝起きたあと時節外れの暑気あたりで倒れた。今日は前もって暇をもらっていたが、代わりに供をしてほしいとの国朝の頼みを断ることができなかった。

万が一を恐れ、惟久とはつなぎの者は使っていない。用があるときは互いが出向いた。だから今朝のことを伝えるすべがない。

しかしこの頃は、鞍馬の山中に行っても惟久と会えないことが多かった。進まない仇討ちにしびれを切らし、自ら秀吉を狙う機会をうかがっているのであろうか……。

惟久のわびた住まいを見るたびに、世捨て人のような暮らしぶりに申し訳なさがつのる。家財は何もなく、土間の片隅に寂しげに、鴻池屋《こうのいけや》と書かれた酒徳利が転がっているだけだ。

どこで覚えたのか、濁り酒ではない大坂の清んだ酒に、惟久はおぼれているようだ。寂しさが酒を呼ぶのか、酒が寂しさを呼ぶのか、今日も独りで弥右衛門を待つ惟久を思うと胸が焼けるように苦しくなる。

いや、それより肝心なことは、前の方に秀吉がいることだ。母が危篤との知らせを聞いて急ぎ戻ってきた秀吉だが、大坂に着くなり母の死を知り卒倒したそうだ。

腰に差した茜色の脇差を見る。これを抜いて斬りつければ……。

自分の思いを問うように唾を何度も飲みこむ。

果たせるかもしれない。だが、国朝も無事ではすまないだろう。改易、いやもしかすると連座で首を落とされるかもしれない。

弥右衛門は奥歯をかむ。国朝を巻きこむことは断じてできない。

やがて法要が終わり、順に退出してゆく。国朝に続いて弥右衛門も外に出る。

国朝の周りにはあっという間に人だかりができていた。先日、連歌会で同席した大名たちだ。皆、口々に国朝を褒めている。

弥右衛門は輪の外で待つ。

惟久はどうしたであろうか、と思いながら辺りを見渡すと、門柱のそばに束帯姿の秀吉がいた。頬はこけ顔色はどす黒く、うつろな眼は国朝を見すえている。しかめた顔のその眼に暗い色が見えた。やがて唾を吐き捨てると門の中に消えてゆく。

ここ最近、嫌なうわさを聞いている。国朝の悪評が京の町に流れているのだ。

会う人々が皆、何かあったのかと弥右衛門に問うてくるが、うわさの元となるようなことはさっぱり思いつかなかった。中には足利の血を引く国朝が、秀吉の後釜を狙っているとか、関東の地で家康と結託して坂東の地に新たな柳営を開こうとしているとか、政宗と共に奥州の一揆を扇動している、などの悪質な話もあった。

国朝にそんな気がまったくないことは、そばに仕えている自分がよく分かっている。だが、きら星のごとく京に現れた由緒ある若き血に、嫉妬や不満、不平を覚える者はいるのであろう。

国朝に知らせたところ、気にしなくてもいい、と笑ったが、戦よりもまつりごとのほうが難しく、薄暗い争いであると聞く。

歓談する国朝を見ながら弥右衛門は、胸に湧いてきた嫌な思いを振りはらうためにかぶりを振った。

七

高塩弥右衛門は、馬に揺られながら、山陽道《さんようどう》を西に進んでいる。大きく揺れた頭を慌てて元に戻す。如月の朔日《さくじつ》、春分を間近に控えた安芸《あき》国の春風は、眠りをいざなう。

年が明けた文禄《ぶんろく》二年（一五九三）、いよいよ国朝にも唐入りが命じられた。三百余の兵を率いて肥前の名護屋城にいる秀吉の元へ向かっている。道中、国朝の評判を聞き、供をしたいと押しかける武者が多数おり、京を出たときより軍勢は増えていた。西に向かう人や馬の群れは多い。今日は広島《ひろしま》ではなく手前の海田《かいた》の宿《しゅく》まで進むのが精いっぱいだろう。

朝鮮の戦いは、明が戦に加わった上に、武器を手に立ちあがる朝鮮の民が増え、一進一退の攻防を続けている。

弥右衛門は、五十人ほどの鉄炮足軽を率いる鉄炮頭を任された。思いがけぬ大職に何度も固辞したが、「お主しか鉄炮頭を任せられる者はおらぬのですよ」と強く国朝に言われては断ることができなかった。

去年は多くの者にいさめられ秀吉は朝鮮に渡海しなかったが、今年は玄界灘《げんかいなだ》を渡るとうわさされている。もしかすると戦場で、秀吉を討つ折があるかもしれない。

弥右衛門は馬上、前を進む瑠璃色の胴丸の国朝を見る。名刀三日月を腰に差した国朝の乗る芦毛《あしげ》の馬は、さつきだ。

去年の春、再度京にやってきた国朝は、さつきにまたがっていた。脚をけがしており安房の国に残していたそうだが、もうすっかりよくなったらしい。さつきは暴れ馬だが、国朝には充分に懐いていた。

久しぶりに会った弥右衛門の顔を、さつきは何度もなめた。

「珍しいですね。さつきが人見知りしないとは……」との国朝の声には、「それがしは、生き物に好かれるたちなのです」と笑ってごまかした。ひとしきり弥右衛門に甘えたあと、さつきは誰かを探すかのように見渡して、いなないた。

弥右衛門は、大きく辺りを見渡す。はるか後ろに虚無僧の姿が見える。惟久も付いてきているようだ。

昨年の十二月、天正が文禄と改元されたが、まだ二人の願いはかなっていない。

給金や大蔵ヶ崎城から運んできた金子で、何とか活計《たつき》は賄《まかな》っているが、仇にのみに生きる惟久を見るのはつらい。

早く本懐を遂げねばならぬ——と思うと同時にもう一つの思いが湧く。

今の自分の立場で惟久を手助けすると、国朝に咎《とが》がかかってしまう。

あの日、三成と出会ってから、ときおり周りに誰かの目を感ずることがあった。惟久の元へ行くときは慎重に慎重を重ねた。それゆえ、おのずと行き来が少なくなってしまった。

今、三成は朝鮮に渡っているが、それだからこそ気を付けねばならぬと思う。

海田の宿で旅のほこりを落とし、夕餉《ゆうげ》の支度が進む中、弥右衛門は国朝に呼びだされた。二人だけでということで宿ではなく、そばの瀬野川《せのがわ》のほとりを歩きながら話をした。京での日々のことなど、たわいもない話を続けていたが、落ちる夕陽を見つめて国朝が呟いた。

「磯の間ゆ　激《たぎ》つ山川　絶えずあらば　またも相見む　秋かたまけて」

「万葉でしょうか」

国朝はうなずく。

「ここ安芸の国、長門《ながと》の島で詠まれた歌です。また秋には妻と相まみえることができるか、この頃、心が痛みます」

国朝は弥右衛門に対しては相変わらず丁寧な口ぶりだ。

「ご安心くだされ、それがしが殿をお護りいたしますぞ」

唐入りの備えをしていた昨年の暮れから、国朝は何度か刺客に襲われた。弥右衛門が得意の立合で何度か切り抜けたが、不穏な気を感ずることが多かった。

誰が何のために国朝を狙っているのか分からないままだが、京屋敷より旅先のほうが危ない。

「安房や喜連川、古河に比べて京は、今一つ落ちつきません」

「弱気にならぬことです。言いたい者には言わせておけばいいのです」

悪評だけなら辛抱もできるが、じかに危害を加えようとしてくる者は許せない。

「鷹衛門に一つ、お願いをしてもいいでしょうか」

「はっ、なんなりと」

国朝は思いがけず本気の面持ちだ。

「もし私になにかあれば、氏を護ってほしいのです」

「異なことをおっしゃいますな」

国朝の声に弥右衛門は首をかしげた。国朝の妻の氏姫に、弥右衛門は会ったことはないが、二人のむつまじさは聞いている。

「氏は頼る者も少なく、その細い体で多くのものを抱えております。名のために命を捧げるのは、武士《もののふ》として生まれた者にとって恐れることはありませんが、護るべきものを持った今、悩ましくも思います。情けないと思われるかもしれませんが……」

弥右衛門は首を横に強く振る。

「そんなことはございませぬ。護るべき者のために命と名を捧げるのは、なによりも尊いことでございます」

国朝は弥右衛門を見てほほ笑むと、朱く染まった空を見上げた。

「我が姉は、名は天のために捨てるもの、と常々口にします。天という漠然としたものを思うのは難しいですが、氏のためにこの身を捧げるのはたやすくできます。だが、できるのであれば、長く連れ添いたい……。戦のない世の中が、早く来るといいのですが……」

沈みゆく夕陽をいつまでも眺めている国朝の横顔を、弥右衛門は黙って見つめた。

国朝の夕餉の間、弥右衛門は再度、念には念を入れて宿の周りの見回りをしていた。不審なこともなく、胸をなで下ろしながら、宿の入り口まで戻ったときに、宿の娘の甲高い叫び声が聞こえた。

わらじも脱がず、二階の国朝がいる間へ駆けあがると、腰を抜かした娘が部屋の中を指さしていた。

膳が散らばった部屋の真ん中で、国朝がのたうち回っている。

食事を共にしていた供どもが叫んでいる。

「殿っ」

近寄り、体を震わせながら引きつらせる国朝を抱きかかえる。口からはよだれが泡になってこぼれ、目は虚空を見すえ、手を伸ばしてあえいでいる。

「早く、薬師《くすし》をっ」

供回りの一人が、酒徳利を蹴飛ばして駆け降りてゆく。落ちていたあめ色の矢立が踏まれ、無残につぶれる音がした。

「な、なにがあったっ」

弥右衛門の声に、娘が廊下を指さす。

「お、お酒を頂いたので……お出ししたら……そのお酒を呑まれて……そうしたら、急に……」

鴻池屋と書かれた酒徳利が、廊下に転がっている。

惟久の隠れ屋に転がっていたのと同じものだ。

まさか、殿を狙ったのは――。

弥右衛門は、獣のような雄たけびを上げた。

第四章　浪速の夢

一

弟が、死んだ――。

足利嶋子は、天庵の発した言葉が、解せなかった。

刈安色《かりやす》の直垂《ひたたれ》を着て目の前であぐらをかいている天庵の姿が、みるみるとぼやけてゆく。誰かに頭を強く絞められたかのような痛みが襲ってきた。

気づいたら、体が左に倒れていた。

「姫っ」、「姫様っ」

天庵と侍女の奈菜の声が、おぼろげに聞こえる。

「お気を確かに、姫様」

　奈菜に体を起こされても、嶋子には周りがかすんで曲がって見えた。不意にゆがんだ世に放りだされたようだ。天庵と奈菜が何か話しかけてくるが、右耳から左耳へと通り過ぎてゆく。

　弟の足利国朝が、半月ほど前の文禄二年二月朔日《さくじつ》に、安芸国の海田で病死したと、天庵は告げてきた。

　ありえない――。弟は、前年の春から始まった唐入りに参陣すべく、安房から連れてきたさつきにまたがり、山陽道を九州肥前の名護屋城にいる夫――豊臣秀吉の元へ向かっていた。

　ひと月ほど前、大坂城に住む嶋子の元にあいさつに来た弟は、精気に満ちあふれており、「足利の家名を高めて参ります」と力強く言った。

　武芸を好む嶋子と違い、刀よりは和歌をたしなむ弟であったが、決して病弱ではなく壮健だった。武芸も幼き頃から嶋子が鍛えたので、そこらの者には負けない。

　嶋子より四歳下の弟は、歳もまだ二十と二つだ。

　病死など、ありえない。

「――や、病にて倒れたと申したな」

　何とか言葉を吐いた。奈菜の安堵《あんど》のため息が聞こえる。

「はっ、拙者が海田の宿《しゅく》に着いた頃には、すでに亡くなられておられました。まずは姫に申し伝えようと一路戻って参ったのでござる」

弟が三百余の兵を率いて供回りの者どもと大坂を発《た》った数日後、天庵が訪ねてきた。息子の友治に会うため天庵は、くしくも名護屋城へ向かう途中であった。北条家に仕えていた天庵の庶子である小田友治は、北条家が滅びたあと、嶋子の夫である太閤秀吉の甥《おい》の秀次に仕えており、唐入りでも舟奉行を任じられていた。

西国の地に初めて向かう弟のことを、なにとぞよろしく頼むと先日、目の前の天庵に伝えたばかりだった。

「それで亡骸《なきがら》は……」

「荼毘《だび》に付され、遺髪と共に喜連川まで戻すそうでございます」

懐かしい下野のふるさとの名前に、嶋子は大きく息を吐き、唇をかむ。

弟は嶋子の願いを聞きいれてくれた。嶋子の先の夫、塩谷惟久との想い出の地である大蔵ヶ崎城下の地を、喜びが連なる川——喜連川と呼んでくれていた。

あの日の国朝の上気した顔が、思い浮かぶ。

「氏姫には……」

嶋子の重い問いに、天庵はそりあげたこうべを無念そうに垂れた。

「拙者がこれから古河の鴻巣御所まで急ぎ戻り、お伝えいたそうかと……」

夫婦になって二年も経たずに、氏姫は夫を失うこととなってしまった。

打掛の上の両拳が細かく震える。嶋子も夫と別れたが、死んだわけではない。あの日から一度も会ってはいないが、日の本のどこかにいるはずだ。

「……してなにか、なんの病で亡くなったのじゃ」

「それが弟君の従者の話は、筋の通らぬものでありまして……」

弟に遅れること三日、天庵は海田の宿に着いた。国朝死去のうわさを聞きつけたが、すでに遺骸は燃やされていたそうだ。はやり病の恐れがあり、すぐに手を施さねばならなかったと、宿場の長《おさ》から申し開きを受けた。

天庵の話によれば、確かに周りの村では、はやり病が広がっていたらしい。ただ一行で病にかかったのは弟だけだそうだ。夕餉《ゆうげ》を取ったのち、様子が悪くなり、薬師《くすし》が手当てをしたが、夜の内に亡くなった。

「ただ……」

天庵は呟《つぶや》いたきり、うつむいて黙りこんだ。あごひげを左手で触ったまま口を真一文字に結んでいる。言うべきか言わざるべきか悩む時の天庵の癖だ。この折は、黙っていればたいていてい話をする。

嶋子は傍らの奈菜を見やる。顔が土気色だ。奈菜にとってそれこそ弟は、むつきを当てていた頃から世話をしてきた者だ。安房の地での暮らしは、今と比べるとつつましく素朴なものだったが、その分、共に助けあい、泣き、笑った。

嶋子自身も倒れそうになる体を、何とか持ちこたえさせている。頬に手を当ててみたが氷のように冷たい。

「宿の娘が、異なことを申しておりまして……」

天庵は顔を上げ、嶋子を強い眼で見てきた。

「弟君は、お食事の際に酒を呑んでいるうちに急に体が震え、しびれたと訴えられたそうです。よだれを垂れ流しながら、胃の腑《ふ》のものを吐きだされ――」

天庵は宿の娘の言葉を間違いなく思いだすように、ゆっくりと話している。

「そののち、倒れてあえぎはじめ、体を引きつらせ、息を引き取られたそうです」

冷たい手で背中をなでられた気持ちになり、嶋子は首を左右に振り、唇をかんだ。

「ま、待て、それはまことか」

様子を聞く限り、弟の死の間際は、附子《ぶす》を服した際のありさまだ。

天庵は目をつぶったのち、しばらくしてからうなずいた。

「ならば、はやり病ではなく……」

毒であろう、という言葉は何とか呑みこんだ。言葉にしてしまうと、さらに大切な何かを失う気がする。

弟は、誰かに毒殺された――。

奈菜が唾を飲みこむ音がする。

「弟君が亡くなったあと、供の者が一人いなくなったそうです」

「それは……。なんという者か」

嶋子の問いに天庵は眉根を寄せ、苦しげな顔になった。

「八潮鷹衛門と申すもので、重く用いられておりました」

「ならば、その者が毒を盛ったのではないか」

「いや、それは考えられぬことで……」

天庵は体を左右に揺すり、うなっている。

「お主、そのことを誰かに申したか」

天庵はかぶりを振る。

「いえ、まずは姫にと思い、誰にも告げておりませぬ」

「誰にも話すではないぞ」

「氏姫にもですか」

「うむ、余計なうわさを広めたくない。それに、もしまことであれば、氏姫があまりにもふびんではないか」

氏姫からの便りには、弟と夫婦になれたことを喜ぶ想いが、いつもあふれていた。毎回添えられている歌も、夫を想う歌ばかりだった。こんなにも哀しいことを、あえて伝えるべきではない。

「お奈菜、お主も他言無用であるぞ」

嶋子の言葉に、奈菜も険しい顔でうなずいた。

まずは真相を、私が解き明かす。もし弟を殺した者がいるのならば、仇《かたき》を討つ。人の道、いや天道にもとる行いを、決して許さない。

息を吸ってから目を閉じると、弟と見た広い安房の海が思い浮かんだ。

数日後、嶋子は、こうべを深く垂れ、大坂城本丸の奥御殿の主を待っていた。

「唐突に、どうしたんだぎゃ。嶋殿」

侍女を連れて入ってきた北政所——秀吉の本妻は、柔らかい声をかけてきた。亀甲模様に銀箔《ぎんぱく》がすりこんである打掛は、部屋の中でもあでやかに光っている。

「はい、実はご相談したき儀がございまして……」

「またまた、そんなかしこまらんでもええがね」

北政所は、大坂の奥での生活に慣れぬ嶋子に、あれこれと親のように世話をしてくれる。

嶋子がこの地に来て二年とふた月が過ぎたが、いまだにとまどうことばかりだ。

秀吉は、一昨年の天正十九年に、弟の秀長、そして側《そく》の淀との子供で棄と呼ばれていた幼い鶴松を、昨年には生母である大政所を相次いで病で失った。

甥の秀次に関白を譲り、太閤と呼ばれるようになった秀吉には、十数人の側がいる。外でも内でも大変な秀吉を支えているのは、北政所だ。

嶋子は天庵から聞いた話を、毒の部分だけ省いて話した。

弟の死の真実を明らかにするためにに動こうにも、大坂城に住まう嶋子が好き勝手にできることは少ない。秀吉のいない今、大坂城を取り仕切っているのは北政所だ。

「うーん、話はよう分かっただが、どうしたもんかね」

北政所は悩ましげに右手をあごに添える。

「あんたになにかあったら、太閤様に申し訳がたたにゃーて」

「決して北政所様にはご迷惑がかからぬよう努めますので、なにとぞお許しを……」

嶋子はこうべを畳にこすりつける。

「あんたは行くなと言うても、行くでしょうが。そういう女子《おなご》だぎゃ」

北政所の大きなため息が聞こえてきた。

「まあ、あたしにも兄がおるんで、兄弟姉妹の情はよう分かるがや……。危ないことはしたらいけんよ」

嶋子は顔を上げた。北政所は歯を見せていた。

「そうそう、あんたさえよければ、甲斐殿も連れてったらええがね。あの子も暇を持て余しとるようだがね」

北政所のほがらかな笑い声に嶋子は、再度頭を深く下げた。

二

夫が、死んだ——。

足利氏姫は初め、天庵のいつものざれ言だと思った。

続けて天庵が話す夫の死のありさまを、耳朶《じだ》では聞きながら、腑では拒みつづけていた。しかし、すでに夫は荼毘に付されたと聞いた時、ついに体から力が脱け、そのまま後ろへと倒れた。

「姫っ」、「姫様っ」

天庵と女房衆の西の局の慌てた声がする。

そばに控えていた西の局に支えられなければ、そのまま頭から倒れていただろう。

「姫様……」

西の局に抱き支えられたまま、氏姫は嘘だと心の中で叫びつづけていた。

病死であると目の前の天庵は言うが、本当なのだろうか。

夫の国朝は、確かに多忙であった。

初めて出逢った天正十八年の暮れには、姉の嶋子と共に上洛し、翌年の春になって坂東の地に戻ってきた。そのまま祝言を挙げたが、夫はそののちすぐ、南部氏の一族である九戸《くのへ》政実《まさざね》が奥羽仕置の不満から起こした乱の鎮圧のため、奥羽へ出陣した。

落ちついたと思った翌年の天正二十年四月には、かねてより支度が進んでいた唐入りが始まった。朝鮮の地で秀吉の軍勢は勢いがよかったが、明が戦に加わり、流れが変わった。京にいた夫にも参陣の命が下り、名護屋城に向かう途中の出来事だった。

氏姫は下総の古河の鴻巣御所を、夫は下野の喜連川を治めていたが、唐入りが終われば、氏姫は喜連川の地に向かうつもりであった。御連判衆《ごれんばんしゅう》を始め古河を移ることに難色を示す者は多いが、夫婦ならば同じ地に住むのが当たり前のことだと思う。

体を起こし、打掛の裾を直し、とまどう思いを呑み干し、居住まいを正す。

「お、お骨は……。喜連川に向かうのか……」

「はっ、そのような手はずと聞いております」

気持ちを落ちつかせようと、息を静かに吸って吐く。恋の積もった淵は干上がり、長くありたいと思っていた命よりも、想い人が先に亡くなってしまった――。

夫婦にはなったが、共に住まうこともなく、死しても共になることは、かなわぬのか……。

天庵はそれきり黙ってしまった。

「で、話はそれで終わりか」

「はあ、まあ、そうですな」

天庵はあごひげを左手で触ったまま黙りこんでいる。昔から見誤りようのない人だ。

「これ、天庵」

氏姫の声に、天庵は気まずそうに顔を背けた。

「お主、まだ申していないことが、あるであろう」

天庵はうつむいてさらにひげをなでる。

「そんなことはござらぬよ……」

氏姫は緩やかにいぶく。

「父母とは一つ、祖父母や兄弟とは二つ、血が離れておるが――」

天庵の手が止まった。

「夫婦の間は、離れておらぬのじゃぞ。夫婦は一つなのじゃ」

天庵が覚悟を決めたかのように顔を上げた。目を一度強く閉じてから、話しだした内容は、さらに信じがたいものだった。


「お西は、どう思う」

奥御殿で玄米の姫飯《ひめいい》を目の前にして、氏姫は問いかけた。

給仕をしていた西の局は、手を止めて氏姫を見やる。

「まことにおいたわしいお話で、言葉もございませぬ……」

「なにゆえ我が夫が、殺されねばならぬのじゃ」

西の局の嘆息が聞こえる。

戦国の世であれば、殺し殺されるのは常である。家や名のために、男ども、いや女《お》子《な》も含めて、お互いにしのぎを削りあう。だが、秀吉の下、天下一統がなされた今、唐入りは行われているが、日の本の内で昔のような殺しあいはないと思っていた。

京のまつりごとの争いに、夫は巻きこまれてしまったのだろうか……。まつりごとの争いは、実際に刀や弓を持って争うものより、どす黒く根深いと聞く。

魚や豆腐、汁、香の物が、よき匂いを漂わせ膳に並んでいるが、箸を取る気がまったく起こらない。

天庵は病死に見せかけた毒殺であろうと言った。誰かが夫を殺したいと願い、手を下した。誰が、なぜ――。天下人でもない夫を殺して、誰が得をするのであろうか。

思えば、夫とこのように膳を囲んだのは数えるほどしかなかった。想い人と共に語らいながら食事をするのは、一人寂しく膳に向かうのに比べ、夢のような楽しいひと時であるということを、氏姫は初めて知った。

西の局が、憂わしげに氏姫を見てくる。

氏姫は箸を取り、汁を口に運ぶ。味がまったくしない。泥水を飲み、砂をかんでいるようだ。それでも何とか箸を進める。続けて菜《さい》を口に運ぶ氏姫を見て、西の局は安心したかのように緩やかに息を吐き、いったん席を立った。

出てゆく姿を見て、氏姫は箸を置く。

ふすまの閉まる音が、鳥籠《とりかご》の扉を閉める音のように聞こえた。

あの日開いた鳥籠に、また戻された気がする。

大空を羽ばたいた羽は、無残にももがれてしまった。

氏姫は、脇に置いてある蒔絵《まきえ》手箱の上にある護り刀を見て、ため息をついた。

「筑波の嶺に、行きましょう」

唐突な国朝の言葉に、氏姫は首をかしげた。

祝言が終わった春の日、朝餉を共にしていた時のことだった。

「姫は、古河からほとんど出たことがないと聞いております」

婚礼を挙げたのに、まだ夫は丁寧な言葉遣いだ。最初の出逢いの時の口ぶりがお互い抜けない。

「許される……ことなのでしょうか」

今まで氏姫が、古河の籠の中から出たのは、父の葬儀で久喜まで行ったときなど数えるほどしかない。

夫は笑って歌を口ずさんだ。

「熟田津《にきたつ》に　船乗りせむと　月待てば　潮もかなひぬ　今は漕ぎ出《い》でな」

万葉集《まんようしゅう》の額田王《ぬかたのおおきみ》の和歌だ。

――今こそ漕ぎだす刻《とき》なのだろうか。

「はい」氏姫は、小さくうなずいた。

西の局など数騎の供回りと馬に乗り、出かけた初めての遠出は、心躍るものだった。

道々にある花や木々、さえずる鳥や野の生き物の名を、夫は丁寧に教えてくれた。

言葉は知っていても初めて見るものたちは、皆、春の陽に輝いて見えた。

馬を下りたあと、山歩きに慣れぬ氏姫を、夫は背負ってくれた。夫のたくましく広い背は温かく、すべてを委ねることができる頼もしさが心地よかった。

やがて女体山の山頂まで何とかたどり着いた。

頂上の風景は、これほど美しく壮大なものがあるのかと思えるものであった。

「あれに見えるのが富士《ふじ》の山です」

山頂の岩に座りながら、夫が指さす先には、白き衣をまとう気高き山が見えた。

「富士のお山は、古河からでも見えますよ」

「あ、そうでしたな」

笑う夫の左肩に、頭をもたせかける。

「殿のお国は、どちらなのですか」

夫は左のはるかかなたを指さした。

地と空の境が弓のように曲がって見え、その上に穏やかな昼の陽が昇っている。

「あの広い水が、海なのでしょうか」

夫は、左手を氏姫の肩に回してくる。

「あれが姫が教えてくださった霞浦ですよ。あの浦のさらに向こうに、もっともっと大きい海が広がっています」

いつか私も、夫と姉様が知っている海を、見ることができるのだろうか。

「そして向こうが、新しきふるさとです」

夫は右手を左から逆方向の右まで動かし、山々の裾を指さした。

「あの山々の向こうに、恵み多い川が連なって流れる美しい地があります。喜びが連なる川と書き、喜連川と呼びます。姉の想いが詰まった地です」

夫の姉は、氏姫も姉様と慕う嶋子だ。外の世を教えてくれた嶋子は、ついに本当の姉になった。夫の新しい所領は、嶋子の嫁いだ地であった。

嶋子の想い出の地、それに夫の暮らす喜連川を訪れる日を思うと、体が軽くなり胸が躍るように弾む。

「古河のお城は、ちょうど間にありますね」

氏姫の声に夫は正面を向く。

夫の示した左から右のちょうど真ん中に、氏姫のふるさとである古河の地はあった。

安房と喜連川は、古河から生えた翼のようだ。

「拙者にとっては、姫と出逢った縁《えにし》の地です」

氏姫は左手を夫の膝に置いて、夫の顔を見上げた。

夫も見つめ返してくる。

「殿、いえ、あなた……。氏——と呼んでください……」

夫の頬が、紅を引いたように朱に染まる。

「ひ、姫……。いや、氏。拙者……わしは幸せじゃ」

とまどうように呟く夫のはにかむ顔を見て、氏姫は誓った。

私はこの人の、さくらになろう——。


「姫様、つらくともお食事をお召しにならねば、お体が……」

いつの間にか戻ってきていた西の局の声に、氏姫は我に返った。

筑波の嶺から見る景が消え、寂しい部屋の膳が見える。

美しい空と地は消え去り、周りが闇に閉ざされた。

護り刀の柄《つか》に巻かれた母の髪の毛が、動くことなくたたずんでいる。

君がため　惜しからざりし　命さへ　長くもがなと　思ひけるかな

愛する人を捨てるでも、捨てられるでもなく、奪われてしまった。もう心を焦がす想いを抱くことはないのだろう。

「あなた……」

目の前がかすむ。嗚咽《おえつ》が漏れると、熱い涙が頬を伝った。

三

足利嶋子は、京へと向かっている。

弟の国朝は、京屋敷で一年近くを過ごしていた。まずはその際の様子を聞こうと思ったのだ。奈菜ら少しの供回りと警固の者、そして甲斐姫が同行していた。甲斐姫には北政所と同じように、毒殺の箇所だけぼかして助太刀を願った。

大坂から伏見まで向かう天当船《てんとうぶね》の中で、甲斐姫はしばらくぶりの他出を喜んでいた。

城内にいては見ることのできない、春の明るい景が二人の前に広がっていた。木々のざわめき、水の輝き、風の音、柔らかな春の匂い、すべてが愛《いと》しく思える。

「嶋様、こたびは遠出にお誘いいただき、まことにありがとうございまする」

「いや、こちらこそ一度ゆっくりと甲斐様とお話ししてみたかったのです」

秀吉の小田原攻めの際、甲斐姫は忍城に迫る石田三成の軍勢を相手に、女子ながら腕を振るい城を守りきったと聞いている。

その後、嶋子と同じように秀吉の側となった。同じ頃に大坂城に来たが、ゆっくり話すのは初めてだった。お互い武芸をたしなみ、慣れない大坂での暮らしの話で、瞬く間に気があった。

元亀《げんき》三年（一五七二）生まれの甲斐姫は、嶋子の四つ下であった。嶋子は話す内に六つ年下の氏姫を思いだしていた。

伏見に着く頃には、「姉様」、「甲斐姫」と呼びあう仲になっていた。

「姉様、何者かが、つけてきております」

弟がよく訪れていたという商家を出て、宿に戻る途中に、甲斐姫が嶋子に小声で耳打ちしてきた。

数日前から誰かが後をつけてきていることは、嶋子も気づいていた。二人とも馬に乗ってはいないが、小袖に袴姿だ。懐剣しか身に帯びていない。近場への訪問だったので供を連れず、二人だけだった。

足を速め、宿へ急ぐ。あと二つ路を曲がれば宿にたどり着く。

路を曲がった先に、二人の男が見えた。一人は腰に短めだが刀を差している。嶋子と甲斐姫を見て目を細めた。

来た道を戻ろうとしたら、つけてきた小男がふさぐように立ちはだかった。広い路を結ぶ狭い路で男たちに挟まれた形になった。

嶋子と甲斐姫は、小路の右の板塀に背をつけて、袴にねじこんでいる懐剣に手をかけた。

三人の男は、鼻で笑いながら、嶋子と甲斐姫を囲んだ。

右に立つ甲斐姫が、体を寄せて、左手で嶋子の袖を握る。

「何用じゃ」

嶋子の強い声に、刀を差した男が意外そうに目を広げた。

「あんたら、国朝のことを嗅ぎ回っているようだが、これ以上続けると身のためにならんぞ」

「そうだ。そうだ」、「へっ、かわいい女子《おなご》じゃねえか」両脇の男たちが追従する。

「なにをしようが、勝手であろうが」

嶋子の毅然とした振る舞いに、左の小男が下劣な声で、「ちと痛めつけましょう」と右手を伸ばしてきた。伸びてきたその手に向かい、嶋子は懐剣を抜きあげた。

小男の叫び声が、路地に響く。

真ん中の男は慌てたように刀を抜いて、間合いを取った。

「甲斐姫っ、加減無用っ」

嶋子の叫びに、甲斐姫も懐剣を抜き、合口を懐から出した右の男に切っ先を向ける。

嶋子が斬りつけた小男は、右手首を押さえながらうずくまっている。嶋子は刀の男に懐剣を向けた。

「なめやがって」

刀の男が、懐剣を持つ嶋子の右手を狙うかのごとく刀を振り下ろしてきた。

後ろは板塀で下がれない。嶋子は息を吐いて足を蹴り、前に飛びだし、懐剣で刀を受け止めながら、左手のひらで相手の右肘を撃った。

鉄《かね》の音が響き、男は体を崩す。

崩れた男の右太ももを左足で蹴ると、男は膝を突いた。

右の甲斐姫を見る。合口の男が、甲斐姫の懐剣の突きを避けようと、後ろに尻もちをついたところだった。

嶋子は丹田に力を込め、懐剣を立ちあがった刀の男に向けた。

刀の男は舌打ちし、「ふざけやがって」と刀を切りあげてくる。

嶋子は後ろに下がりながら、刀をかわすが、小袖の胸元が切れた。

かわしたあと、懐剣をなぐように払ったが、男は間合いを素早く取って離れる。

男の眼は当初のなめた眼ではなく、怒りの色がともっていた。

かがんでいた小男も合口を抜いて立ちあがり、嶋子に向けてくる。

甲斐姫が相手をしていた男も、じわりと甲斐姫に迫ってくる。

嶋子と甲斐姫は、じりじりと板塀まで追いこまれた。

――このままでは、まずい。

嶋子の背に、冷たい汗が流れる。

「へへへ、楽しませてくれるぜ。じっくりとお返ししてやる」

刀の男の声に、両脇の合口の男たちも口をゆがめて笑う。

一斉に飛びかかってくるつもりだ。三対二では分が悪い。

甲斐姫をかばうように、嶋子は半歩前に出た。

唾を飲みこむと、三人の刃が光った。

左の小男の合口を何とか懐剣で避けたが、男の刀が上から迫ってくる。

――斬られる。

覚悟した刹那、轟音《ごうおん》と共に男の刀が、宙に舞った。刀の男の右手が醜くつぶれ、叫び声が小路に響く。

遅れて甲斐姫が立ち向かった男の叫び声が響く。

小男が、音のした方を振り向いた。

嶋子も見やる。十間（約十八メートル）ほど先に、鉄炮《てっぽう》を抱えた白頭巾の男がいた。黒い巣口《すぐち》は真っすぐに小男に向けられている。

小男が叫びながら、白頭巾の男に背を向けて逃げだしてゆく。

刀の男も右手を左手で押さえながら、同じように逃げだす。

甲斐姫が相手をしていた男も、二人が逃げるのを見て、慌てて後を追う。

「甲斐姫、ご無事」

甲斐姫は懐剣を拭い、鞘《さや》に戻しながら、笑う。

「忍城に攻めてきた三成の手下の方が、まだ手応えがありましたぞ」

嶋子は安堵のため息をこぼす。

路地には男の刀が転がっており、傍らには血に染まった鉄炮の鉛弾が落ちている。

白頭巾の男は、すでに姿が見えなくなっていた。

玉薬《たまぐすり》の微《かす》かな匂いが漂ってきた。


大坂に戻り、嶋子は自分の部屋で考えをまとめている。

襲われたあと宿に戻り奈菜に顚末《てんまつ》を話したら、卒倒しかけた奈菜に、必ず供を連れて歩くようにと夜遅くまでいさめられた。それでもその後、二人は素性を隠して、弟ゆかりの地で多くの話を聞いた。

うわさは、大きく二つに分けられた。

一つは、さすが足利将軍家に連なる公方《くぼう》家の血筋と褒めたたえるもの。

武芸のみならず、古典に通じ、受け答えも当意即妙で、何よりも胸に染みいって心を揺らす和歌を詠むことに対する世上の声が高かった。

そしてもう一つは、これでもかという悪評。

京の各所に妾《めかけ》を囲い、夜は手にする身分不相応な名刀——三日月で辻斬りをし、太閤の後釜を隙があれば狙っている、徳川家康や伊達政宗と組んで謀反を起こそうとしているなど。殺生公方だよと陰口をたたく者もいた。

弟の死に対しても、前者は涙を流して惜しみ、後者は、それ見たことか、ざまあ見ろとあからさまに悪口を言った。弟のすべてを知っているわけではないが、あまりの憎悪に途中、気持ちが悪くなったほどだ。

詰まるところ、京での調べからは何も見えてこず、甲斐姫との仲が近くなっただけであった。

嶋子は緩やかに息を吐く。人を殺すほどの思いを抱くのは、痴情のもつれを始め、銭、嫉妬、恨みなどであろうか。

弟と妻の氏姫との間は、いさかいなどなかったと嶋子は思う。京で妾を囲ったというわさはあったが、実際に相手と思われる者は見つからなかった。

唐入りで金子《きんす》は必要だったが、喜連川の三千余石の所領で賄《まかな》えているはずだ。どこかに借財したという話もなかった。

小弓公方という公方家の庶流から、本流の公方家へ引き立てられた件に関しては、嫉妬や恨みを持つ者がいたかもしれない。中でも小田原の戦で没落した者たちから見れば、うまく立ち回ったかのように見える弟に対する妬《ねた》みはあったであろう。

いや没落した者だけではなく、由緒ある足利源氏の血を引く国朝を、疎ましく思う者は多いのかもしれない。

新たに坂東《ばんどう》の地を治めることになった家康や、秀吉の世を盤石なものにしようと政務に精を出している石田三成など、その血に嫉妬する者はいるのであろう。

特に秀吉の後釜を狙っている家康は、武士の棟梁の証しである征夷大将軍を目指しているとうわさされている。

だが毒を使って殺すまでの者が、いるのであろうか。

そばの鏡台に置いてある胡桃色の龍笛と喜連川の想い出の地で拾った惟久の黒い鉄炮の十匁玉が目に入る。

龍笛のさつきとやよいの毛に手を伸ばす。

国朝の乗っていたさつきは、海田の宿から忽然といなくなってしまったとのことだ。

——はたと恐ろしい思いが浮かんだ。慌ててその幻影を首を振り追いはらう。

弟の立場に嫉妬と恨みを持つ者が一人いる。

自らの所領を奪われた先の夫——塩谷惟久。

まさか夫が、弟を殺した——。

もう一度、嶋子は首を強く振った。まるきり否定できない自分が恨めしい。

何より夫のもう一つの顔を自分はよく知らない。もしそうであれば弟を恨むのはお門違《かどちが》いだ。恨むべき相手は嶋子である。

天庵が毒殺の件を言いよどんだのは、もしや夫が下手人と考えたから——。

体が小刻みに震えはじめた。自分の体が自分のものではないようだ。

はるか昔、上野国の厩橋城で見た滝川一益の玉鬘《たまかずら》の能が思いだされる。紫式部の源氏物語、その巻名の一つから作られた能は、亡者となった美しき姫、玉鬘の苦悩と妄執を描いている。自ら望まなくても伸びてくる玉鬘のように、次々と恐ろしい思いに体がとらわれる。

夫、そして夫の腹心である高塩弥右衛門の顔が思い浮かぶ。人づてに二人の消息を調べてもらったことがあるが、二人はどこに消えたのか、ようとして行方が分からなかった。

これ以上、弟の死の謎に踏みこむのを、ためらう気持ちが湧いてくる。真実を知れば、大切な何かが壊れてしまう気がした。

心が折れぬよう、嶋子は両手で自分を強く抱きしめた。

同じ年の八月、秀吉の側で懐妊していた淀が、拾丸《ひろいまる》を産んだ。五十七歳となっていた秀吉は、唐入りのため滞在していた名護屋城から、飛ぶように大坂城に戻ってきて、形勢の芳しくない明と朝鮮との戦の、和睦の話し合いを続けることとなった。

続々と大名たちは、祝いの儀を伝えに集まってきた。そこには嶋子の父である足利頼淳の姿もあった。

大坂城内の嶋子の部屋で久しぶりに対面した父は、嫡男の死がこたえているのか、座る姿がいくぶんやせているように見える。

しかし嶋子に投げかけた言葉は、息子の死を哀しむ言葉でも、大坂での嶋子の暮らしを案ずる言葉でもなかった。

「龍王丸《りゅうおうまる》を、喜連川に移した」

龍王丸は嶋子と国朝の弟だ。嶋子たちが過ごした安房の石塔寺にまだ住んでいた。

「唐入りが落ちつきしだい上洛させ、太閤様に謁見させて喜連川家を継がせる」

龍王丸は、まだ元服前の十四歳だ。

「それでは、氏姫は……」

頼淳はうなずく。龍王丸を元服させ、氏姫と再婚させ、喜連川家の断絶の危機を回避するのだ。そのために国朝が佩《は》いていた伝来の名物である三条宗近の三日月は、北政所に献上したそうだ。

家を残すため多くの武家で行われている手立てとはいえ、そこに氏姫の思いはない。氏姫からは哀しみの便りを何度ももらった。嶋子も慰めの言葉をつづった。

打掛の上の両拳が震える。

「太閤様に話は通すが、お主からもそれとなく話をしてくれ」

秀吉は弟の死をたいそう、哀れんでくれたが、父は昔と同じように女子の戦いなど目もくれず、自分を道具としてしか見てくれない。

「息子の死を、哀しまないのですか」

嶋子の言葉に、父は微かに顔をしかめた。

「これからという刻に死ぬとは、あいつも……」

その先の父の言葉を待ったが、黙ったままだ。「不運な奴だ」なのか、「かわいそうな奴だ」なのか、まさか、「馬鹿な奴だ」ではあるまい。

「なぜ、国朝が死なねば、ならなかったのですか」嶋子はうつむいた。

あのまま安房で暮らしていたら、死ぬことなどなかったのではないか、そんな詮無《せんな》きことを、何度も思った。それとも死が、天の思いだったのだろうか。

「世の中は、分からぬものだ。それでも生きてゆくしかない。お主の母も……」

母という言葉に顔を上げる。父の眼は、何の思いも読み取れぬほど黒い。

「いやなんでもない」

父は立ちあがった。

「龍王丸の件を頼むぞ」

息子を失った父に、多くを語るのは忍びない。嶋子は黙ってうなずいた。

四

「こたびの不慮の仕儀、まことに心痛お察し申し上げます」

足利氏姫の前に座った土色の胴服姿の徳川大納言家康は、頭を微かに下げた。

「大納言様にそこまで言っていただき、我が夫も冥府で満足していると存じます」

氏姫は、唐織の打掛の襟を正してから深々と頭を下げて礼を述べる。

文禄三年（一五九四）の正月明け、利根川《とねがわ》などの治水や開墾の儀で相談したいと、古河の鴻巣御所に突如家康が、少数の供回りと共に訪れてきた。

昨年の二月に、夫を亡くしてから、そろそろ一年が経つ。弔問客も途絶えていたが、坂東を新たに統《す》べる家康自らやってくるとは思ってもいなかった。

小田原の戦のあと、江戸に入府した家康は、率いてきた家臣たちを坂東の各地へ配した。古河城には、信長の命によって切腹した家康の嫡男、信康《のぶやす》の娘婿である小笠原《おがさわら》秀政《ひでまさ》が入ってきた。各所で検地が行われ、大規模な開墾や治水が行われている。

家康は唐入りで九州の名護屋城に詰めていたが、秀吉の息子が生まれたことにより、大坂に戻り、暮れには江戸に帰ってきた。

家康が連れて来た供の者は、御連判衆と広間で合議をしている。氏姫は、家康を奥の書院に通し、馳走《ちそう》をしていた。いにしえの古河城の話から始まり、ふだんの渡良瀬川の様子などを家康はやけに細かく尋ねてきた。分からないことは西の局に聞きながら言葉を返したが、家康の話は大工や職人たちでないと答えられないものも多かった。

「水に浮かぶ忍城は、戦には向いておりますが、どうも争いの治まった世では扱いづらいらしく……」

最後まで秀吉にあらがった忍城に入城したのは、家康の四男である松平忠吉《まつだいらただよし》だ。開墾地を増やすため、忍城の北を流れる会《あい》の川を閉めきるそうである。ゆくゆくは江戸の内海に流れこむ利根川や渡良瀬川の川筋を、衣川などが流れこむ香取《かとり》の海へ付け替える考えらしい。

息子のことを気遣ったとしても、わざわざ多忙な家康自らが来ることでもない話だ。そう氏姫が思っていたら、家康から切りだしてきた。

「ところで、氏殿は再びどなたかに嫁がれるのかな」

「まだ分かりませぬ」

嶋子からの便りには、国朝の弟の龍王丸と自分を再度、妻合《めあ》わせる話が進んでいるとあった。

「まだお若いのですから、良きご縁がやってくるでしょう」

ふっくらとした肉付きの家康のゆったりした慰めに、氏姫はほほ笑んだ。

「喜連川の地にゆかれるはずだったと聞いております」

「ええ……」

曖昧に言葉を返す。いずれは夫の所領の地、喜連川に向かうつもりではあったが、それは氏姫一人の胸の中にしまっているものだ。

「彼《か》の地は鮎が絶品と太閤様がおっしゃっておりましたぞ」

喜連川がいかに良き地かを話す家康を見て、氏姫は胸の内にさざ波が立った。

二百五十万石にも及ぶ家康の関東の所領に比べ、氏姫の御堪忍分《ごかんにんぶん》の所領はわずか三百石だ。ただ、その三百石は、家康の所領の中心にある。

――坂東の地をお頼み申しますぞ。

秀吉の言葉が思い浮かぶ。所領を安堵する秀吉からの朱印状にも「もし何方《いづかた》へ移られ候《そうろう》とも、ただ今の知行屋敷方、聊《いささ》か相違あるまじく候」とあった。この地に公方家の所領を置くのは、秀吉のこころざしなのだ。

京から遠い坂東の地は、平将門の例があるように、独立の気風が強い。鎌倉公方も何度も京に対してあらがった。秀吉も家康が同じようになるのを恐れているのだ。

鴻巣御所は、家康の上に置かれた小さな重し。小さな小さな小石ではあるが、それを動かすのは、思いの外、力が要るのかもしれない。

「それにしても重ね重ね御所様の仕儀は残念でござった。まだお若かったのに……」

一年の歳月が過ぎ、氏姫は夫の死をある程度静かな目で見つめられるようになっていた。だが、できれば思いだしたくない話であった。

「病と聞きましたが、そんなにお体が弱かったのですか」

「いえ、そんなことは決して……」

「それではまさしく不慮の儀だったわけでござるな」

不慮という言葉を家康は強く言った。坂東の土のように黒みがかった土色の胴服に染められている丸に三《み》つ葉葵《ばあおい》の紋が揺れる。

夫を殺すことによって得をする男。関東公方家が目の上の瘤《こぶ》である者。

目の前の穏やかな家康の顔が、急にかすんで見えた。

家康の不意の来訪からひと月ほどのち、一人の男が鴻巣御所を訪ねてきた。

行者姿で白頭巾を巻いている男は、天庵からの紹介の文を携えていた。西の局に馳走をさせ、氏姫は天庵の便りをまず読んだ。

天庵は小田原の戦のあと、秀吉に所領を没収されたが、会津と京まで出向き釈明して許された。所領の復帰はなされなかったが、古河の丑寅《うしとら》（北東）の方にある結城城を拠点とする結城秀康《ひでやす》の食客となった。

秀康は家康の次男である。一時、秀吉の養子となっていたが、今は鎌倉以来の名家である結城氏の婿養子となっている。

夫の死を氏姫に伝えたのちにも、天庵はできる範囲で夫の京での様子や世間のありさまを伝えてくれている。

ただ本卦還りの六十一になる天庵は、腰を痛め体の調子もよくないようで、今後は知り合いの男にやり取りを託すので、好きなように使ってくだされ、と書いてあった。

読み終わり、氏姫は男と向かい合った。

竿屋識彦《さおのやしれひこ》と名乗った男は、天庵の眷族《けんぞく》であると言った。額《ひたい》が隠れるまでの白頭巾をしている識彦は、国朝の毒殺の話まで聞いているようだった。

「できれば殿の死の謎を、解き明かしたいのじゃ」

「御意のままに」と頭を下げる識彦の声は、意外としわがれていた。

氏姫のここまでの考えを話し、伏見城の手伝普請のために京に向かった家康の動向を探ってもらうことにした。

もし家康が夫を殺したのであれば、決して許しはしない。

夫の仇は、私が取る。

氏姫は懐に秘めた護り刀を、強く握りしめた。

五

久しぶりに会った弟の龍王丸——足利頼氏《よりうじ》は、すっかりたくましくなっていた。

元服の儀を無事に終えた頼氏を囲み、京屋敷の広間でにぎやかなうたげのひと時が開かれている。

足利嶋子は座の中心にいる頼氏を見つめながら、小袖の袖で目頭をそっと押さえた。

父頼淳が、秀吉の右筆である山中長俊《ながとし》などに盛んに働きかけ、文禄三年の夏、上洛した頼氏は、十五で元服の儀を済ませた。

歴代公方の通字である「氏」の一文字を名乗り、与えられた「左馬頭《さまのかみ》」の官位も、歴代公方が多く任じられた官職である。

秀吉との謁見も無事に済み、氏姫との婚礼も、秀吉の命により決まった。風前のともしびであった由緒ある公方家の血筋は、何とか望みをつないだ。

関白秀次が住むことになった聚楽第のそばにある国朝の京屋敷を、引きつづきそのまま使うこととなった。祝いを述べる者が多く訪れ、ここ数日は慌ただしい日々が続いている。

ちょうど一回り歳の違う弟の口上は見事なものだった。嶋子は胸に込みあがる思いをこらえて黙って聞いていたが、傍らに控えている奈菜は、すすり泣いていた。

嶋子が惟久に嫁いだ時、すでに十と六つになっていた国朝と違い、頼氏はまだ八つであった。東慶寺に入山した姉が、嶋子との別れの際に優しく抱きしめてくれたのと同じように、嶋子も別れる際に頼氏を抱きしめ、「姉さんは、いつでもあなたの味方よ」としか言葉にできなかった。

姉として充分に面倒を見切れなかった負い目が嶋子にはあったが、立派に育った弟を見て、目頭が熱くなる――と同時に国朝を失った無念さがよみがえる。

もはやうたげは無礼講になりかけていた。多くの者が頼氏に祝いの言葉を述べている。今は呑みすぎてできあがった天庵が、頼氏の肩に手を回し、何やら高まった様子で大声を上げている。

　春先から調子を崩していた天庵も上洛して、このたびの場に参加している。頼氏は安房にいた幼き頃から天庵に懐いていた。頼氏の元服がことのほかうれしいのだろう。坊主頭まで真っ赤にして盃を重ねている。

　あまりにも天庵がしつこいのか、頼氏が困ったような顔でこちらを見てきた。奈菜に命じて天庵の相手をさせる。

　ほっと一息ついた頼氏の前に、嶋子は進みでて盃に酒をつぐ。背筋を伸ばして受けた頼氏に嶋子もあごを引き、胸を張る。

「龍王丸——いや左馬頭殿、一つだけ姉からお願いしたいことがあります」

「はい、姉上様、なんでございましょうか」

「あなたは多くの人の想いを背負っています。背負わせてしまい、まことに申し訳なく思いますが、どうかそれらの人の願いを無にせずに歩みつづけてほしいのです」

　昔よりはたくましくなったとはいえ頼氏の顔にはまだ幼さが残っている。嶋子を黙って見つめてくる頼氏は、嶋子の言わんとしている思いを、ゆっくりと呑みこんだように、「はい」とうなずいた。

「氏姫と末永く仲むつまじく幸せに暮らしてほしいのです。そしてできることなら、足利の血をなんとか残してほしいのです……」

言葉に詰まる。お丸山のさくらの老木を思いだす。

自分は女子の戦に敗れ、血を残せなかった。だからこそ二人が、何とかそれを成し遂げることを願いたい。

「女子《おなご》にも戦があるのですよ。それを忘れないでください」

幼き顔の頼氏は、ときおり父と同じような黒い眼を見せる。その黒い眼を見つめながら、嶋子は優しくささやいた。

頭を下げる頼氏に、なぜか父の姿が重なった。


京にまで来たついでに嶋子は、京屋敷のそばにある造り酒屋に顔を出した。

三月に氏姫から文が来たが、それを大坂城まで届けにきたのは竿屋識彦と名乗る男であった。文の中に、これからのやり取りは識彦を通して行いたいとあり、入り用があれば姉様も識彦をお使いくださいとあった。

識彦は、奈菜に文を渡す際に、渡りをつけるときには京の造り酒屋にてと申したそうなので、一度会ってみようと思いたったのだ。

氏姫の文によれば天庵の眷族らしいが、頼氏の元服の際に天庵に聞いたところ、酔っていたからか筋の分からない話しか返ってこなかった。

じかに訪ねてみようと先日、奈菜と共に顔を出したが留守であった。今日は在宅との知らせが来たのでまた足を運んだ。

座敷で待っていると、商家のなりの若い男が入ってきて頭を下げた。

「竿屋識彦と申します。以後お見知りおきを……」

やけにこわばった高い声の識彦にあいさつを返したのち、氏姫の様子をいろいろと聞いたが、仕えてからまだ日が浅いらしく詳しいことは知らないようだった。

逆にいくつか質疑を受けた。教えられる範囲で氏姫や自分たち公方家のことなどを伝えた。

話すにつれ識彦の物言いは柔らかくなった。天庵の眷族と聞いているが武家ではなく商家のようなしぐさと物言いが目立つ。

この後に用事があるとのことなので、早々と席を立つことにした。

「ここにいないときも多いので、入り用がございましたら、まずはここの酒屋の手代にお申し付けくださいませ」

氏姫宛ての文を託して今後のやり取りを丁寧に頼んだ。

「お任せくださいませ」

識彦は包んで渡した金子をうれしげに懐に入れた。

六

二度目の婚礼はつつがなく終わった。

足利氏姫は嶋子が来るかと淡い望みを抱いたが、秋の吉日の婚礼は、頼淳や天庵などわずかな人数で簡素に行われた。新しく夫となった頼氏は、すぐに喜連川の地に向かった。

婚礼から数日後、氏姫は色あせた小袖に着替えて鴻巣御所を抜けだし、古河城のさくら橋のほとりに立ち、さくらの若木に左手を添えていた。赤く色を変えたさくらの葉が、冷たさを含んだ風に吹かれてひらひらと舞い落ちてくる。

国朝と出逢ったあの夏の日から、五年の月日が流れていた。

氏姫が鴻巣御所に退いたあと、古河城に入った小笠原秀政は、古河城の縄張りを改めて各所に手を加えた。

氏姫はひそかに西の局を使いに出し、さくら橋とさくらの若木の周りだけは、そのままにしてくれるように頼んだ。秀政はけげんな顔をしたそうだが、願いは聞き届けてくれ、この想い出の地はあの日のままだ。

ときおり古びた小袖に被衣《かずき》をかぶり、お忍びでここに来ては、ぼんやりとさくらを見つめていた。西の局も幼き頃のようにとがめることはせず、供をして離れたところで見守ってくれる。

かわせみの鳴き声に、堀の水面を見つめる。風に揺れる水面は、私と同じだ。口数の少ない頼氏の眼は、父の頼淳と同じように思いの見えない黒さだった。頼氏とうまく夫婦として過ごすことができるだろうか――。

国朝を失った胸の穴は、あまりにも大きかった。何をもってもその穴を埋めることはできそうにない。死ぬまでこのような想いを抱いたまま生きねばならぬのであろうか……。それはつらく哀しい。

頼氏にも申し訳ない想いを抱く。自分より六つ年下の頼氏が、ふとしたときに見せるしぐさは、まだ童のような幼さを残している。

日の本での争いは太閤秀吉の元でいったんは治まっているが、まだ何が起こるかは分からない。応仁や享徳の頃から始まった百年以上続く戦乱の中、頼氏は小さな公方家の船の舵取りをこなしていかなければならないのだ。

その小さき体で背負わねばならぬ重みはいかほどのものであろうか。かわいそうで役立たずの女子であった私よりも、はるかに重いはずだ。

国朝と違い頼氏は、公方家の儀礼やしきたりにまだ慣れぬ様子だ。国朝よりも八つも年下の頼氏は、急に公方家を継ぐことになりとまどっているのだろう。安房の山中で静かに暮らすことを望んでいたのかもしれない。もしかすると私との婚礼が気に入っていないのではないか……。

頼氏も自分と同じ、籠中の鳥だ。

人は皆、籠中の鳥なのかもしれない。籠の扉が開いたと思っても、そこはさらなる籠の中だ。

大きく息を吐いて顔を上げると、筑波の嶺が目に入る。いつもは近くに感ずるその嶺が、やけに遠くにあるように思えた。

「大納言は急ぎ上洛の途に就きました」

鴻巣御所の奥の書院で識彦の話を聞いていた氏姫は、眉根を寄せて腰に巻いている打掛の裾を握る。

立秋は過ぎたが、窓や障子を閉めきった部屋には熱気がこもっている。頼氏との婚礼から半年以上が過ぎた今日は、やけに暑い。

「なにゆえの唐突な上洛なのじゃ」

家康は、去年の二月に京に向かってから長らく上方にいた。秀吉の新たなる住まいとなる伏見城の普請を担い、京や大坂、伏見などで過ごしていた。吉野山で開かれた秀吉の大きな花見に供をしたり、能で松風を演じたり、進んで多くの人々と交わったりしていた。

それらのことは京にいた識彦からの文で知っていた。

国朝の死の謎は今でも闇の中である。家康が手をかけたとしてもそうたやすくその証しが見つかるとは思えないが、答えを探し求めているだけでも心のざわめきは少し落ちつく。

文禄四年（一五九五）の今年の五月に、家康は一年ぶりに江戸に戻ってきたが、ふた月ほどしか経っていないのに七月の先日、慌ただしく上洛した。

家康の後を追って江戸に帰ってきた識彦が、今日そのことを告げに来た。

「上方でなにか由々しき事態が出来したのかもしれませぬ」

相変わらず白頭巾を巻いた行者姿の識彦は、あごに手を当て考えるそぶりを見せる。

「もしくは朝鮮の戦で動きがあったのかも……」

氏姫から国朝を奪った唐入りが始まってもう三年が過ぎていた。一時は明との国《くに》境《ざかい》まで迫ったが、今は釜山にまで退き、戦を和するための話し合いが続いている。

「あと気になるのは、太閤と関白の関わりあいでしょうか……」

氏姫はうなずく。

老齢の秀吉に子が生まれたことにより、秀吉の甥である関白秀次との間がぎこちなくなっているとのうわさは坂東にも広がっていた。

「ともかく大納言の後を追い、京に向かおうと思います」

「うむ、よろしく頼むぞ」

頭を下げる識彦を見て、氏姫は嶋子のことを思う。

姉様に何もなければいいのだが……。

七

「こたびばかりは助かった。礼を言うぜ。嶋御前よ」

伊達越前守《えちぜんのかみ》政宗は、足利嶋子の目の前で両拳を畳に突き深々と頭を下げた。

威勢があった五年前の奥大道で見た姿とのあまりの違いに、嶋子は口元を緩めてしまう。

「奥羽の龍も形なしですね。まるで――」猫という言葉は言わずにおいた。

顔を上げた黒地の肩衣《かたぎぬ》姿の政宗は、無造作に頭をかいた。

「そいつは言いっこなしだぜ。まさかこんなことになるなんざ――」

頼氏が元服して一年後、文禄四年七月、秀吉の甥である秀次が、謀反の嫌疑で切腹を命ぜられた。京の三条《さんじょう》河原で息子や娘、側、侍女、乳母らも斬首され、家老などの多くも連座で切腹となった。住んでいた聚楽第も余すところなく壊された。仕えていた天庵の庶子である友治も、蟄居《ちっきょ》を命じられたそうだ。

大名らにも連座者が出た。中でも日頃から秀次と懇意だった政宗には、謀反の一味との嫌疑がかかり、政宗は弁解のため八方に手を尽くした。

その内の一人が秀吉の側である嶋子であった。そのかいもあったのか、政宗は許された。その礼を言いに、大坂城の嶋子の元へ来ていたのであった。

「それにしても関白様は、本当に謀反を起こされようとしていたのですか」

嶋子の問いに、政宗は大きく息を吐いてから腰に差していた黒い鉄扇を抜き、左手に何度か打ちつけた。

「そんなことはねえぜ。本当に謀反を起こすんだったらもっとうまく――。おっと今のは、なしだ。聞かなかったことにしてくれ」

嶋子はため息をつく。

世間でうわさされているのは、秀吉の変節だ。鶴松の死により、一度は関白を秀次に譲り、豊臣氏の氏長者と定めた秀吉だが、拾丸が生まれ、気が変わり、邪魔になった秀次を排したのだという。

「すっかり老いて変わっちまったぜ、太閤はよお。俺には力では天下は取れぬなどとぬかしておいて、力ですべてをねじ伏せようとしていやがる」

弥五郎坂での秀吉の言葉が思い浮かぶ。

——天は人を選ぶが、またその者が能《あた》わずとなれば、あっさりと見切るものなのじゃ。信長公も、途中までは天に選ばれしお方であった。

——強運こそが天に選ばれし秘訣。

唐入りから、秀吉の強運もかげりが見えてきたような気がする。

老いや執着、もしくは元々持っていたものなのかどうか分からないが、時に秀吉は残酷な仕打ちを下すことがあった。機嫌の良いときは、毒味をしていない鮎を食べた時のような天下人の姿を見せるが、そうでないことのほうが最近は多い。

「治部の野郎どもを重く用いるからこんなざまになるんだよ。まったく……。唐入りだって、あれこれと口出ししやがって。こたびの件だって裏であいつらが糸を引いてるに決まってるぜ」

石田治部少輔三成は、秀吉に重く用いられ、唐入りでは総奉行を務めた。歯に衣着せぬ物言いに反感を持っている者どもも多い。秀次を糾問したのも三成であった。

「殺生関白なんて悪行のうわさも、あいつが流したに決まってるぜ。理《り》が大事だなんて口では言いやがるが、裏ではえげつねえことをしやがる」

殺生関白——悪行のうわさ。

何かが、気にかかる。

「まあ多かれ少なかれみんな同じさ。大納言だって今はおとなしいけれど、治部と同じようなことを平気でやる奴だから。まあ俺も人のことは言えねえが……。あんたは、なんともないのかい」

政宗の心を配るような声に、口に手を当ててほほ笑んでしまった。

「気の強い女子《おなご》を気遣ってくださるとは、越前守様もすっかり京風におなりですね」

政宗は頭をかく。

「俺はあんたを嫌いじゃない。右兵衛督殿のようになっちまってほしくねえのさ」

亡くなった弟の名に、嶋子は笑みを止めて目を見開いた。

「あいつは立派だった。さすが足利の血と俺ですら思った。公家どもの覚えも良かった。だからこそ——。あ、いやなんでもねえぜ。忘れてくれ」

「弟が、どうしたというのですか」

政宗に詰めよってしまった。

傍らの奈菜が、「姫様」と慌てた声を出す。

「それじゃ、礼は言ったぜ。喜連川の鮎の貸しは返してもらったからな、あばよ」

政宗はおどけるように眉根を上げると、鉄扇を手にそそくさと席を立って帰ってしまった。


政宗が訪ねてきたあと、嶋子は胸の不安を抑えきれず、日々妄執にとらわれていた。

半月ほどのちに、伏見にいる家康が、大坂城に人質として住まう息子の秀忠《ひでただ》の元へやってきたことを聞いた。

北政所の元にいる秀忠は、秋には秀吉の養女となった江《ごう》——浅井長政の三女、と祝言を挙げる。江が嫁ぐのは三度目らしい。

江は三姉妹で、一番上の姉の茶々《ちゃちゃ》は、秀吉の側、淀となり、もう一人の姉の初《はつ》は、近江大津《おうみおおつ》城城主の京極高次《きょうごくたかつぐ》の本妻となっている。

嶋子は、奈菜を使いに出し、家康に、嶋子の住まう所まできてもらった。家康とは、ちょっとしたあいさつは交わしたことはあったが、ゆっくり話すのは初めてであった。

嶋子の聞いた唐入りの話には口数が少なかったが、話題を転じて、新しく切り拓かれてゆく江戸の町並みのことを聞いたら、黒みがかった土色の胴服姿の家康は急に冗舌になった。嶋子はふくよかな体つきの家康の話を、興味深く聞いた。

「大納言様は、戦よりも町造りのほうがお好きなのでございますね」

話しすぎたと思ったのか、家康は右手で頭をかいた。

「いや、私なぞ太閤様の足元にも及びませぬ。この荘厳な大坂城や壮大な京の大仏のような物を生みだす才こそすばらしい。私にはなきものを太閤様はお持ちでござる」

嶋子は、思いきって話を切りだした。

「大納言様は、この頃の太閤様の振る舞いをどう思われておりますか」

家康は、嶋子の真っすぐな問いに、体を引いて、周りを軽く見た。

嶋子と家康のそばには、いつものように奈菜が控えているだけだ。

「嶋殿、太閤様は信長公亡きのちの戦乱の世を、その身をもって治められた。同じ男としてそれがどれだけ大変なものかを、私は知っております。それゆえ……」

家康は背筋を伸ばした。

「孤独なのでござろう。共に支えあい分かりあえる者が、追いつけぬところに太閤様はおられるのです」

嶋子は静かにうなずく。確かに今の秀吉は、嶋子がそばにいても、心ここにあらずという顔をすることが多い。寄る辺のない水面を漂う浮き草のようなのだ。

「大納言様は、太閤様と同じ立場でしたら、同じようなことをなさいますか」

嶋子の少し意地の悪い問いに、家康は嶋子を見つめ返してきた。口元は笑っているが、眼は笑っていない。

「そればかりは、分からぬ。人とは弱い生き物でござる。それゆえ胸の内に支えとなるものが、なければならぬのです」

「大納言様のその支えは、なんなのでございましょうか」

家康の眉根が微かに寄った。問いのまことの意を確かめるように見すえてくる。

嶋子は、目をそらさず、奥歯をかみつつ、唇の両端を上げる。

「それは……」

奈菜が息を呑む音が聞こえた。頼淳と同じような家康の黒い眼に吸いこまれそうだ。

嶋子は胸にいつも入れている龍笛に右手を重ねつつ、前かがみになる。

やがて、家康は破顔した。

「いやいや、嶋殿は聞き巧者でござるな。この老体もつい、熱くなりもうした」

高らかに笑う家康を見て、嶋子は胸の内でため息をついた。

八

新しくあつらえた緋色の打掛をまとった足利氏姫は、穏やかな春の陽が射しこむ鴻巣御所の奥の書院でそわそわとした気持ちでいた。

侍女が来訪を告げ障子が開くと、嶋子が入ってきた。いつもと変わらぬ柔らかいほほ笑みをたたえている。

「姉様――」

氏姫は、用意していた再会の言葉がすべて吹っ飛んでしまった。

「氏姫――」

旅装束から打掛に着替えた嶋子も、同じように言葉に詰まったまま立ちすくんでしまっている。

氏姫は立ちあがり、奥の書院に入ってきた嶋子に駆け寄ってしまう。飛びこんだ胸の柔らかさと懐かしい匂いに、我を忘れて両手に力を込め、姉様と叫びつづける。

嶋子の両手も氏姫の体を温かく包んでくれる。その心地よさに久しく味わっていなかった甘く愛しい想いが込みあがる。

二人が最後に会ったのは、天正十八年の冬、小田原の戦が終わり嶋子が上洛する際だった。今は文禄五年（一五九六）四月、すでに五年もの月日が過ぎていた。

嶋子の父、頼淳が病に伏せてしまったので、嶋子はいっとき暇をもらい上方から喜連川に戻る道中であった。便りで前もって来訪は知っていた。会えばこれを話そうあれを話そうと楽しみに待っていたが、嶋子の顔を見たらすべてが消し飛び、胸とまぶたが熱くなるだけだった。

嶋子との別れからあまりにも多くのことがあった。国朝との出逢い、慈しみ、そして別れ。鴻巣御所での慣れぬ生活。頼氏との新しい出逢いと生活――。

嶋子は氏姫の黒髪を、慈しむようになでてくれる。まるで母のようなその手触りに、幼き童に戻ったように泣きじゃくる。

「あ、姉様……」

「ほら、氏姫、泣いてばかりじゃ……」

そう呟く嶋子も涙声だ。

氏姫と共に嶋子を待っていた西の局のすすり泣きに混ざって聞こえてくるのは嶋子の侍女、奈菜の泣き声だ。

喜びあふれる巡り会いの場は、静かな涙に包まれた。

湯あみをして旅のほこりを落とした嶋子と、食事のあと昔と同じように奥御殿で寄り添いながら話をした。茜色の小袖姿で横たわる嶋子は、大坂での珍しい暮らしを、おもしろおかしく話してくれた。夜も更けて話が途切れたときに、嶋子が遠慮がちに聞いてきた。

「頼氏とは、どうなの」

嶋子の問いに、何と答えるべきか少し迷った。

「ええ、なんとか……」

嶋子の弟、頼氏との婚礼はつつがなく終わったが、新しい夫も相変わらず鴻巣御所の氏姫の所に腰を落ちつける暇もなく、喜連川や京、大坂と動き回っている。

国朝と違い、頼氏は和歌などは親しまないようだ。ときおり見せる笑い顔が国朝に似ていて驚くこともあるが、ふだんは無口で何を考えているのかよく分からない。父の頼淳に似た黒い眼で見つめられるのには、いまだに慣れない。

「あの子、口数が少ないでしょ。少し甘えん坊かもしれないから、お姉さんの氏姫が面倒を見てあげてね」

頼氏は氏姫の六つ下だ。二つ上だった国朝と違い、どう接していいかとまどうことが多々ある。

「同じ所で暮らせば、もう少しうまくいくと思うのですが……」

つい本当の想いがこぼれてしまう。いずれ喜連川の地に向かおうと思っているが、今はまだ、国朝との出逢いの地であるここ古河の地を、離れたくない想いが強かった。

「そうね、でも会えないからこそ慕る想いもあるわ」

呟く嶋子の眼は、見えないものを思いだすかのように潤んでいる。

「一緒にいたとしても心が離れ離れであるより、遠くに離れていても心が一つのほうが幸せなのかもしれない、とこの頃、思うの」

「姉様はまだ――」

先の夫を、と続く言葉を、口ごもってしまった。

――自分も同じなのだ。

「お子は、まだなのかしら……」

話を転じようとする嶋子の問いに氏姫はうなずき、平らな腹をさする。まだその兆しはない。

子をなし血を残すのが、女子の戦と多くの人は言う。

　自分も母のように満面の笑みを浮かべる日が来るのであろうか。この黒髪と緋色の護り刀を託せる娘を、得ることができるのだろうか。何よりも由緒ある足利の血を引く男の子を授かることができるのだろうか。

「焦らずにね。天は要る刻に要るものを授ける、そうよ。まだ刻ではないだけ」

　嶋子の眼がまた潤む。

「男の戦も大変だけど、女子《おなご》の戦はじっくりとした刻と、しっかりと落ちついた所が要るもの。想い出の地を無理に移ることはないわ。それに氏姫には御連判衆もいるし、先祖代々の地だし、それに太閤様も……」

　嶋子はその先を言いよどんだ。

　家康への重し――。氏姫ですらそう思うのだ。秀吉のそばにいる嶋子はもっと強く思っているのだろう。

　来月五月には、秀次の切腹のあと、秀吉の後継者となった拾丸を、わずか三歳で元服させ、秀頼《ひでより》と名乗らせるらしい。

　早すぎる元服には、秀吉の老いと家康の壮健さがある。

　坂東の地の至るところに、新しい御代を切り拓くのみと鍬《くわ》の音が響きわたっている。

「姉様、大納言様についいて実は思うことが……」

氏姫は国朝の死に関する考えを、嶋子に伝えた。

天庵から預けられた識彦からは、江戸と伏見を往来する家康の動向が、ときおり伝えられるが、家康が夫に手を下した証しなどは、まだ分からなかった。

ただ、年老いた秀吉に代わり家康が、天下をうかがおうとしている様子はよく分かった。信長の死後、天下のありさまが激しく動いたように、秀吉の死後も大きく変わるだろうと氏姫は思っている。その時、公方の血を引く者としていかにすべきかを、最近たびたび考える。

「そうね……。太閤様は、もう先は長くないわ……」

嶋子の切なくも苦しげなため息が聞こえてくる。

「でも、弟を殺したのは、大納言様ではないと思うの……。おそらく──」

嶋子は氏姫を真っすぐに見つめてくる。話の先を聞くのが怖い。

国朝の死から三年経った。忘れたくないと強く願っているのに、ふとしたときに思いだす国朝の顔や声は、朝霧のようにぼんやりとおぼろげになってしまっている。そのたびに胸がどうしようもなく深く痛み、涙があふれる。

本当のことを知っても覆水が盆に返ることは決してないが、私が知らなければ、いや知ってあげなければ、いけない。

うなずいた氏姫に、嶋子はゆっくりと言葉を重ねていった。

――それは驚くべき内容だった。

淡々とした嶋子の声を聞きながら、嶋子の胸の内を思う。

氏姫の小さな胸は、張り裂けそうだった。

九

足利嶋子は、花盛りのさくらを見つめている。

青い弥生《やよい》の空を埋めつくすかのごとく、さくらが地に満ちていた。春の土の息吹に花の匂いが重なり、えもいわれぬ匂いが漂っている。

慶長三年（一五九八）三月十五日のうららかな今日、京の醍醐《だいご》寺近くの山麓で催されている花見の宴は、今までにない盛大なものだった。

秀吉と秀頼を始め、北政所、淀などの側や女房衆、諸大名の女房衆ら女子ばかり千三百人近くを召し従えた催しだ。

秀吉自ら指図をして、庭園の改修を行い、七百本近いさくらを至るところに植えた。茶会や歌会が華やかにあちらこちらで開かれている。

秀吉は上機嫌で三首の歌を詠んだ。

あらためて　名を変へてみむ　深雪山《みゆきやま》　うづもる花も　あらはれにけり
深雪山　帰るさ惜しき　今日の雪　花のおもかげ　いつか忘れん
恋恋て　今日しぞ深雪　花ざかり　ながめにあかし　いくとせの春

ただ、天にも満つる醍醐のさくらを見上げながらも、嶋子の目に浮かぶのは、お丸山の端にたたずむさくらの老木であった。

二年前に、父の病で半年ほど喜連川に帰っていた。その際に何度か懐かしいさくらの老木の下でふるさとの景を眺めた。

想い出の地に、きつねのやよいは、一度も姿を現さなかった。野のきつねなのだ。もういないのだろう。国朝と共にいなくなってしまった、さつきの行方もようとして知れない。いったいどこに行ってしまったのだろう。

嶋子は小袖の内に秘めている懐剣と龍笛に手を伸ばす。龍笛に結んでいるさつきとやよいの柔らかな毛をそっとなでる。これから行うことを考えると体が震え、喉が渇いてくる。隣に座っている甲斐姫が肩に手を触れてきた。

「姉様、ご気分が優れないのなら……」

甲斐姫の小声に、嶋子はそっとかぶりを振る。

紅梅色の愛らしい打掛姿の甲斐姫は、不安げに嶋子を見つめたままだ。

甲斐姫にはすべてを話してはいないが、それとなく嶋子が為そうと思っていることに気づいているらしい。

甲斐姫は美しい歌を詠んだ。

相生の　松も歳ふり　さくら咲く　花を深雪の　山ののどけさ

嶋子も想いを込めて一首詠んだ。

あでやかに　深雪のさくらは　咲きにけり　老いたる花を　思ひけるかな

このたびの花見に参列している女子たちには、三着の着物が新調され、渡されていた。歌会が一段落つき、多くの女房衆が衣替えに向かいはじめる。

嶋子は意を決して立ちあがり、秀吉に近づいてゆく。

嶋子に気づいた秀吉は、軽やかに手を振る。

「お嶋よ、どうじゃこのさくらは……。あでやかじゃろう」

久方ぶりに見た満面の笑みの秀吉にうなずきながら、今日でなくてもいいのではないか、との気持ちが湧いてくる。

紅の頭巾をかぶった秀吉は、綸子《りんず》の小袖に指貫《さしぬき》をはき胴服を着ている。花模様と金がちりばめられた胴服は、陽に輝き幾重にも色を変えてまばゆく光る。

「古河の御所殿にも見せたかったのう……。坂東のさくらに負けぬ美しく華やかな京のさくらを……」

氏姫の名に、唾を飲む。これは自分だけではなく氏姫のためにも為さねばならぬのだ。背筋を伸ばし頭を下げる。

「太閤殿下、申し述べたき儀がございます」

茶室で秀吉と二人きりで向きあった。

「どうしたのじゃ、お嶋」

あぐらのまま上機嫌に笑う秀吉の歯は多くが抜け落ち、寂しげに残った歯には黒い鉄漿《かね》が見える。

「そういえばこの頃、無性に昔のことが懐かしく思えてな。そうじゃ、あの喜連川の鮎を今一度食べてみたいものじゃ」

笑うと付けひげも揺れる。

あの日と同じ姿だが、眼の光は老いて濁ってしまった。

「お主のいで立ちは見事であった。凜々《りり》しい女武者の姿をまた見たいものじゃ」

朗らかな秀吉の笑顔を見ると、この思いを言うべきか言わざるべきか、またためらってしまう。

「太閤殿下……」

「どうした。由々しげな顔をして……。そうかお主も余の行く末をはかなんでおるのじゃな」

膝の上に載せた両拳を強く握りしめる。やはり言葉にできそうもない。

「気にするな。秀頼のことをよろしく頼むぞ。それにしても今日は気持ちよく酔った。少し暑いくらいじゃ」

秀吉は、腰の扇子を抜き、広げてあおいだ。

嶋子は目を見開く。あの金色の扇子であった。

——晩秋の扇。

──かようにきらびやかな扇であろうと、夏が過ぎれば不要となる。
宇都宮城での秀吉の言葉を思いだす。
惟久の顔が浮かんだ。抱きいだかれたその想いを胸に、過ごした冬を思った。
今聞かねば、この世に生きている限り悔いが残る。
嶋子は大きく息を吸うと背筋を伸ばした。
「太閤殿下──」
今まで嶋子が行ってきて、考えたことを話しはじめた。
話すたびに、秀吉の顔から笑いが消え、顔つきが険しくなってくる。
ことによっては、手討ちにされるかもしれない。
しかし、嶋子は、何とか話しつづけた。
国朝の死のありさま。京でのうわさの話。
そして最後の論を告げようとした時、秀吉が口を開いた。
「お嶋よ。お主には貸しが一つあったじゃろ」
思わぬ言葉に、嶋子は首をかしげた。
秀吉は老いた眼で嶋子を真っすぐに見つめてくる。
──一つは貸しぞ。

宇都宮城でのやり取りが思い浮かび、目を見開くと思い決めていた心が揺れる。

「は、はい……」

「今、返してもらう。頼むからその先を口にしないでくれ」

弱々しい願いがこぼれた。

嶋子は言おうとしていた言葉を呑みこんだ。

――弟の国朝を毒殺したのは、あなたなのですね。

秀吉は、由緒ある足利の血を引き、京の公家衆や町衆にも評判が良かった弟が、卑しい出自の自分の立場を危うくするのではないかと考えたのだろう。豊臣家を脅かす者を前もって排除したくなったのかもしれない。鶴松を亡くしたあとであり、まだ秀頼が生まれる前で、秀吉の狂気が満ちていた頃だった。

「余はもう先が長くない。これ以上、誰かに嫌われて死ぬのは嫌なのじゃ」

齢六十と二つになっている秀吉の声は、落日の日輪のようにおぼろげで弱い。

嶋子は、力なくこうべを垂れる。

側とはいえ、秀吉とは七年以上連れ添ってきた。前夫の惟久との三年より倍以上長い刻を過ごしたのだ。最後の最後にむち打つことは、できない。

込みあがる無念や悔恨、憐憫の思いを呑みこんで呟く。

「か、かしこまりました……」

胸が潰されるように痛み、全身が小刻みに震える。

「すまぬ、お嶋よ……。すべては夢であったと思ってくれ……」

哀しげな言葉に顔を上げた嶋子の目に映るのは、日の本一の強運の持ち主であった男の、老いた寂しい笑い顔であった。

醍醐の花見から五か月後の八月十八日、秀吉は静かに息を引き取った。はかない辞世の句を残した。

露と落ち　露と消えにし　我が身かな　浪速《なにわ》のことも　夢のまた夢

第五章　女子の戦

一

足利氏姫は、天井からつり下げられている力綱《ちからづな》を両手で握りしめると奥歯をかみしめた。下腹部を繰り返し襲ってくる強い痛みに気を失いそうになるが、つかんだ両手に力を込め、ひたすらに耐え忍んでいる。

慶長四年（一五九九）の春、鴻巣御所の離れに設けられた産屋《うぶや》で、折り重ねた蒲団《ふとん》にもたれて座り、氏姫は産みの苦しみと闘っていた。

いちずに新しい命を生みだそうとしている氏姫の周りでは、西の局や女房衆、侍女らが忙しく動き回っている。

「姫様、お気を確かに」

西の局の励ましが聞こえてくるが、声を返す気力などない。外ではさくらがほころびはじめている時節だが、全身から汗が、夏のさなかのごとく流れでてくる。もうろうとする頭の中に、五、七、五、七、七と刻む、歌を詠みあげる節回しが、先ほどからずっと浮かんでいた。

「姫様、もう少しでございます。姫様っ」

西の局の声に、息を短く何度も吐きつづける。脇に置いてある蒔絵《まきえ》手箱の上にある緋色の護《まも》り刀を見つめているが、ぼんやりとかすんできた。

「かか様――」氏姫は胸の内で強く叫んだ。

今は亡き母と父の笑顔が、思い浮かぶ。

喜連川にいる夫の足利頼氏の、はにかんだような笑い顔も浮かぶ。
五、七、五、七、七の節回しが、段々と大きくなる。
やがて節回しは、はっきりとした言葉になった。

君がため　惜しからざりし　命さへ　長くもがなと　思ひけるかな

瑠璃《るり》色の胴丸をよろった若武者の面影を、思いだしたとたん、大きな息がこぼれた。

腹の腑《ふ》からすべてのものが消え去るような震えが、全身を激しく襲う。息をするのも忘れていたら、天に響くかのごとき元気な赤子の泣き声が聞こえてきた。

その声を聞いたとたんに、胸の中に春に初めて吹く強い南風が舞った。いつまでも胸の片隅に残っていた「かわいそうで役立たず」という思いを、吹き飛ばしてゆく。

「わ、我が子は……いかに……」

「姫様、おめでとうございます。珠のようなかわいらしい男の子ですぞ」

氏姫と同じく汗まみれの西の局が、笑いながら赤子の顔を掲げて見せてくれた。しわくちゃの真っ赤な顔で泣き叫ぶ我が子を見て、あふれんばかりの喜びが、全身を駆け巡る。笑おうとするが、頬がうまく動かない。その頬を熱いものが流れてゆく。

「お……お西や、わらわは、どんな顔をしておる……」

西の局は、眼を赤くしながら大きくうなずいた。

「御台所様と瓜二つの笑顔でございます」

赤子の泣き声が、いつまでも産屋に響く春の一日であった。

お七夜も無事に過ぎ、梅千代王丸と名付けられた我が子の寝顔は、どれほど眺めていても飽きない。

横になっている氏姫の傍らで、我が子は聞こえるか聞こえないかくらいの微《かす》かな寝息を立てている。胸がふくらみしぼむのを見ながら、小さな手を、優しく握った。温かく、柔らかい。かようにかわいらしきものが、この世にあるとは知らなかった。つきたての餅《もち》のような頰を、飽きずになでる。

梅千代王丸――早世した弟と同じ幼名《おさなな》を呟《つぶや》くと、胸に微かな不安が湧いてくるが、かぶりを振ってその思いを振りはらう。何としても無事に育ってほしい。そのためであれば我が身を差しだしてもかまわない。

愛《いと》しいだけではなくこの子は、室町の世を開いた先祖の足利尊氏から続く、血の結実だ。公方家が分かれて争ったときや、北条家の傀儡《かいらい》となったとき、豊臣の軍勢が坂東の地に大挙してやってきたときなどに、風前のともしびとなった公方家の想いや願いを、一身に受けている。

まだ何も知らぬ我が子は、どのような道を歩むのであろうか。

ただそうであったとしても氏姫にとっては、自らの血と想いを分けた貴《たっと》い一人の赤子である。ほかの者が、どんなことを願おうが、幸せになってくれれば、それだけでいい。

もう一度優しくかき抱いたら、隣室から西の局の声が聞こえてきた。

「姫様、天庵様がお見えになりました」

　奥の書院で対面している刈安《かりやす》色の直垂《ひたたれ》姿の天庵は、ひげやびんに白い毛が多くなり深いしわが増えていた。嫡男出生の祝いの口上を長々と述べたあと、最後には眼を赤くして泣きそうになっている。

「天庵、お主も老いたのう」

　近しい天庵には、思ったままの遠慮のない言葉が出てしまう。

「姫様、拙者はまことにうれしいのでございます。我ら小田家が精誠を込めて仕えてきた足利の公方家の血が、絶えることなくようやく続くのかと思うと、この老体の目にも思わず……」

　そのまま泣きだしてしまいそうな天庵を見て、あの日のさくらを思いだしてほほ笑んでしまう。幼き頃に天庵に肩車されて慰められてから十六年もの歳月が流れた。氏姫は二十と六つになり、天庵に至ってはすでに六十六歳だ。

「さくらの時節にお生まれになるとは、さくらの姫ならぬ、さくらのお子でござりますな。さくらの殿になるまで、なんとかなんとか見届けたいものでござるが、こればかりは……」

そりあげた頭を、天庵はたたきながら嘆息をこぼす。

「結城の居心地はいかがじゃ」

「はい、二人のせがれ共々、よく面倒を見てくださり、もはやいつ死んでもいいのでござるが、梅千代王丸様を見ていると、なんとか肩車をしてあげたいと、長生きの欲が出てきますなあ」

天庵の偽りのない笑顔に、氏姫も頰が緩む。

結城秀康の食客となっている天庵だが、嫡男の守治も秀康に仕えていた。

庶子であるもう一人の息子、友治は、秀吉の甥の秀次に仕えていたが、秀次が謀反の嫌疑で切腹したのちには、蟄居《ちっきょ》を命じられていた。やがて許され、天庵たちと同じく秀康に仕えている。

「ただ殿は、伏見におられるので、なかなかご恩を返す折がないのが、残念でござる。上方《かみがた》はなにやらきな臭いですからな」

昨年の慶長三年八月に、太閤豊臣秀吉は亡くなった。

二度目の唐入りのさなかであったが、秀吉の死を伏したまま諸大名は兵を引き、戦いは何を得ることもなく、朝鮮の大地を荒らして終わった。秀吉の存命中は何とか抑えられていた諸大名の対立が、今年に入り、一挙に噴きだしはじめている。

「治部少輔殿の顚末《てんまつ》は、どうなったのじゃ」

「殿からの早馬によれば、奉行を辞され、国許《くにもと》の近江佐和山城《おうみさわやまじょう》へ退かれたようです」

石田治部少輔三成ら豊臣のまつりごとで政務を担っていた諸将と、軍務を担っていた諸将の対立は、唐入りの頃から悪化していた。

半月ほど前、加藤清正や福島正則、細川忠興《ほそかわただおき》などの七将が、三成の大坂屋敷を襲う事態が起こった。

伏見城まで逃げた三成は、七将と対立を続けたが、徳川家康の仲裁で和談が成り、三成は佐和山城へ退くこととなった。途中まで秀康が送り届けたらしい。

事態ののちには詰まるところ、家康の力が大きくなることとなった。秀吉は息子の秀頼の後見を、家康を筆頭に五人の大名に頼んだ。秀吉の死の二年前に、家康は内大臣に当たる内府《だいふ》に任ぜられており、秀吉亡き後は、江戸の内府の世となるのではないかとうわさされている。

「秀頼様はまだ幼きゆえ、大坂もどうなってしまうか分からぬしだいでござる」

大坂城に住まう秀吉の息子の秀頼は、まだ七つだ。

「嶋姫のことも気がかりでござって……」

氏姫も、天庵のため息に合わせて肩を落とす。

嶋子は秀吉の死後、出家した。便りは何度か届いているが、氏姫の前夫、国朝の死の謎については、触れられていなかった。

家康の動向を探らせ、嶋子とのやり取りも頼んでいる竿屋識彦からはときおり話を聞いているが、はっきりとした真相はいまだに闇の中だ。

識彦はたまに傷を負っていることがあった。この間は足を引きずるほどのけがだったので、何か訳があるのかと問うたら、黙ってかぶりを振った。そのせいかどうか分からないが、識彦はときおり供の者を連れていることもあった。どこかで見たことがあるような、懐かしい匂いのする男であった。

「竿屋殿には世話になっている。良き者を紹介してくれた」

識彦の名に、天庵は刹那、眼を泳がせた。

「あ――彼奴《きゃつ》は鉄炮《てっぽう》が得意でござってな。お役に立っているのであれば、拙者としても一安心でござる。それより、そろそろお子の顔を拝見いたしたく……」

天庵は立ちあがり、氏姫をせかす。

「泣かしてはならぬぞ」

「拙者の顔を見て、泣くようでは、公方家の重い務めは担えませぬぞ」

天庵の笑い声に、氏姫も唇の端を上げた。

二

慶長四年八月、秀吉の一周忌が、京の豊国廟《ほうこくびょう》で執り行われている。黒の束帯姿の家康を始め、多くの大名たちが参列する姿を、足利嶋子は座ったままぼんやりと見つめていた。

目の前には秀吉の本妻だった北政所が座っており、嶋子の周りには他の側《そく》や女房衆らが同じように静かに儀式を見守っている。

秋分を過ぎた葉月《はづき》の、涼しさを含みはじめた風が、嶋子の短い髪をなでる。すでに京の東寺《とうじ》で出家はしていたが、剃髪《ていはつ》はせず、肩で切りそろえた下げ尼姿だ。

二回目の夫との別れも、嶋子から多くのものを奪っていった。

秀吉が弟の国朝を殺したとの確かな証しは、詰まるところ得られなかった。秀吉の意におもねった者たちが、なしたのかもしれない。ただ、もうそのことは考えたくなかった。人を恨んで生きたくない。

どのような形で夫婦になったとしても、長い年月を共に連れ添って生きる内に、自分の中に相手がじんわりと染みこんでくる。

良いことも悪いことも、好きなことも嫌いなことも、愛することも憎むことも、いわば自らの中に住む相手を抜きにしては考えられなくなる。そしてその相手を失ったとしても、自分の中に住まった相手は、いなくならないのだ。晩秋の扇としていだかれた想いは、小さくなったとしても、決してなくなることはない。

八年近い刻を共に過ごした秀吉は、自らが願った武士の神である「新八幡《しんはちまん》」ではなく、「豊国大明神《とよくにのだいみょうじん》」という神となった。

神になったというが、嶋子はそう思えずにいる。嶋子の思う天の中に、一つの神として秀吉は生きているのだろうか。

幼き頃から天を知りたいと願ってきた。

そのために天庵に無理を言い、共に多くの世を見てきた。先の夫である塩谷惟久と一緒になり新しき地で歩んだ。惟久と別れ、秀吉の側となってからは、ふるさとから遠く離れた上方で、今日《こんにち》まで多くのものを見てきた。

名は天のために捨てるものといえども、その天とは何なのかが、三十と二つになった今も嶋子にはよく分からない。惟久に嫁いで、おぼろげに感ずることはあったが、惟久の出奔からまた分からなくなってしまった。

緩やかに息を吐く。

瞬く間に過ぎ去った一年であった。

秀吉の死は当初、秘された。亡骸《なきがら》は長らく伏見城内に置かれていたが、今年の四月、ここ豊国廟の東にある阿弥陀ヶ峰《あみだみね》の山頂に埋葬された。

弟である国朝の死のきっかけとなった唐入りは、多くの禍根を残して終わった。秀吉が亡くなったのち、それらの禍根は日の本全土を混乱に陥れた。騒動の挙げ句、今、天から選ばれつつあるのが、目の前の家康だ。

家康は、秀吉の死後、禁じられていた大名家同士の婚姻を、相次いで行った。家康の六男の辰千代《たつちよ》は、伊達政宗の長女の五郎八姫《いろはひめ》と婚姻の約束を交わした。

秀吉が足軽だった頃からの友の前田利家《まえだとしいえ》が、閏《うるう》三月に亡くなり、対立を深めていた三成が奉行を辞してからは、家康が天下を統《す》べる一番近い所にいるように思える。

天は豊臣家を見捨てて、徳川家を選ぶのであろうか。

家康にとって、名は何のために捨てるものなのだろうか――。

嶋子は遠く古河の氏姫を思う。家康の大海のような坂東の所領の中心に、氏姫の住む鴻巣御所はある。秀吉は公方家を残すことを許してくれたが、はたして家康は――。

胸に入れた龍笛《りゅうてき》に手を伸ばす。さつきとやよいの柔らかな毛をなでると、ざわついた心が静まってゆく。

隣に座っている甲斐姫が、船を漕いでいる。甲斐姫は、あでやかな紅梅色の唐織の打掛を着て、長く黒い髪を首筋で結い、白い丈長《たけなが》で結んでいる。頭が揺れるたびに、その美しい髪が静かに揺れる。

嶋子は頰を緩めながらも、自分の短くなった髪に手を触れた。髪の先が手のひらをくすぐるように流れる手触りが、珍しくもあり寂しくもあった。

甲斐姫は、秀吉の側だった淀のそばにいる。淀は、大坂城で我が子の秀頼とそのまま暮らしていた。秀吉を長らく支えた本妻の北政所は、住んでいた大坂城を出て、秀頼のために作られた京の太閤御所へと移ると聞いている。秀吉の奥を取り仕切っていた上﨟《じょうろう》の孝蔵主《こうぞうす》も、北政所に付き従うそうだ。

「あんたがよけりゃ、来たらええがね」と優しい言葉をかけてくれた北政所の厚意に甘え、嶋子も奈菜と共に世話になるつもりだ。

十数人いた秀吉の側は、嶋子のように出家したり、生家を頼ったり、それぞれの道を歩みはじめている。

幸いにも喜連川を治める弟の頼氏が、領国の内、二百石を嶋子に分け与えてくれた。日々の暮らしに心を配らなくていいが、この先、どう生きてゆけばいいのかと途方に暮れる毎日が続いている。

二度も嫁いで別れた。もうこれ以上自らを引き裂かれる想いはしたくない。だから、鎌倉尼五山の東慶寺に十九世住持、瓊山法清尼として入山した姉と同じく、出家の道を選んだ。

だがふと、惟久を想うことがある。

国朝の謎の死が起こった際に、再度、伝手《つて》を当たって消息を調べてもらったが、ようとして行方は分からなかった。坂東に住む天庵にも頼んでみたが、「もうどこかで亡くなっているのでしょう」とつれない返事が来たきりだ。

そうであれば、これ以上この世にこだわって生きていても仕方がない。

あれこれとりとめのない想いにとらわれていたら、儀式が終わり、豊国廟にざわめきが広がった。

隣の甲斐姫は目を覚まし、辺りをうかがったのち、嶋子を愛くるしい眼で見た。

「姉様、もう終わったのかしら」

嶋子はほほ笑みながら、うなずいた。

「では公方家は、豊臣の世を確たるものにすべく、力を貸してくれると心得てよいのだな」

三成の無遠慮な物言いに、嶋子は眉根を寄せる。

嶋子は、三成の居城佐和山城の茶室で、柿色に染めた肩衣《かたぎぬ》姿の三成のもてなしを受けていた。しばらく先月一周忌が行われた秀吉の思い出話などをしていたが、家康や氏姫について話していたところ、物言いが硬くなった。

「そのようなことは、申しておりませぬ」

嶋子の言葉に、三成は能面のような顔の細い眉をつりあげる。

「太閤殿下のご恩を、もう忘れたと申すか」

相変わらず歯に衣着せぬ方だ。もっとも、衣を着せることができるような質《たち》であれば、ここまで敵を増やすこともなかったであろう。

「忘れることなどできませぬ。ただ、それとこれとは話が別でございます」

「それでは、今日、嶋殿はなにをしに参ったのだ」

「ですから最初に申し上げたように北政所様のお使いで、重陽《ちょうよう》の節句のお祝いを伝えに来ただけでございます」

太閤御所へ移った北政所に、数日前に呼ばれた嶋子は、三成への重陽の進物を送り届けるよう頼まれた。特に何も言づてはなく、「あんたもたまには、羽を伸ばさんとね」と北政所は笑った。

どこかで嶋子がふさぎこんでいるのを聞いて、気晴らしに外に出かける用を言いつけてくれたのだろう。優しいお方なのだ。

三成の三女の辰姫《たつひめ》は、北政所の養女となっており、北政所の元にいる孝蔵主も、三成の縁戚だ。預かった文には、何かしたためていたかもしれないが、嶋子は北政所から何も頼まれていない。

三成は、いら立《だ》たしく膝を動かしはじめた。肩衣の両肩に縫い取った「大一大万大吉」の置紋が、合わせて揺れる。

「天のことわりは、我らにあるのだ。家康なぞ……」独り言のように呟く。

秀吉への三成の忠勤ぶりを、嶋子は耳にしているし、目にしたこともある。真面目で物事の道理に対して嘘をつけぬ人なのであろう。理《り》をもって秀吉亡きあとの日の本を治めんとするその意気は、強く伝わってくる。

嶋子の女子《おなご》の戦は終わったが、男の戦はまだまだ続いている。だが自分は、頼氏と氏姫の公方家が進むべき道を、あれこれと下知する所には立っていない。二人の道は二人が決めるべきだ。

嶋子は、茶と共に出されていた干し柿を口に運ぶ。白く粉のふいた甘い干し柿を食べるたびに、先の夫の惟久を思いだす。

ふるさと喜連川にたたずむさくらの老木の傍らで寄り添ったひと時は、決して忘れることのできない大切な想い出だ。

「嶋殿」

三成が険しい形相でこちらを見た。あの日、秀吉に喜連川の鮎《あゆ》を馳走《ちそう》せんと差しだした際にとがめたような顔だ。

「杉谷善住坊《すぎたにぜんじゅぼう》という者を知っておるかな」

知らぬ名に首をかしげる。

「朝倉との金ヶ崎の戦が終わり、京から岐阜城に戻る千種越えの道で、信長公を鉄炮で撃った者の名だ」

嶋子はかんでいた干し柿を、慌てて飲みこんだ。嫌な気配がする。

「信長公はかすり傷で済んだが、善住坊は捕まった。そして生きたまま首から下を土に埋められ、竹の鋸《のこぎり》で、じわりじわりと首を挽かれ、なぶり殺された」

嶋子は言葉をさえぎるように茶を口に運ぶ。胸の鼓動が大きくなる。

三成は嶋子が茶を飲み、茶碗を置くのを見てから言葉を続けた。

「我が佐和山城の牢に、二人の男を捕らえておる」

なぶるような物言いに、背筋に冷たい汗が流れた。この場から逃げだしたくなる。

「かつて弥五郎坂において太閤殿下を殺そうとした者どもだ」

「う、嘘です。そんなはずは――」かすれた声が出た。

「山賊のような男どもで、捕らえるのに苦労をした」

頭から血の気がうせてゆく音が聞こえる。

「名を名乗らぬが、片方の男は、額に醜い刀創がある」

嶋子は両手で耳をふさぎ、かぶりを振った。

――そんなことが、あるはずがない。

「嶋殿よ。彼奴どもの命は、お主しだいじゃ」

三成の勝ち誇った笑い声が、手でふさいだ耳朶《じだ》に響く。

嶋子は首を左右に強く振りつづけ、三成の声を振りはらおうとした。


数日後、嶋子は唇をかみながら、佐和山城を見上げている。

冷たい秋の夜風が、泥のついた頬をなでる。嶋子は痛む両手を見つめた。泥に混じり、木々でこすったのか赤い血が見える。墨染めの小袖も袴も夜露にぬれ、泥だらけだ。先ほど崖から落ちたときに全身を強く打ち、体中が痛い。

「姫様、これ以上は難しいですぞ」

奈菜のくたびれた声に両拳を握る。

三成から惟久と弥右衛門の話を聞き、居ても立ってもいられなくなり、ここまでやってきた。

闇夜に乗じて山城に忍びこもうとしたが、切りたった山や崖、石垣、生い茂った木々が邪魔をして、五層の天守がそびえる本丸に近づくことすらできない。

「治部少輔に過ぎたるものが二つあり、島《しま》の左近《さこん》と佐和山の城」とうたわれているように、女子の手で忍びこめるものではなかった。

何度も何度も挑んだが、もう陽が昇る。

「夜が明けると三成の手の者どもが気づきます。そろそろ……」

周りに気を配っている竿屋識彦が、焦る声を出す。

奈菜だけでは心もとないので、知り合いの男手を幾人か連れてきていた。氏姫からの文をいつも届けてくれる識彦も京にいたので手伝いを願った。

城の大手の辺りに、たいまつがともった。風に乗りざわめきも聞こえてくる。

今日はこれまでか――。

だがもしここに惟久がとらわれているのであれば、何としても救いだしたい。

いや、ひと目、会いたい――。

嶋子は胸元に常に入れている龍笛に目を落としてから、顔を上げる。十六夜《いざよい》の月が沈もうとしていた。

「誰だっ」

鋭い声に振り向くと数人の足軽が槍をこちらに向けていた。たいまつがこちらに掲げられ、まぶしさに目を細める。

「徳川の手の者かもしれぬ。生きて捕らえよ」

中心の男の下知する声に嶋子は後ずさる。

「控えよっ。ここにおわすは太閤殿下の側であった嶋御前であるぞ」

奈菜のこわばった声にも男どもは槍先を下げず、じりじりとにじり寄ってくる。光る刃先に唾を飲みこむ。

識彦が腰を抜かしたように座りこむ。ほかの男手が逃げだす音がする。

「御前だった者がこんなところにおるか。曲者に決まっておる。囲めっ、決して逃がすなっ」

懐の懐剣に手を添えながら、嶋子は奈菜と共にさらに下がるが、背中側は山裾で逃げ場はない。捕まり三成に釈明するのも癪《しゃく》である。とらわれて氏姫に理不尽な願いをすることになるのはなおのこと困る。

いやもしかすると、とらわれたまま放っておかれることになるかもしれない。いやいや下手をすると氏姫が脅されることになるかもしれぬ。

嶋子は奥歯をかむ。

足軽たちの槍が卑しい笑いとともに、目の前に向けられる。

何とか逃げようと辺りを見渡すが、扇のように周りを囲まれ、はいでる隙もない。

多勢に無勢、後悔の念が全身を貫く。

闇が赤く光った。

轟音《ごうおん》と共に、目の前の足軽の槍がはじけ飛んだ。さらに音が続くと、下知した男の兜《かぶと》がひしゃげて倒れる。取り囲んでいた足軽どもが、叫びながら身をかがめる。

「逃げるぞっ」

奈菜と識彦に叫び、倒れた足軽の横を通り抜け、馬をつないだ所までありったけの力で駆けだした。

轟音が幾度も続き、叫び声が響く。

馬にたどり着き振り返ると、足軽どもは倒れたり伏せたりしていた。

馬に鞭を当て、嶋子たちは十六夜の月に向かって馬を走らせた。

夜風に乗って玉薬の匂いが、微かに漂った。

三

古風な毛引縅《おどし》の丸胴をよろう天庵の背中を見ながら、小袖姿の足利氏姫は、早足で夜の道を歩いている。天庵の持つたいまつが、辺りを照らしているが、鴻巣御所から古河城までは、勝手知ったる道だ。夜道でも間違うことはない。

氏姫の傍らには、西の局が口を強く結びながら、打掛を手に付き従っている。天庵の二人の息子、友治と守治が二人を囲むように歩いている。その後ろからは識彦と供の男が付いてきている。

人目に付かぬ深夜の訪《おとな》いの供回りは、それだけであった。

まだ暑さの残る文月の夜風が、被衣《かずき》をかぶっていない氏姫の頬をなでる。

渡良瀬の川のせせらぎに交じり、かわせみの鳴き声が聞こえてきた。

筑波嶺の　峰より落つる　男女川　恋ぞつもりて　淵となりぬる

今は亡き国朝の声が聞こえた気がして、氏姫は足を止めてしまった。

西の局が不安げに、氏姫を見つめてくる。

「姫っ」天庵のせかす声がした。

氏姫は小袖の帯に差した緋色の護り刀を握ると、再び歩みはじめた。

板敷の部屋で揺れるろうそくの灯《あか》りが、悩ましげな家康の顔を照らす。

伊予札《いよざね》を黒糸で威《おど》した胴丸具足の上に、きらびやかな陣羽織を羽織って座る家康は、呼びだした氏姫と天庵の前で、深いため息をついた。

「佐竹の動きが、分からぬのだ」

氏姫は腰に巻いた打掛の上の手をそっと重ねた。

家康の脇には文机《ふづくえ》が置いてあり、書きかけの書状が見える。

「内府様と治部少輔、どちらの鼎《かなえ》が重いか迷っておるのでしょう」

氏姫の右に座る天庵が、いまいましげに呟く。

「拙者が、義重めをたたきのめしておれば、こたびのような事態は出来しなかったのでござるが……。まことに無念でござる」

天庵は佐竹義重、義宣親子と何度も干戈《かんか》を交えていた。居城であった小田城も奪われ、常陸一国を治める大大名となった佐竹家に対して、深い憤りを持ちつづけている。

老体の愚痴に、家康は唇の端を上げた。

慶長五年（一六〇〇）の七月二十三日、家康は坂東の中心の古河城にいた。

今年の春から、奥州会津の地を治める上杉景勝《かげかつ》と家康の間が、きな臭くなっていた。景勝の家臣である直江兼続《なおえかねつぐ》が送った書簡が契機となり、家康は上杉を討つべく大坂から江戸に入ったのち古河までやってきたのだ。このあと、小山、宇都宮へと兵を進める企てらしい。

「上方で石田が兵を挙げたとの報《しら》せが続々と入っておる。西に戻るとしても、佐竹の動きいかんによっては、坂東の地から動くこともままならぬ……。ぜひ氏殿と天庵殿の力をお借りしたいのだ」

家康は軽くだが、頭を下げてくる。

先ほどから聞いていた家康の内密の話とは、家康か三成のどちらに付くべきか迷っている佐竹を、説き伏せてくれ、という願いだった。

今の当主の義宣は、会津の征伐のために開かれた大坂城での評定にも加わっていた。

家康ら諸大名は、奥大道の白河口《しらかわぐち》から攻め入る手はずだ。義宣は、白河口の東にある領国常陸から攻め入る仙道口《せんどうぐち》から進むことになり、今は水戸《みと》城で支度を調えている。伊達政宗は、北の信夫口《しのぶぐち》から攻め入ることになっている。

だが、三成とも親しいとうわさされている義宣の動きは、はっきりしなかった。

もし、家康が三成を討つために上方に戻る際、佐竹が背後から襲いかかってくれば、家康は挟み撃ちに遭い、万事休すとなる。

「お顔を上げてくださいませ。内府様」

顔を上げた家康は、氏姫の目を真っすぐに見すえてくる。

「こたびの戦は成り行きがまったく分からぬ。太閤様亡きあと、日の本を理で治めるか、浄《じょう》で治めるか、天下を分ける戦となろうぞ。公方家のお力がなんとしても入り用なのだ」

そう言えば、ここに来る途中に見た家康の旗印は「厭離穢土《えんりえど》　欣求浄土《ごんぐじょうど》」であった。

もちろん天下をうかがう武士が、浄だけで生きているとは思えない。だが、我が子が健やかに育つのを願えば、穢《けが》れた世ではなく浄《きよ》い世であることを、母としては願ってしまう。自分にどれだけの力があるかは分からないが、坂東の地を治める家康にここまで頼られて断ることなどできない。

「微力ですが、お力添えいたします」

氏姫の言葉に、家康は破顔した。

「ただ……」

続いた氏姫の言葉に、家康は口を元に戻す。

隣の天庵が不安げに氏姫を見る。

これだけは言わねばならぬ。

「ことが成った暁には、お願いしたき儀が、ございます」

家康には力添えすると言ったものの、どうすべきか……。

鴻巣御所に戻り、我が子、梅千代王丸の寝顔を見つめながら、氏姫は思案に暮れていた。生まれてまだ一年と半にも満たぬ我が子のためにも、今のこの暮らしを脅かすものは、何としても退けたい。

夫の頼氏に相談したかったが、夫はここから二十一里（約八十四キロメートル）ほども離れた喜連川の地にいる。家康の元へ馳《は》せ参ずるための手はずで大わらわのはずだ。このたびの話を取り急ぎ文にしたためて送ったが、いつものように自らが何とかするしかないであろう。

離れて暮らすゆえ、お互いのことは深く詮索しなくなっていた。それぞれの所領と配下の者を、おのおのの案配で治めている。それがやりやすくはあるが、寂しく想う気持ちも日増しに強くなっている。

年下の夫は遠慮をしているのか、喜連川に来てほしいと決して私に強く言わない。それとなく願ってはいるようだが、無理強いはしない。

国朝と一緒になったときには、手はずが整いしだい一刻でも早く喜連川で過ごすことを願ったが、今はそこまでの強い想いはない。

新しい夫にいだかれながらも、先の夫の顔が浮かぶことが、まだあるのだ。ふとした折に、国朝の声が、歌が、聞こえてくる。

氏姫は、我が子の柔らかい頬をなで、小さき手に触れる。眠りながらも我が子はその小さな両手で、氏姫の手を力いっぱいに握り返してくる。そのこそばゆい柔らかさに、頬が緩む。

胸の内は、家康でも三成でも、誰が天下を取ろうがどうでもよかった。

父が死んでから、飾りとしての古河公方を独りで生きてきた自分は、役立たずでかわいそうな者だったかもしれない。だが、国朝と出逢い、心を焦がす想いを知った。その後、頼氏との愛の結実である子宝を授かった自分は、もう一人ではない。

国朝のときのように、愛《いと》しい者を奪うごとき所作は、断じて許さない。昔であれば逃げるだけであったかもしれないが、今の自分は女子とはいえ、共に生きる人のために闘うすべを知っている。

――手は一つだけある。ただそれがうまくいくかどうか。

護り刀を手にする。柄《つか》に巻いてある母の髪の毛に指を重ねる。

――かか様ならば、どうするであろうか。

上方のまつりごとのありさまは、識彦が持ってくる嶋子の便りを通して、ある程度は分かっている。

出家した嶋子は、坂東の地に帰ってくるかと思っていたが、まだ京の地にいる。もう京で過ごすいわれはないはずなのだが……。

一度だけ、家康と三成が戦うことになるのならば、どちらに付くかと文で問われたことがあった。

分かりませぬ、とありのままの思いをしたためて返したら、「氏姫の思うままに為しなさい」と返ってきた。そのことはそれ以降、聞いてこない。

昔と立場が入れ替わり、氏姫は護るべき者を持ったが、嶋子は失った。

姉様はどのような思いで、日々を過ごしているのだろうか――。

姉様の顔が見たい、と氏姫は強く思った。

翌日、氏姫は天庵たちと共に佐竹家の様子をうかがいに常陸の水戸城へ向かった。

結城の街道を通り二日掛かりで水戸城まで来たが、義重も義宣も留守にしていた。水戸城の北にある太田《おおた》城に向かい、隠居して北城様《きたしろ》と呼ばれている義重に会い、天庵と氏姫でまずは先代当主の説得に当たっていた。

「おめえは、うすら馬鹿だべや」

氏姫の右に座り、毛引縅の丸胴をよろう天庵の怒鳴り声が、太田城の茶室に響く。

「なんだと、おめえこそ、ごじゃっぺな奴だっぺ」

風炉《ふろ》の前に座る紫地の胴服姿の義重も、負けじと声を荒らげる。

天庵は顔を真っ赤にして、茶碗を手にして投げようとした。

義重も、柄杓《ひしゃく》で湯をかけようとする。

「これ、天庵」

氏姫のとがめる声に、天庵は上げた茶碗を畳に置いた。

義重も柄杓を元に戻す。

「こりゃ恥ずかしいどこを、姫様に見られてしまったっぺ」

年寄りの二人が、童のように言い争う姿はおかしかったが、そのままにしておいては、ここへ来た目当てが崩れてしまう。戦場では、幾度も干戈を交えている二人だが、茶の湯の場でも舌戦を始めたのには、まいってしまった。

二人は照れ隠しのように、茶を口に運ぶ。

氏姫は打掛の裾を直してから茶器を手にして見つめる。

「それにしてもこの、沓《くつ》のようにゆがんだ茶碗は、ひょうげておりますね。絵の文様もおもしろうございます。北城様は良き目利きでございますね」

武勇に優れ、七人の敵を一瞬で斬り伏せたとうわさされ、鬼義重や坂東太郎の異名で恐れられた義重のいかつい顔が、初孫を前にした翁《おきな》のようにほころんだ。

「おお、姫様、この好《よ》さがわがりますか。織部助《おりべのすけ》殿からもらったっぺ。いがっぺよ」

古田《ふるた》織部助重然《しげなり》の名は氏姫も聞いている。千利休の高弟で、数寄者《すきしゃ》として名高い。

「そちらの文琳《ぶんりん》の茶入れも、その丸みになんとも言えぬ味わいを覚えます。唐物でございましょうか」

口が窄《すぼ》まり、縁が丸く、尻がふくらんでいる鼠《ねずみ》色の茶入れは、まるで我が子のお尻のようだ。

「ああ、そうだっぺ。こいつだけは、せがれに譲んのが惜しくて、まだおらの手元に置いてんだ。姫様にはたまげた。そこのでれすけとは、えれえ違うっぺ」

「なにをこの――」

また茶碗を手にしようとする天庵の膝に、氏姫は右手を置いた。

気まずげに咳払いをする天庵に、氏姫はほほ笑む。

天庵は手を口元に当て、再度咳払いをしてから、威儀を正した。

「だから先ほどから申しておるように、内府に諸手《もろて》を挙げて与せ《くみ》よとは言わぬ。山崎の時の筒井《つつい》がごとく、洞《ほら》ヶ峠《とうげ》を決めこんでくれればいいんだべや」

義重は重苦しい顔で、うなり声をこぼす。

「おらは、治部少輔より内府に流れがあると思ってるだべや。だがせがれは治部少輔といろいろあるっぺよ……」

隠居したとはいえ、坂東の地に勇名を馳せた義重の言葉は、佐竹家にとって重いはずだ。だが律儀者と呼ばれている義宣は、昔、三成の取りなしによって改易の危機を救ってもらったことがあるらしく、迷っているそうだ。

悩む義重の向こうに、文琳の茶入れが見える。我が子の愛しい頬のようなそのなりに、氏姫は、覚悟を決めた。

「我が夫、左馬頭は――」

氏姫は背筋を伸ばし、凛《りん》とした声を出す。義重も天庵も、氏姫を見つめてくる。

「関東十刹と諸山の公帖《こうじょう》を出す権を持つ、関東公方でございます。常陸の国の民を思えば、どちらに与するのがいいのか、明らかであると思うのですが……」

義重は眉根を寄せて、うつむき黙りこんだ。

五山十刹などの禅宗官寺の住持を任ずる公帖を与えるのは、室町の世では将軍であった。ただ関東五山や十刹、そして常陸の国を含む関東の諸山へ公帖を与えるのは、関東公方の任なのである。

氏姫の父、足利義氏が亡くなり、公方家が北条家の傀儡と成り果てたのちは、公方家が行っていた関東の国衆に対しての官途補任《かんとぶにん》の権は、北条家がつかさどることになった。

だが、民の暮らしの身近にある寺院へ公帖を与える権だけは、公方家のものとして残りつづけた。北条家が豊臣家に代わっても、同じであった。新しき権威の前に移ろう公方家とはいえ、刺す針は残っているのだ。

義重はうつむいたまま体を左右に揺らしている。天庵は不安げに義重と氏姫を交互に見てくる。氏姫は唾を飲みこみ、打掛の上の両拳に力を込めた。

「住持が亡くなったのち、公帖が出されずに、寺が廃れば、民の恨み嘆きの声は、どなたへ向かうか……わがっぺや」

義重の声色《こわいろ》をまねた氏姫を、義重は驚いた顔でまじまじと見つめてきた。やがて唇の端を上げると膝を手で打ち、大声で笑いはじめた。

「このおらを脅した女子《おなご》は姫様が初めてだっぺ。いや、いがっぺ。せがれはおらがなんとか説き伏せっぺ」

高らかに笑う義重に、氏姫は手をつき、こうべを深々と下げた。


義重の約束を何とか取りつけ、氏姫たちは常陸の太田城から下総の鴻巣御所に戻るために、意気揚々と街道筋をまずは水戸の宿に向かっていた。

氏姫と天庵、天庵の息子二人、西の局、識彦と識彦の従者の七人は、傾きかけた陽が照らす道を、一塊となって馬の足を急がせている。

遠く筑波の嶺《みね》を眺めながら、天庵のざれ言に馬上、笑いを返したら、後ろから十数騎と思われる騎馬の足音が聞こえてきた。

甲冑《かっちゅう》をよろった騎馬武者の一団は、砂ぼこりを巻きあげながら迫ってくる。兜《かぶと》や揺れる槍先が夕陽に赤く光る。先頭の武者は氏姫を見つけると、雄たけびを上げた。

「これはまずいですぞ、姫」

天庵の焦る声に、氏姫たちは馬に鞭《むち》を入れた。

こちらの数倍の軍勢はどう見ても味方ではない。動きに乱れはないので山賊ではなく、おそらく義重ではなく義宣の意を受けて追ってきた者たちだろう。

手綱を握る手に力がこもる。家康ではなく三成に与するために、氏姫らを亡き者にしようと迫ってきているのかもしれない。

七人の内、乗馬にもっとも不慣れな自分の馬が遅れだした。

相手の騎馬は、徐々に迫り来る。

心の臓が早鐘のように鳴り響く。焦れば焦るほど手綱を握る手に汗がにじみ、うまく馬を御せない。

氏姫を護るように天庵たちは取り囲んでくれるが、このままでは相手のなすがままになってしまう。

識彦は馬上筒を取りだし、立ちながら見事な腕で一騎一騎倒してゆくが、こちらで鉄炮を持っているのは識彦だけだ。

揺れる体が熱くなり、喉が渇き、息が上がる。

やがて矢が頭上を襲いはじめた。

うなるように迫る矢の音に、もう終わりだと観念しかけた時、前方から鬨《とき》の声が上がった。新たに現れた騎馬の一団も、氏姫たちに迫ってくる。

待ち伏せされて挟み撃ちに遭うとは、もう、これで終わりだ――。

夕陽の落ちる筑波の嶺が、かすんだ。

四

「それでは、やはり消息は分からないのですね」

北政所が住まう太閤御所の自分の部屋で、足利嶋子は重い声を返した。

「牢にとらわれていた者たちは、落城の際にすべて殺されたそうです」

小袖に伊賀袴のまだ旅姿の識彦は、無念そうに答える。嶋子は識彦に、落城間もない佐和山城の様子を探ってもらっていた。

全身から力がみるみると脱け、肩がだらしなく落ちる。こうべがおのずと垂れた。傍らにいる奈菜の、深いため息が聞こえた。

上杉を討つべく、ふるさと喜連川のそばの小山まで進んでいた家康たちは、三成たちが兵を起こすと西に反転した。

九月十五日に行われた天下を賭けた関《せき》ヶ原《はら》の戦は、半日も経たずに終わった。勝ちを収めた東の家康は、逃げた三成などの行方を追わせ、自らは近江の海のほとりに立つ大津城へ入城した。三成の居城だった佐和山城は、三成の兄の石田正澄《まさずみ》を守将に奮戦したが、裏切りも起こり落城した。正澄ら三成の一族は自刃した。

一年前、三成に脅されてから嶋子は、佐和山城にとらわれていると思われる惟久の消息を、あらゆる伝手を使い、何度も調べようとした。

だが、同じ頃に大坂城に入った家康が、政務をつかさどるようになってからは、三成と関わりあいを持つことを、多くの者は避けはじめ、城のありさまを知るすべは少なくなった。何度か自ら城下まで出向いたが、何一つ分からなかった。

佐和山城が落ちたと聞き、京にいた識彦に、惟久の行方を調べてほしいと頼み、今日その顚末《てんまつ》を聞いた。

嶋子自ら向かいたかったが、大きな戦の後で気が昂《たか》ぶっている兵や、落ち武者が満ちている道中を、女子の身で行くのは危なすぎた。

胸の内の光が消えてゆく。力の入らない体が小刻みに震えはじめた。

「お気持ち、お察しいたします……」

識彦のいたわる声に、嶋子は言葉を返すことすらできない。

とらわれの身といえども、先の夫が生きているかもしれない。

三成の脅しの言葉に嶋子は当初、哀しんだが、今までようとして分からなかった先の夫の消息が分かったと思えば、かえってよかったと考えるようになった。

微《かす》かな光が胸の内の大切な想いを照らした。その光にすがって今日まで生きてきた。

茶室で向きあってから、三成から何かを言われたり求められたりしたことはなかった。氏姫には一度だけ、三成が家康と戦になったらどちらに与するか便りで聞いた。分からないという返事に、幾日も悩んだのち、思うままに為しなさい、と返した。

西の三成が勝っていたら、夫は殺されなかったのだろうか――。

しかし、すべては水の泡だ。もう生きてゆく望みもない。

「――そういえば」

識彦の声に嶋子は顔を上げた。

「治部少輔がとらわれたと聞き及びました」

大津城の城門近くで嶋子は、馬を下りた。識彦から話を聞いてすぐ、いても立ってもいられなくなり奈菜たちと馬を走らせた。

三成は、戦いの跡の残る城門そばに縛られたまま座らされ、さらされている。冷たさを含んだ夕暮れの風が土ぼこりを巻きあげる。

騎馬と徒《かち》の武者たちが、三成を横目に続々と大津城へ入ってゆく。三成に罵声を浴びせる者、いたわりの声をかける者、気にも留めず通り過ぎる者、さまざまな姿を嶋子は黙って見つめた。

軍勢がおおかた通り過ぎたのち、不安げに嶋子を見つめる供の奈菜を残し、胸の内の龍笛に一度触れてから、嶋子はうつむく三成に近づいた。

汚れた帷子《かたびら》姿の三成は、嶋子の足音に気づいて顔を上げた。その眼に驚きの色がともった。嶋子を一瞥《いちべつ》したあと、目をそらす。

三成の前まで来ると、三成を差し固めている武者どもが、けげんな眼で嶋子を見てきた。嶋子は武者どもに軽く頭を下げ、「治部少輔殿……」と声をかけた。

三成はうつむいたまま黙っていたが、やがて観念したかのように再び顔を上げた。

「なにしに参った。わしを笑いにでも来たのか」

思いの外、力強い声に、嶋子は両手を重ねる。

「こたびは、ご武運つたなく――」

「笑えばよい」嶋子の言葉を三成は大声でさえぎった。「負けたわしを笑えばよいのだ。太閤殿下のご恩を忘れた者は、わしを笑え」

三成の乾いた笑い声に、嶋子は両拳を強く握りしめる。

「忘れてなど、おりませぬっ」

嶋子の叫びに、三成は笑うのをやめ、眼を細めた。

「忘れることなど……できるわけがございませぬ」

自らの内に住まう秀吉が震えるかのごとく、体が小刻みに震えだした。

「殿方には女子《おなご》の気持ちなぞ、分からぬのでございます」

愛、憎しみ、いたわり、さげすみ、求め、裏切り、生、老、真、嘘、美、醜、善、悪――。体の内から、ありとあらゆるものが噴きでて、体を貫き、心を震わせる。

「残され、生きる者のほうが――」

嶋子は両手で自分をかき抱き、天を仰ぎ見て目を閉じた。

「つらいのでございますよ」

涙がこぼれ、熱い筋が頰から首に流れる。

立冬が近づく長月《ながつき》の、冬の匂いを含む風が、嶋子の頰と涙をなでる。

まぶたには、安房と喜連川のふるさとの空が浮かんでいた。

「嶋よ」

三成の先ほどまでとは違う優しげな声に、嶋子は目をこすり、顔を向けた。

「実は喜連川の鮎を、わしも食ろうてみたかった」

三成が唇の片方を上げる。

「我がふるさとの近江の鮎より、うまかったであろうか。それが分からぬまま死ぬのが、唯一の無念だ……」

足音が城門から聞こえてきた。甲冑姿の武者がこちらに近づいてくる。三成を囲んでいた武者の一人が、慌てて嶋子と三成の間に割り入ってくる。

嶋子は、そのまま三成から離されてゆく。

「嶋よ、喜連川の鮎は、また上ってくるであろう」

男の戦に敗れた三成の顔は、見慣れた能面ではなく、穏やかな笑みが浮かんでいた。

武者どもが荒々しく三成を引き立ててゆく。三成の姿が、徐々に遠ざかる。

その哀しげな背中を嶋子は、消えるまで見つめていた。

「お久しぶりですな」

家康の声は、来年には本卦還《ほんけがえ》りの六十一を迎えると思えぬほど、力に満ちていた。

嶋子は、新年の口上を述べ、こうべを垂れる。

慶長六年（一六〇一）の正月行事が一段落する弓場《ゆば》始めが終わった次の日に、大坂城で政務を執っている家康が、北政所が住まう京の太閤御所を、にわかに訪ねてきた。

天下を分けた戦が終わり、三成は小西行長《こにしゆきなが》、安国寺恵瓊《あんこくじえけい》らと共に六条《ろくじょう》河原で首を落とされた。「筑摩江や　芦間に灯す　かがり火と　ともに消えゆく　我が身なりけり」との辞世の句とともに三成はこの世を去った。

三成に与した大名らへの処分もあらかた済んでいた。

家康は、北政所と長く話をしたあと、嶋子の部屋にやってきた。世間話をしばらく交わしたのち、家康は三女、振姫《ふりひめ》の話を切りだしてきた。

振姫は、秀吉存命中に秀吉の命で、鎌倉の世からの名門で信長に早くから仕えていた蒲生氏郷《がもううじさと》の息子、秀行《ひでゆき》と婚姻の約束を交わし、三年前の慶長三年には、輿入《こしい》れを済ませていた。

秀行は、急死した父の所領である会津の地九十二万石を継いだが、若年であったがゆえに家中をうまく取りまとめることができず、秀吉によって所領を大幅に減らされ、宇都宮十八万石に国替えされていた。

その後の関ヶ原の戦で、秀行は家康側に与した。その功で、旧領であった会津の地に、六十万石に加増の上、再度戻ることとなった。しかしながら、秀行はまだ十九であり、振姫も二十二だ。家康は再び、家中が乱れることを恐れ、嶋子に奥を取りまとめてほしいと願ってきた。会津は、まだ天下をうかがっているとうわさされる伊達の抑えともなる肝心な地なのだ。

「人生の酸《す》いも甘いもかみ分けた嶋殿に、ぜひ我が娘の面倒を見ていただきたい」

家康も人の親なのだろう、切実な眼で嶋子に軽く頭を下げてくる。

このまま京にいるべき理由もなくなってしまった。喜連川に近い会津で暮らすのであれば、こちらこそ願ったりだ。

「お顔をお上げくださいませ。わらわごときが内府様の願いどおりにお役に立てるか分かりませぬが、精いっぱい努めさせていただきます」

顔を上げた家康は、安堵したかのように息を吐いた。

「承知していただき、かたじけない。これでようやく借りを返すことができる」

借りという家康の言葉に、嶋子は首をかしげた。

五

足利氏姫は、識彦が携えてきた嶋子からの文を、奥の書院で一人読んでいた。明かり取りの窓から射しこむ穏やかな春の陽が心地よい。

嶋子は慶長六年の今春、会津に向かう支度を、急ぎ行っている。

十年以上住んだ上方を離れる寂しさと共に、久しぶりに坂東の地に戻ることができる喜びが、つづられていた。会津は坂東ではなく奥州ではあるが、古河からはるか遠くの大坂に比べると、すぐそばと言えるほどに近い。

それに秀吉の側であったという身動きできない暮らしより、振姫の女房衆としての暮らしのほうが、はるかに身軽であろう。

家康は約束を守ってくれた。常陸の佐竹家が三成に与しないよう説得する代わりに、氏姫は嶋子を縛りつけているくびきから解き放ってほしいと願った。

上方でその優しさゆえ、多くのものを捨てることができずにいる嶋子に、氏姫は何とか手を差し伸べたかった。

――そう、自らを生贄《いけにえ》にして、私を護ってくれたように。

嶋子からじかに話を聞いたことはない。またそんなことを私に告げてくる姉様でもない。天庵や親しくなった識彦から、秀吉が小田原攻めを終え、宇都宮で仕置をした経緯を聞いた。

嶋子の父親である頼淳も、「それなら一族の誼《よし》みで、拙者が良き夫を引き合わせようかと――。関白様などいかがでござろうか」と申し出たが、はなからそんなつもりは、なかったのであろうと今は思う。

自分の息子に公方家を継がせたかっただけだと悪く言う者もいるが、そのお蔭で私は国朝と出逢ったのだ。ありがたい気持ちだけで、恨む思いなどない。

さくらを咲かせるために、多くの人が想いを一つにしてくれたのだ。

ただそのせいで、嶋子は惟久と別れることとなり、上方でかつての氏姫のように籠中の鳥としての暮らしをする羽目になってしまった。

だからこそ氏姫は、嶋子の幸せを願わずにいられない。

嶋子はまだ三十を四つ越えただけだ。新たな夫を迎え、残りの人生を幸せに過ごすこともできるであろう。出家したとはいえ、出逢いがあれば還俗《げんぞく》すればいいのだ。

我が子をかき抱く幸せを、嶋子にも味わってほしい。

来月、さくらが舞う時節に、嶋子はここ鴻巣御所に立ち寄ってくれる。その日が待ち遠しい。新しい嶋子の門出を祝う場とするのだ。

そして自らも新たなる一歩を踏みだそうと思う。

氏姫は胸に手を当てた。

去年のあの日、胸に湧きあがった哀しみと昂ぶりを、私は生涯、忘れることはないだろう。


夕陽の落ちる筑波の嶺を見て死を覚悟した時、天庵が叫んだ。

「姫っ、あの旗をご覧にっ」

前から新たに現れた騎馬の一団の旗が、風に揺れている。夕陽に染まる旗には、丸に二つ引き——足利二つ引両の家紋がはためいていた。

敵の新手と思った一団の先頭を駆ける馬の上には、あの日、渡良瀬のほとりで見た若武者がいた。

鮮やかな青い瑠璃《るり》色の胴丸に身を包み、源平の頃のような古風な鍬形《くわがた》の兜の前立《まえだて》が、夕陽を浴びて朱に輝く。

若武者が抜刀すると、数十騎の一団から雄たけびが上がった。

一団は、驚く氏姫たちの脇を通り過ぎ、追っ手の軍勢へと勇ましく斬りかかってゆく。真っ先に斬りこんだのは、国朝かと見間違えた頼氏だった。

十騎ほどの騎馬は、氏姫たちを護るように取り囲んだ。頭を下げる武者どもの中にはなじみの顔がいくつか見える。

怒声と鉄《かね》の響きに包まれた辺りを、氏姫は馬上、口を半開きにしたまま見つめることしかできなかった。

頼氏の刀がきらめき、馬上の敵が落馬すると、追っ手の一団は逃げだしはじめる。頼氏たちは敵を追うことなく、遠巻きに間合いを取った。

落馬した敵がほうほうの体《てい》で逃げだすと、一団は勝どきの声を上げた。

氏姫はそのありさまを夢見心地で見ていたが、頼氏が近づいてくると馬から下り頭を下げた。天庵らも倣《なら》う。

下馬した頼氏は氏姫を力強い眼で見てきたが、けがなどがないのが分かったのか頬を緩めた。

はにかむようにほほ笑む頼氏を見て、胸の内から熱い思いがこみ上げてきた。

「無事であったか……」

「と、殿……」

何とか呟いた言葉は震えていた。

頼氏は近づいてくると、氏姫を抱きしめてくれた。

突然のことに体が固まるが、いつもの夫の匂いの中に血の臭いが混ざっていた。

この人は、命懸けで私を助けてくれた——。

目頭が熱くなり、知らず知らず自らも手を夫の体に回していた。

天庵のため息が聞こえる。

抱きしめている夫の手にさらに力が加わる。その強さが限りなく心地よい。

なぜか筑波の嶺の景が浮かびあがり、氏姫の中に住まう国朝の声がした。

――氏、もう、わしのことは忘れていいぞ。幸せになるのだ。

涙が頬を伝う。

――あなた、すみませぬ。すみませぬ。

頼氏の温かい胸の中で氏姫はいつまでも泣きつづけた。


小山まで進んで評定を開いた家康と対面した頼氏は、氏姫からの文を受け取ったあと、わずかな手勢を引き連れて氏姫の元に急ぎ馳せ参じてくれたのだった。

そののちに上杉領との境目の地である喜連川に帰り、その地を固めた。後から聞いたところによると、すぐに喜連川に戻り、守りを固めよという家康の指示を放りだしての行動だったらしい。

幸いにも小山から江戸に戻った家康は、頼氏の行いに気づかなかった。下手をすれば改易にされかねない動きだった。

喜連川の所領を投げ打つ覚悟で、氏姫を護りにきてくれたことが、何よりもうれしくその想いが心に沁《し》みる。

頼氏は西には向かわなかったが、戦ののちに家康に戦勝を祝う使者を送った。

関ヶ原の戦が、家康の勝利に終わったあとも、下野の地では小競《こぜ》りあいが続いていたが、上杉景勝は家康との和睦を選び、夏頃に上洛するとのうわさだ。

下野の騒乱が落ちついたら、氏姫は喜連川の地に向かうつもりだ。頼氏との新しい道を、喜び連なる川が流れる地で始めようと思う。

氏姫は嶋子の文を胸に抱いて、二人で始める新たな世を胸に描いた。嶋子と迎える新しき春が、待ち遠しくて仕方がない。

長かった女子の戦が、ようやく終わろうとしているのであった――。

六

秀吉が死に、三成も世を去った。

慶長六年の春、天下は家康の手に転《まろ》び落ちようとしている。

「さて、どうしましょうかね……」

高塩弥右衛門の問いに、胡桃色の小袖姿の塩谷惟久はため息を返し、いろりの灰をかき回す。洛北山中にある鞍馬のきつねの庵は、相変わらず殺風景だ。

冬に逆戻りしたような冷たい夜風が、壁をたたき、立てかけている鉄炮が揺れる。

隙間から吹きこむ夜風に、弥右衛門は重ねた小袖を羽織り直してから肩をすくめ、盃を口に運ぶ。空いた盃には酒徳利からじかに酒を注ぐ。銚子などというしゃれたものはここにはなかった。

三成が首を切られたと聞き、下野の隠れ里で惟久とともに秀吉を討つと決めてから生やしたひげをそった。十年以上慣れ親しんだひげがなくなり、鼻の下とあごがやけに冷え冷えとする。

「まだ秀頼が残っている。秀吉への恨みはまだ終わっていない」

惟久も盃を空け、酒を注ぐ。もう二人ともかなり呑んでいる。

弥右衛門は盃を空けてから、惟久を見つめた。鼻の下とあごは自分と同じように寒々としている。まだひげを伸ばすつもりはないようだ。大きなため息をこぼす。

「もういいでしょう、殿、はなっからそんな気持ちはなかったくせに」

思わずの本心に、惟久は盃を持つ手を止め、こちらをけげんそうににらんでくる。

「どういう……ことだ」

「秀吉を討つ、じゃなくて姫御前様を蔭から護る、だったんでしょ。あの日、古びた堂にこもって立てた誓いは――。鈍いそれがしにだって分かりますよ」

泳ぐ惟久の眼に嘆息する。今まで自分が気づいていないと思っていたのだろうか。

「鈍いなあ、殿は……。手の震えだって方便でしょう。京で姫御前様と甲斐姫を護ったときや佐和山城のときには、震えてなかったじゃないですか」

惟久は盃を口に運ぶと黙りこみ、うつむいた。

「もう姫御前様の元に戻ってもいいんじゃないですか……」

返事を待つが、惟久は腰に差しているさくら吹雪の嶋子の扇子を見て黙ったままだ。弥右衛門は盃を重ねる。酒徳利に書いてある鴻池屋の文字が目に入り、苦笑いをこぼす。大坂にある鴻池屋の酒徳利が昔からここにあるということは、惟久は一人で何度も大坂を訪れていたということだ。嶋子の様子をうかがうために――。

国朝が毒殺された場に、この鴻池屋と書かれた酒徳利を見つけ、最初惟久が手を下したのかと思ってしまった。

訳はいくらでもあった。進まぬ仇討ち、自らと入れ替わるような立場で、昇る太陽のように名声が高まる国朝、唯一の仲間である自分の心の揺れ……。

だがあの場にあった酒徳利は、宿場の長《おさ》から差し入れられたものだった。長を問い質《ただ》したところ、近くの村から足利の殿様へと持ってきたものだと答えた。村で話を聞いたが、そんな者はいないと皆、不審がった。さらに話を村人らに聞いていたら突然、三人の男に襲われた。

駆けつけてきてくれた惟久と共に返り討ちにしたが、一人は逃がしてしまった。その者を追うため、弥右衛門は国朝の一行から抜けだしたのだ。その際、馬を取りに戻ったら、惟久を見てさつきがいなないた。惟久はさつきの顔をなでると、さつきにまたがって賊を追った。

元の主君と再び出会ったさつきは、それから共にあり、今は庵のそばで馬草を食《は》んでいる。

明らかな証しは取れなかったが、調べたら賊は三成の手の内の者らしかった。三成の周りを嗅ぎ回っていたら、逆に三成から追われる羽目になった。

国朝の死の原因を、京まで嶋子が調べに来たのには驚いたが、惟久と二人で遠くから見守っていたところ、襲われる場に出くわしたので助けたのだった。

足利の血を快く思っていない三成が、嶋子や氏姫、頼氏にまで手を出すかもしれないと、そののち二人は、三成の追っ手から逃れながら、ひっそりと見守った。

――もし私に何かあれば、氏を護ってほしいのです。

という国朝の最後の願いをかなえるため、弥右衛門は、惟久と相談して古河の氏姫の元にも向かった。氏姫の家中に弥右衛門の顔を知っている者どもがいないとは限らないので、天庵に訳を話し、氏姫に会うのは、仮名《けみょう》のままの惟久に頼んだ。

嶋子との文のやり取りも任されたので、知り合いとなった京の造り酒屋の男に識彦を名乗ってもらい、嶋子とのやり取りはその男に頼んだ。ついこの間も、古河の氏姫からの嶋子への返信を携えて、東海道《とうかいどう》を京まで戻ってきたばかりであった。

秀吉が亡くなり、三成も死んだ今、嶋子の前に名乗りでても大事ないと弥右衛門は思っている。嶋子は京から会津へ向かうらしい。

だがこの蔭の男の戦を終えるか終えないかは惟久が決めることだ。自分はそれに付き従うだけだ。

「伊達が残っておる……」

「伊達——政宗が、なにか……」

すっかり酔った頭で聞きなおすと惟久は言葉を続けた。

「秀吉の一行が弥五郎坂を通ると、前もって我々がなぜ知っていたのか」

「そりゃあ、分かりますよ。会津に行くのはあの道が一番いい」

「ではなぜ馬上の秀吉が、影ではなく本物と分かったのか」

あの日のことを思い起こす。秀吉を狙う寸前に使いの者が来ていた。

「あれは殿が放った忍びの者じゃゃなかったんですか」

「いや、あれは政宗の使いの者よ。政宗が教えてくれたのだ」

「でも、なぜなんですか」

「あの頃、秀吉を亡き者にしたかった者どもは山ほどおった。政宗はもちろん、しゅうと殿もな……」

しゅうと——嶋子の父、頼淳だ。

「あの時、城にやってきた御所殿の使いは、そのことを……」

惟久はうなずく。

「嶋をめとるとき、しゅうと殿と一つ約束をした。一度だけしゅうと殿のどのような願いも聞きいれると……」

「なぜ、そんな約束を」

惟久は盃を空けて息を吐く。

「あの皐月《さつき》の日、嶋と出逢ってから、わしは嶋のことしか考えられなくなった。寝ても覚めても嶋の顔が浮かんできた。狂おしくてほかにはなにも考えられなくなった」

弥右衛門も盃を口に運ぶ。切なくも苦い想いを酒と共に呑みこむ。

「小弓公方の娘と知り、なんとか妻として迎えいれたいと、しゅうと殿にじかに願った。願いはかなったが、あの日……」

惟久はうつむいてしまった。

「姫御前様を秀吉に差しだせと、言われたのですね」

うなずいたまま惟久は、肩を震わせる。

盃を持つ弥右衛門の手に力が入る。

女子を道具として使うなぞ、ひどい話だ――。

盃が鈍い音を立て、割れる。

惟久は顔を上げる。眼が真っ赤だ。

「覚悟を決めて秀吉を討つ算段をしていたら、どこから話を聞きつけてきたのか分からぬが、政宗の使いの者が来た。しゅうと殿が漏らしたかどうかは定かではないが、政宗は秀吉を狙うのなら手助けをすると言ってきた。だから今、嶋の前に出るわけにはゆかぬのだ」

弥右衛門は大きく息を吐く。

「姫御前様と殿が会えば、政宗はその秘密を漏らしたかもしれないと考える。そうなると姫御前様も狙われるかもしれない……ということですか」

惟久は力なくうなずく。

詰まるところ、今までと同じように、鞍馬のきつねとして女子の戦を蔭から見守るしかない、ということか。

「江戸の内府が知れば、政宗を改易する口実になるかもしれぬ……。右兵衛督殿を死なせてしまったようなことを、繰り返してはならぬのだ」

家康は関ヶ原で勝ちを収めたとはいえ、まだ秀頼が大坂城におり、豊臣愛顧の大名どもも多々残っている。秀吉の死の間際と立場が逆になり、家康は老い、秀頼は若い。まだまだこの先、何が起こるか分からない。その隙を、壮健の政宗は、じっと機会を狙っているはずだ。

「弥右衛門……」

こちらを見つめる惟久のまなざしが柔らかくなった。

「お主は……もういいのだぞ。わしをほうっておいて好きに生きても……」

惟久の朴訥《ぼくとつ》ないたわりの想いに、胸が熱くなる。

——彼《か》の人をこれからも支えてくださいませ。

深々と頭を下げる嶋子の姿が思い浮かぶ。

弥右衛門は、自らの胸の内を確かめてから、唇の端を上げる。

「いやだな、殿、殿はそれがしがいないと、なにもできないじゃないですか」

努めて明るい声を返すと、泣き顔だった惟久が頬を緩めた。やがて寂しげな笑い声が、鞍馬の庵にこぼれた。

さつきの荒々しいいななきが聞こえた。

笑う惟久の口が閉じられる。弥右衛門も外の気配に気づき、右脇の刀に手を伸ばす。

吹きこんできた夜風がいろりの火を大きく揺らす。

いつの間にか、入り口の扉が開き、一人の男が立っていた。山伏姿の男の腰には刀が刺さっている。

「鞍馬の山中にいたとはな……」

「もう用はないはず」

惟久のとがめる声に、男は不敵な笑みを浮かべる。

「そちらがなくとも、こちらにはあるのだ」

男が抜いた刀が不気味に光る。この男はあの日の政宗の使いの者だ。

弥右衛門と惟久は同時に、刀を手に立ちあがった。風を切る音が聞こえて、慌ててかがむと、数本の火矢が入り口から打ちこまれてきた。

庵の四周の壁にも、無数の矢が突き刺さる鈍い音がする。

囲まれている――。

「お命、頂戴いたす」

男の冷たい声が、炎の臭いに交ざった。

七

ふるさとに舞うさくらの花びらを、天庵は一人で眺めている。

目の前には懐かしき小田城があり、その先の青空には生まれてから常に共にあった筑波の二つの嶺が見える。城を囲む水堀が昼過ぎの陽を浴びて輝いていた。

桜川《さくらがわ》の土手から眺めるふるさとは、昔と変わらぬたたずまいのままだ。だが幼き頃、土手に自ら植えたさくらの木の下に立ち、見つめる居城はもう我が物ではない。

天庵は大きく息を吐くと、狩装束の腰から竹筒を取りだし水を口に運ぶ。結城の城から馬を飛ばし、最後の別れを告げにきたが、未練ばかりが浮かんでくる。

新しく世話になっている結城秀康は、関ヶ原の戦のあと加増され、越前北ノ荘《えちぜんきたのしょう》六十八万石へ国替えとなった。

この想い出の地に残ることも考えたが、娘の駒《こま》が側とはいえ秀康に嫁いでいる。結城家の古い土豪の家臣たちは、越前に動くことを渋っているようである。そのような中で婿殿に、「天庵殿が付き従ってくだされば……」とまで懇願されれば、断ることなどできなかった。

この歳になって、まさかふるさとから離れることになるとは……。

憎き佐竹に頭を下げれば、殿に従って越前に移る前に小田城内に入り、懐かしい地に別れを告げることができるかもしれない。だが、義重のにやけ顔を思いだすとはらわたが煮えてくる。

これも天命か――。

五十を過ぎてではなく、七十近くになって天命を知るとは、皮肉なものだ。苦笑いをこぼしたら、優しいふるさとの風が、頭上にさくらを降らせてきた。

青空に映える花びらに、二人のさくらの姫を思い起こす。

さくらの精のようにさくらの老木から降ってきた嶋姫と、天という言葉を思いだすと自然と頬が緩む。

安房の古刹で出会ってから多くのものを嶋姫に教えてきたと思ったが、今思えば、自分が教えられていたのかもしれない。

愛くるしかった嶋姫は、二度嫁ぎ、二度別れたが、前を向いて力強く歩んでいる。

同じように二度嫁いだ氏姫は、子宝を授かり護るべき者を持った。

足利の血を引く二人は身の上こそ違うが、戦乱の世を女子として強く生きていることは同じであった。

二人のさくらの姫に侍《はべ》ることができ、天庵は幸せであった。

思い残すことはもうないが、ただ一つ、天庵と同じように二人の姫を見守っている二人の男の行く末だけが気にかかる。

惟久と弥右衛門。

先日、京から離れる前に、洛北の鞍馬の山中にある隠れ家を訪ねたら、庵は焼け落ちていた。

死体などは見つからなかったが、庵には焼け焦げた鉄炮が転がっていた。周りには多くの足跡が残っており、誰かに襲われたかのようなありさまであった。

三成の手の者が二人を追っていたことは知っていたが、関ヶ原の戦は終わり、三成は死んだ。ようやく二人の男も表に出てこられると思っていた矢先だ。

死んでしまったのだろうか——。

目を閉じると、若き日のあの二人の笑顔が浮かんでくる。

「それで天庵殿は、そのあといかに……」

弥右衛門の先をせかすような問いに、天庵は得意げに胸を張る。

「もちろん、すぐにあっさりと我が小田城を取り戻したのじゃ」

大蔵ヶ崎城の一室に、天庵の笑い声が響く。

弥右衛門の隣で話を聞いている惟久は、小袖姿でくつろぎながら盃を口に運び、ほほ笑みを浮かべている。

「でも、また落とされたんですよね」

弥右衛門の声に天庵は負けじと声を張りあげる。

「ははは、勝負は時の運、負けることもあるわい。というより軍神には勝てぬ。謙信公がもう少し長く生きておられれば、信長公もどうなっていたか分からなかったはずじゃ」

二十数年前の永禄七年に、常陸の山王堂《さんのうどう》で行われた上杉謙信との戦の話をしたら、弥右衛門と惟久は次々と戦のことを問うてきた。川越の戦から始まり、数多くの戦場《いくさば》に身を置いてきた天庵は、語ることが尽きぬほどある。

去年、惟久に嫁いだ嶋姫の元を訪ねるにつれ、この二人と天庵は親しくなっていた。寡黙な惟久、冗舌な弥右衛門と質《たち》の異なる二人だが、主従というよりは朋輩のような仲に見える二人は、いつも共にいた。

天庵の語る戦話を食い入るように聞くので、つい天庵も興が乗ってしまう。

盃を空けた天庵を、惟久は真っすぐに見つめてきた。

「謙信公は、いったいなんのために戦っておられたのでしょうか」

惟久の静かな問いかけに、天庵は盃を置き、腕を組む。

「うーむ、そうですな。謙信公は毘沙門天《びしゃもんてん》をあつく信じ、旗印には『毘』を使っておられましたが……。強いて言えば、『義』ですかな」

「義、ですか……」

惟久は考えるような顔で盃をなめる。

弥右衛門は感心したかのように息を吐く。

「そんなことを聞いてこられるとは、嶋姫がなにか申しておりましたか」

嶋姫の名に惟久は頬を緩めた。

惟久は額の刀創とひげ面でいかめしいが、何よりも嶋姫を大切に想っていることは、嶋姫と多くの天を見てきた天庵には分かる。

「天、天とちとうるさいですからな」

天庵のざれ言に惟久は唇の端を上げる。

「ちょっと、天ってなんですか。二人だけに分かる話は、なしですよ」

弥右衛門の不満げな声に惟久も天庵も笑う。

「ちょ、ちょっと、もう、それがしにも教えてくださいよ」

口をとがらせる弥右衛門を尻目に、二人は盃を口に運んだ。


天庵は舞い散るさくらを見ながら、懐から扇子を取りだして広げる。

惟久と弥右衛門の隠れていた庵のそばで見つけたものだ。端は焦げているが、扇面に描かれているさくら吹雪は鮮やかなままだ。

忘れもしないあの皐月の日、嶋姫が若武者に渡したものだ。このさくらの扇は嶋姫の母の形見だ。何度も話を聞き実際に手にしたこともあるので、間違いない。

嶋姫が嫁いだあと、大蔵ヶ崎城で会った惟久と弥右衛門に思った親しみの訳は、これだったのだ……。

嶋姫の願いを受け、鷲宿城に二人を訪ねた際、二人は命を捨てる顔をしていた。男が心に決めたことに口出しするのは、はばかられるゆえ、黙って去った。それだからこそ、名と姿を変えたとしても、天庵の前に再び現れた二人を見て安堵した。

嶋姫と氏姫、二人の姫の護り人として生きていた惟久と弥右衛門。

二人の男の無念を思う。

天庵は大きく息を吐く。

「死に急ぐことはない……と言ったではないか……」

さくら吹雪の扇面に、落ちてきたさくらが、一つ、二つと積もる。

春の風がその花びらを舞いあげると、天庵は静かに扇子を閉じた。

第六章　紅蓮の炎

一

お丸山の館の奥にある一室で寝ている父――頼淳を、足利嶋子は枕元に座り、見つめている。

五年前に病に倒れたときより、さらに顔色は悪く、息は弱い。体も一回りは縮んでしまったような気がする。薬師《くすし》の見立てでは、もって数日とのことだ。

部屋に射しこむ初夏の陽が、老いた父の顔に走るしわをさらに深く見せる。

下総の小弓で生まれ、安房の地で育ち、喜連川で看取《みと》られる父の生涯には、どんな一義があったのであろうか。ただ、どのような一義があったとしても古来稀《まれ》なりまで生きた父は、この戦乱の世を人よりは長く充分に生きぬいたのだろう。

嶋子は、弟の頼氏からの早馬を受けて、皐月《さつき》の風を受けながら宇都宮城から馬を飛ばしてやってきた。

慶長六年の初夏、嶋子は宇都宮の地にいた。蒲生秀行の元へ嫁いでいる徳川家康の三女、振姫の奥を取り仕切るために、会津へ向かっていたが、会津の地にいる上杉景勝がいまだ動いていないので、宇都宮にとどまっていた。

鎌倉の東慶寺住持の姉などにも知らせを出したそうだが、まだ喜連川には来ていなかった。

「嶋よ……」

いつの間に起きたのか、父の弱々しい声がした。

「はい、嶋はここにおりまする」

嶋子を探すかのように黒い眼が泳ぐ。もうその眼には光が届いていないのかもしれない。

父の手をそっと握った。しわだらけの手は、すでに冷たい。館の外は生き生きとした初夏の匂いに包まれているが、この部屋は冬のさなかのようだ。

「嶋よ……。お主には修羅の道を歩ませてしまった……」

思いの外はっきりとした声がした。

「父上、ご無理をなされぬように」

嶋子のいたわる声に、父は緩やかに息を吐く。

「わしは、妻《さい》に苦労をかけた。流浪の身ゆえなにもしてやれなかったが、多くの子をなしてくれた。だがそのために、自らの命を子に託したかのように先に逝ってしまった。わしは、側《そく》を持たなかったゆえ、苦しみも哀しみも、いたわりも慈しみも、妻と共に味わった。その妻の願いは、ただ一つ、お主たちの幸せであった……」

嶋子は母の優しい顔を思い浮かべる。胸がじんわりと温かくなる。

父は、しばらく黙りこんだ。先の言葉を言うべきか言わざるべきか、迷っているように思える。嶋子は、せかさずに待った。

「――お主が生まれた際、わしは顔をしかめた」

父の言葉に、忘れかけていた魚の小骨のような苦い思いが、喉に突き刺さる。

「お主の姉は、生まれたときから東慶寺に送ると決めておった。この戦乱の世で、女《おな》子《ご》が生きぬくのは大変なことじゃ。どこかに嫁いで苦労の道を歩むよりは、住持にでもなったほうが楽であろうと、わしは思った……。だが二人目のお主はどこかへ嫁がせねばならなかった。戦《いくさ》のない世であれば、女子として幸せに生きる道もたやすかったであろう……」

乾いた咳《せき》をした父の胸を、嶋子は静かにさすった。

「実は、奥州の伊達から本妻でと請われたことがあったが、断った。奥州は遠く、あやつのように野心を持ちすぎる者は危うい。だからこそ、北条でも上杉でもない下野のはざまの地を治める塩谷家へ、お主を嫁がせた。惟久殿からもぜひにと強く請われた。惟久殿は、民を慈しみ、戦を嫌うと聞いておった。その藤原の血の惟久殿なら、お主を幸せにしてくれるであろうと信じた。だが……」

父の眼が虚空をさまよう。その眼にはいったい、何が見えているのであろうか。

「小田原の戦の際に、抑えていた欲が、一挙に首をもたげた。父と兄が国府台で死んでから、わしはいわれのない憎しみやさげすみを数多く浴びた。それらのうつうつとした無念を晴らすことができる時勢の到来に、持たなくてもよかった欲を、持ってしまった。そしてお主を生贄《いけにえ》にしてしまった……」

「父上……」父の苦しげな声が、胸に響く。

「氏姫に男の兄弟がいれば、わしに息子がおらねば、太閤様の小田原攻めがあの時節でなければ、違う道があったのかもしれぬ。わしは妻の願いを、身の程を知らぬ欲で汚してしまった。その報いのせいか、国朝を死なせてしまった……。あやつはわしが殺したのじゃ」

父は自らの懺悔《ざんげ》に声を震わせる。

「わしが京で買ってきたさくらの扇を後生大事に持ちつづけた妻の、たった一つの願いをかなえることができず、なにが男ぞ――。嶋よ、わしを憎め。憎んでくれ。お主に憎まれねば、わしの立つ瀬がない」かれた声に、むせる音が混ざる。

嶋子は、父の手を再度握った。多くの想いが、胸中を駆け巡る。

「父上、もういいのでございます。過ぎ去ったことはすべて――」

父の思いを気取《けど》らせぬ黒い眼が、嶋子を見つめてくる。

嶋子は胸の奥にあるまことの想いを確かめるようにうなずいた。

「切なくも愛しい想い出に、変わっております」

嶋子は父の見えぬ眼をじっと見つめた。

静かな刻《とき》が、流れた。やがて父の黒い眼から、澄んだ涙がこぼれた。

「すまぬ……。嶋よ……。すまぬ」

冷たかった父の手は、幼き頃にこの手を握ってくれたときのように温かく柔らかくなっていた。その父の手を、嶋子はもう一度強く握った。

父の懺悔を聞いたのち、嶋子の足は自然に想い出の地へと向かった。

生き生きと茂りはじめる草花の力強い薫りの中、お丸山の端にたたずむさくらの老木に右手を添え、ふるさとだった町を眺める。

鮎《あゆ》が上ってきてせきれいの飛ぶ内川と荒川の流れは、昔と変わらないが、夕陽が照らす眼下の町からは、夕暮れの風に交じり、槌《つち》やのみの音が聞こえてくる。

頼氏が、道の付け替えと町の普請を命じているのだ。お丸山の西を通っていた奥大道を東に付け替え、新しく町割りを行っている。頼氏たちは、このさくらの老木のふもとに新たに造っている館ができしだい、お丸山の館から移るそうだ。

嶋子の立つ高台の右下にあるさくらの馬場も、西側に移され、その跡地には武家屋敷が造られはじめている。惟久と共に汗を流した馬場も、想い出と共に消えようとしている。安芸国で亡くなった弟の国朝が葬られている興国寺が、眼下に見えた。

嶋子は緩やかに息を吐く。

惟久との想い出が多く残るここ喜連川は、頼氏のふるさとに生まれ変わろうとしている。関ヶ原の戦ののち、まだくすぶっている上杉との騒乱が落ちついたら、氏姫もこの地にやってくると聞いた。この地は頼氏と氏姫の新しいふるさととなるのだ。

寂しくもあるが、仕方がないことである。自らがそうなることを願ったのであるから……。このさくらの老木と同じように二人のふるさとを見守ろう。

出家したのち月桂《げっけい》と号しているのも、光り輝く陽ではなく、ひっそりと夜空に浮かぶ月の光のごとく二人を見守ろうと思ったからだ。

懐かしい鳴き声に、眉根を寄せた。

草むらからきつねがこちらを見て、甘えるようにまた鳴いた。

嶋子は目を見開くと胸に手を当て息を呑《の》んだ。

「やよい……。無事だったのね……」

腰を下ろし、手を差しのばす。

黄金色の毛は薄くなり、足取りもゆっくりだが、やよいは嶋子の元へ来ると鳴きながら体をこすりつけてきた。

嶋子もそのおでこを何度もなでる。懐かしい想いに胸が熱くなる。

五年前にこの地に一時戻ってきた際には、姿を見かけなかった。野のきつねだ。もう死んでしまったとばかり思っていた。

柔らかく、くすぐったいやよいの毛の手触りに、笑みがこぼれる。

嶋子は袖に右手を入れるが、木の実を備えていなかったことに気づく。

「ごめんね。やよい……」

そう呟《つぶや》くと、右手に冷たいものが触れた。ため息とともにつまみ、目の前にかざす。

ここを去る日に拾った惟久の鉄炮《てっぽう》の鉛弾――十匁玉《もんめ》が、夕陽を浴びて朱く光る。常に袖に入れて持ち歩いている。いまだに微《かす》かだが玉薬《たまぐすり》の匂いが漂う。

木の実かと思ったのか、やよいが顔を上げる。

「ごめんなさい。これはあなたには、あげられないの……」

――また、ご縁があれば。

若武者だった惟久の凜《りん》とした声が、耳朶《じだ》によみがえる。でも世の中は、そんなにうまくはゆかない。あれから惟久とは会っていないし、生きているかどうかすら怪しい。

やよいが一声高く鳴いた。

その声に応えるかのように、草むらから一匹のきつねが、おそるおそる頭を出した。目を凝らすとそのきつねの後ろから、小さなきつねがわらわらと現れた。

子ぎつねは、やよいの周りをよちよちと歩き回る。全部で五匹だ。

嶋子はあまりのかわいらしさに頬を緩め、十匁玉を袖に戻し、ふかふかの子ぎつねの毛を優しくなでる。

やよいのつがいのきつねが、うなり声を上げて嶋子をにらんだ。

やよいが、つがいのそばに行き、大事ないとなだめるかのように体を寄り添わせる。

「あなたも新しい道を、歩んでいるのね……」

嶋子の声に、やよいは応えるかのごとく鳴く。

大坂と京で過ごした十年の歳月は、この喜連川の地でも同じように流れていた。人は出逢い、やがて別れゆく。そんな当たり前の道理に胸が詰まる。国朝と共にいたさつきの行方もようとしてしれない。

小袖の細帯に差しこんだ龍笛《りゅうてき》を取りだす。あれから常に嶋子と共にあり、護《まも》り、歩んでくれたさつきとやよいの毛を優しくなでてから、唄口にそっと唇を重ねた。

やよいは座りこむと気持ちよさそうに嶋子の調べを聞く。つがいと子供たちもその傍らに寄り添う。

ふるさとだった空は朱に染まり、夕暮れの風が初夏の匂いを運んでくる。

やよいは龍笛の寂しげな調べを最後まで聞いたのちに立ちあがった。嶋子の周りを一回りしたのち、別れを告げるかのごとく鳴いた。

嶋子はやよいをもう一度、愛しくなでた。穏やかな風が、包むように吹いてくる。命の息吹を感ずる匂いを、嶋子は胸いっぱいに吸った。

やよいはやがて、つがいと子供らと共に草むらに消えてゆく。その後ろ姿を、嶋子は目に焼きつける。名残を惜しむかのような、やよいの鳴き声が聞こえた。

皐月の空にやよいの鳴き声が、いつまでも残っていた。

二

足利氏姫は、遺言となってしまった天庵からの文を、奥の座敷で一人読んでいた。灯台のろうそくが、どこからか入りこむ冬の風に哀しげに揺れる。火鉢に手をかざして打掛の襟を合わせる。

今年の五月、しゅうとの頼淳が亡くなり、閏《うるう》十一月には天庵を亡くすとは――。戦国の世の終わりを告げる関ヶ原の戦を、見届けたかのように、二人は息を引き取った。頼淳は七十、天庵は六十八。戦国の乱世を生きぬき、畳の上で死ねるだけでも充分生きたと言えよう。

だが、この便りを携えて久しぶりに現れた竿屋識彦が告げた、「天庵殿が亡くなりました」という言葉を当初、信じることができなかった。

当たり前のようにそばにいて、常に励ましかわいがってくれた天庵は、もういない。その事実を呑みこむことができない。

思えば氏姫が物心ついたときから、何かあれば手助けしてくれるのは天庵であった。無理なことを頼んでも、嫌な顔一つせず受け止めてくれた。

徳川家康の次男、結城秀康は、関ヶ原の戦のあと加増され、越前へ国替えとなった。秀康の食客となっていた天庵は、常陸の地に残りたがったが、嫡男の守治と共に付き従った。庶子の友治は、結城家を去ったようだ。

夏に越前へ向かう前にいとまを告げにやってきた天庵は、まだ三つの我が子、梅千代王丸をあやしながら、いつまでもぼやきつづけた。梅千代王丸が公方《くぼう》家の跡取りとして育つ姿を見届けられない無念と、生まれ育った先祖代々の地を離れなければいけない無念を、交互に呟きつづけた。

あまりのしつこさに、「ならば鴻巣に残るか」と聞いたら、黙りこんだあと、寂しげな顔になった。

「生まれた川に戻ることがかなわなかった鮎は、上った川で力ある限り、生きるしかないのでござる」

常陸を離れたとたんにしぼむように亡くなってしまうのであれば、無理を言ってもこの地にとどめるべきであった。

文には、公方家の血を引くまだ幼い我が子へ向けて、武家の習いを、こまごまとつづってあった。戦下手であった天庵らしく負け戦をどうやり過ごし、そのあといかに鳳凰《ほうおう》のごとくよみがえるかに、多くの筆が割かれていた。

和歌のたしなみについてもこまごまと書いてあり、我が子に送る歌が一首、記されていた。

「浮世には　かくもあるべき　物なるか　さくらを見れば　喜びなりけり」

小田城を巡る戦で負けつづきの時、天庵が打ちひしがれながら詠んだという歌を昔、聞いたことがあった。

「浮世には　かくもあるべき　物なるに　ことわり知らぬ　涙なりけり」

それの返歌のような歌に笑みがこぼれる。

終わりには氏姫に対する想いが、つらつらと書いてあった。最後の結びの文にもう一度、目を落とす。

「拙者の生きた道は、後悔の多き人生なれど、さくらの姫に仕え申し奉《たてまつ》ることができたことは、坂東《ばんどう》の武士として終生の名誉にて候。我が生涯に一片の曇りなし」

そりあげた頭をたたく天庵のおどけた顔が、泣き叫ぶ自分をかき抱き肩車してくれたほがらかな顔が、命を懸けて自分を護ろうとしてくれたひたむきな顔が、まぶたに浮かぶ。胸にあふれんばかりのありがたい想いが満ちてくる。

「我が子が、さくらの殿になるまで見届けると申したではないか……」

文をそっと閉じて、揺れるろうそくの炎を黙って見つめる。

「馬鹿者め……」

文の上に涙が一粒、落ちた。

氏姫は翌日、天庵のいまわの際の様子を、奥の書院で識彦と対面しながら、西の局と共に聞いた。

識彦は、今年の正月明けに嶋子への便りを頼んでから久しく姿を見せなかったが、久しぶりに供の者とやってきた。今までと同じように行者姿で白頭巾を巻いているが、右足を引きずっており、左手も動かすのがつらそうに見える。

天庵は、最後の最後まで公方家の行く末を案じてくれていたようだった。天庵の想いに再度、胸が熱くなる。

「実は一つだけ天庵殿の願い事を、聞いております」

しわがれた識彦の声に、氏姫は打掛の上の拳を握る。

「そうか、どのような望みじゃ」

「天庵殿は、ひとまず越前の永平寺《えいへいじ》に葬られましたが、なんとしても元の所領、小田城のそばに死しても戻りたいと願われました。できるのであればどこかの寺に改葬してほしいとの願いを託されました」

天庵が、小田城に固執していることは知っていた。筑波の嶺《みね》のふもとにある小田城を、天庵は九度落とされ、八度奪い返しているが、最後に取り戻すことはできなかった。今、小田城は佐竹義宣の所領となっている。

「あい分かった。そのように取り計らおう。お西や、差し支えないな」

「はい、さっそく、取り計らいまする」

西の局は、ぬれた眼をこすりながらうなずく。

公方家は、関東十刹と諸山の公帖《こうじょう》を出す権を持っている。そのようなことであれば、たやすくできる。ただ解せないことが一つある。

「お主は天庵がなぜ小田のお城に固執したのか、知っておるのか」

何度か天庵に聞いたことがあったが、いつもはぐらかされ、その訳を話してはくれなかった。天庵の眷族《けんぞく》であるという識彦なら知っているかもしれない。

氏姫の問いに、識彦は言うべきか言わざるべきか悩ましげな顔になった。

頼氏も時々、このような顔をする。男には妻に見せる顔と妻以外に見せる顔があり、妻以外に見せる顔を、なかなか妻には見せてくれない。

男には男の戦があるからだと思うのだが、寂しく想うことが多かった。識彦もたぶん話してはくれぬであろう。

「一つは……おそらく名のためかと……」

氏姫の思いとは裏腹に、識彦は言葉を続けた。

「常陸の小田氏は、八田知家を祖とする名門、関東八屋形の一つでございます。鎌倉の世で頼朝公に従って多くの武功を立て、常陸の守護に任じられた自負ゆえ、その居館であった小田城を失ってはならぬと思っておられたのでしょう。小田城は平城ゆえ守りにくく、そばの宝篋山《ほうきょうさん》に城を築くこともできたはずですが……」

氏姫はうなずく。それはよく分かる。天庵はそのことを常々誇っていた。

天庵の口癖は、「名こそ惜しけれ。名は天のために捨てるもの」だった。ゆえに公方家に対するいちずな忠誠の想いも、持ちつづけていたのである。

識彦はためらうようにうつむいた。氏姫はせかさずに待つ。

「ただ……拙者が思うには、もう一つ……」

識彦が氏姫を見つめてくる。今まで見たことがないほど本気のまなざしに、自然と背筋が伸びた。

「人は誰かとの想い出の地を、大切に護りたいと、乞い願うものでございます。おそらくなにかしらの強い想いを、小田城に持たれていたのではないかと……」

西の局が同意するかのように嘆息する。

氏姫の心の内には、渡良瀬の川のそば、朱色のさくら橋とさくらの若木が浮かびあがる。先の夫である国朝との出逢いの地だ。

想い出の地をそのまま残してくれた小笠原秀政に代わり、今年、松平康長《やすなが》が新しく古河の地を治めることになった。家康の「康」の字を授かっている康長も今のところは、手を付けずにいてくれている。

今でもたまに鴻巣御所を抜けだし、お忍びで古河の城に入り、さくら橋とさくらの若木のたもとにたたずみ、あの日の出来事を懐かしむことがある。つらく哀しいことがあっても、かけがえのない想い出の地に立つと、胸の内にほのかな灯りがともる。

「なるほど……。お主の申すことは理にかなっておる」

氏姫は大きくうなずくと素直に感嘆の言葉を返した。

識彦は深く頭を下げる。

「お主にもそのような地があるのか」

氏姫の軽い気持ちでの問いに、識彦は下げた頭を微かに揺らし、そのまうつむいていたが、やがて顔を上げ、氏姫を見すえてきた。

識彦の深い哀しげな顔に、氏姫は息を呑む。

「浮き草のごとき拙者に、そんな地はございませぬ」

識彦の呟きは、やけに寂しげだった。

識彦のそぶりが気になった氏姫は、識彦の供としてきていた八潮鷹衛門をその晩、西の局とともに馳走《ちそう》した。

関ヶ原の戦の際、家康の願いで佐竹の元へ説得に向かった氏姫は、識彦の供で愛《あい》嬌《きょう》のある鷹衛門と親しくなっていた。

天庵のそぶりから、識彦が何か秘密を抱えているだろうとは思っていた。山のような馳走と酒に鷹衛門は、瞬く間に酔った。

「必ずう、誰にもお、漏らさないとおお、誓ってくれますかあ。姫御前さまあ……」

ろれつが回らない鷹衛門が話す言葉に、氏姫は絶句した。

識彦は、嶋子の先の夫である惟久だったのだ。

「さおのや　しれひこ」は「しおのや　これひさ」、「やしお　たかえもん」も「たかしお　やえもん」を並び替えた名前であること。

嶋子の前に姿を現さないのは、惟久が豊臣秀吉を鉄炮で撃ち、追われる身となったから。それを嶋子がかばって撃たれたこと。嶋子の父、頼淳からの惟久への無理な願いのこと。

何よりもその後、惟久と腹心の弥右衛門が顔と姿を変え、嶋子を蔭から見守っていたことに、言葉を失った。

嶋子に宛てた便りを惟久に預けていたが、惟久は京まで行ったあと、商家の者に金を渡し、識彦の名を語ってもらい、嶋子に届けていたそうだ。

嶋子の胸中を想うと、いても立ってもいられなくなり、弥右衛門には悪いが、惟久に翌朝、問い質《ただ》してしまった。

惟久は、隣に座りばつの悪そうな顔をする弥右衛門を一度強くにらんだのちに、諦めるかのようにため息をついてから呟いた。

「姫と呼ばれても、城が落ちる際、女子《おなご》衆の運命は、無残なものでござる……」

そして、静かに語りはじめた。

拙者は、嶋と夫婦になる二年前の天正十三年（一五八五）三月に、下野の薄葉ヶ原で初めての戦に臨みました。那須衆に従う父と共に、宇都宮家の者どもと戦うことになったのでござる。

初陣に足は震え、体はすくみましたが、いざ合戦が始まると不思議なことに震えは止まり、鍛錬した体は素直に言うことを聞いてくれたものです。

共に初陣だった弥右衛門と力を合わせ、いくつもの首を取りました。刀と体が血と脂に染まりましたが、彼《か》の者たちも覚悟の上の戦場《いくさば》でござろう。生きる死ぬは戦場の定め、あいたがいのことでござる。

地は屍《しかばね》に覆われ、そばを流れる箒川《ほうきがわ》は、鮮血で真っ赤になりもうした。那須衆は倍の宇都宮衆を相手に力を振るい、拙者の初陣は勝ち戦となったのでござる。

宇都宮に従う敵方に山田城の城主、山田辰業《ときなり》という者がござった。

前年、辰業は、那須衆の地を攻めた際、青稲を刈り馬草とし、民を無慈悲に斬殺し、那須衆の恨みを買っておりました。

宇都宮衆を打ち破った那須衆は、辰業の山田城に憎しみのまま襲いかかったのでござる。

それはもう悲惨な地獄の景でござった。あらがう武士《もののふ》のみならず、ひ弱な女子《おなご》や子らをいたぶり、畜生を殺すかのごとくたやすく手にかける足軽どもを、拙者は、ほうけたように見つめることしかできなかったのでござる。

新左衛門《しんざえもん》と申す家老が、城から山へと逃げたと聞き、拙者は、弥右衛門と共に追いました。家老の首を討てば、それこそ武士の名誉であると思ったのでござる……。

思えば、その欲が、拙者を苦しめることとなったのでござろう。

新左衛門殿は、手強い者でござった。

辰業の本妻の菊御前や女子衆を逃がそうと、その刃には力が込められておりました。何とか首を取ったのち、拙者は女子衆の命だけはどうにかして救おうと、そのあとを追ったのです。

だが、花見どやと呼ばれた山まで逃げた女子衆は、恐怖に駆られており、その断崖絶壁から眼下の箒川に次々と身を投げはじめたのでござる……。

最後に残った菊御前は、さくらの老木の傍らで拙者に背を向けて、身を投げた者どもを見てござった。

拙者が近づくと、体を回し、迫る拙者に懐剣を突風のように走らせたのです。

その眼は憎しみに塗りつぶされ、わななく顔は、般若のごとく、長い髪は逆立つかのように揺れてござった。

拙者は、斬られた額《ひたい》を押さえながら、「戦はもう終わりもうした。御前に手をかけるつもりはござらぬ」と語りかけましたが、聞く耳を持たなかったのです。

菊御前が投げつけた言葉を、拙者は今でも忘れることができませぬ。

「殺し奪う男どもめっ、わらわの恨みは、末代までたたるであろう。お主の愛しき者どもも、わらわと同じように、果てしなき地獄の業火に焼かれつづけよっ」

額から流れる血が、目に入り、菊御前の姿は朱に染まっておりました。血の臭いが鼻を突き、狂ったように笑う菊御前の声が、耳朶に響いたのです。

「このさくらと同じように、お主の愛しき者たちは、はかなく散るのじゃっ」

そう叫ぶと菊御前は、その身を空《くう》に投げだしたのでござる……。


惟久は語り終えると、目深《まぶか》に巻いていた白頭巾を解いた。

隠されていた額には左右に走る深い刀創が見えた。菊御前の恨みが込められているかのように、いまだに傷口は赤黒く、触れれば鮮血が飛びでてきそうだ。

西の局の深いため息が、聞こえる。

「本来ならば殿ではなく、拙者がその刃を受けるべきだったのでございます。菊御前と合わせて十二名の女子《おなご》衆の恨みを、殿は背負われてしまった……」

弥右衛門の後悔の呟きが、こぼれる。

こちらを見すえてきた惟久のまなざしに、氏姫は背を伸ばし、あごを引く。

「殺し奪うのが戦国の男の習いではない、そう思い、拙者は生かし護る道をなんとか探そうといたしました。嶋をめとり、共に民を慈しめば、恨みなど消え去る、そう信じておったのです。だが……」

惟久は、額の刀創をなでて、その手をしばし見つめた。

「秀吉が小田原に迫り、拙者から嶋やすべてのものを奪おうとしました。あらがう拙者は、菊御前が呪詛《じゅそ》したとおりの殺し奪う者となりもうした。その憎しみの弾を、嶋は身を投げだして受けてくれたのです……」

惟久は、その手を握る。小刻みに手が震えている。

「修羅の地獄に落ちそうだった拙者を、嶋が……救ってくれたのでござる」

西の局が、すすり泣きをはじめた。

「嶋のお蔭で拙者は殺し奪う者とならずにすみました。だからこそ、残りの人生を生かし護る者として捧げることを、天に誓ったのでござる。付き従わせてしまった弥右衛門には、申し訳ないことをしてしまったが……」

「殿、いいのですよ。拙者は殿と共に生きることが、楽しいのですから」

弥右衛門の気遣う声に、惟久は申し訳なさげに頬をほころばせた。

「このことは、嶋には内密にしてください」

誰からも顧みられない男の戦を黙々と続ける二人は、静かに頭を下げてくる。

二人の姿がにじみ、氏姫は胸に手を当てる。その震える手で胸からあふれ出てこようとする言葉にならない哀しみを、ひたすらに押さえつづけた。

三

父、頼淳の死から三年後、慶長九年（一六〇四）八月、京の豊国神社にて秀吉の七回忌の臨時大祭礼が、盛大に執り行われていた。

あふれる人波に足利嶋子と奈菜はもまれている。

門前に設けられた舞台では、秀吉に奉納する新作能が舞われ、多くの客でにぎわっている。また二百名にも及ぶ着飾った神官たちによる馬揃《うまぞろ》えに、人々は感嘆の声を上げていた。猿楽に念仏踊りがあちらこちらで行われ、それを見る者どもも南蛮衣装やかぶいた装束で色とりどりだ。

嶋子は奈菜と共に久しぶりに上京していたが、すっかり会津の地に染まった二人は、足の踏み場もない人波で酔いそうになっている。

先月が閏月で秋分はとうに過ぎ、秋の冷たさを含む風が吹いていたが、この辺りだけは真夏の太陽に照らされているようだ。

日輪の申し子だった秀吉の笑顔が、戻ったような秋の日だ。

「お奈菜や、太閤様の御代を思いだすかのような人出じゃな」

小袖に被衣《かずき》という嶋子と同じ恰好《かっこう》の奈菜は、眼を回している。

「醍醐の花見を、思いだすのう」

鮮やかな春の一日とともに、日の本一の強運の持ち主であった、老いた男の寂しげな笑い顔がまぶたに浮かぶ。

「夢のまた夢――か……」

呟く嶋子に奈菜がうなずいてから頭を回した。

「奈菜はもう、気持ちが悪ろうて無理でござりまする。早う屋敷に戻りましょう」

情けない声を上げる奈菜は、嶋子より十ほど上で、もう五十近い。そういう嶋子ももう三十と七つだ。このたびの道中も難儀した。途中、付け狙われるような気を受け取ったり、危なげな宿に泊まったりしたが、何事もなく京まで上《のぼ》ってこられた。

二人は、落飾して高台院《こうだいいん》と名乗った北政所の屋敷に逗留《とうりゅう》している。久しぶりに会った高台院は、「元気にやっとったがね」とほほ笑んだあと優しく抱きしめてくれた。

高台院は、養母であった浅野長勝《あさのながかつ》の妻、七曲殿《ななまがりどの》を去年の四月に亡くしていた。同じ年の七月には、秀吉の遺言であった、秀頼と徳川秀忠の長女である千姫《せんひめ》との婚礼を無事になし終え、肩の荷が下りたごとく安らかな顔をしていた。

二人の脇を、たけのこのかぶりものを着込んだ男が、踊りながら通り過ぎてゆく。

あまりのかぶいた姿に、嶋子は目を見開いた。笛の音が男に続く。遠くには行者姿で白頭巾を巻いている二人の男の姿も見える。

「姫様、明日の他出に差し障りが出ますぞ。もう帰りましょう」

明日は高台院の使いで、伏見城にいる家康の元へ向かうことになっている。家康は去年、源氏長者となり、右大臣、そして征夷大将軍に任じられた。

関ヶ原の戦のあと、頭を下げてきた上杉家は出羽《でわ》の米沢《よねざわ》へ、曖昧な態度をとった佐竹家も常陸から出羽の久保田《くぼた》に所領を減らされて移ることとなった。

秀吉亡きあと、天は家康を選ぼうとしている。

袖を引く奈菜にうなずいて、嶋子は喧騒の中を歩きはじめた。


久しぶりに会った土色の肩衣《かたぎぬ》姿の家康は、だいぶ肥えたように見える。

征夷大将軍などへの就任祝いの口上を述べる嶋子に、家康はほがらかな笑みで応えた。三女である振姫の様子を、相好を崩しながら聞く家康は、天下を統《す》べようとする天下人ではなく、市井に住む娘想いの一人の父親であった。

「やはり嶋殿に奥を見ていただいて、まことに良かった。ところで七回忌は、いかがであったであろうか」

「はい、太閤様を偲《しの》ぶ多くの声で、京の町は埋めつくされておりました」

家康の顔がわずかに曇ったのを、嶋子は見逃さなかった。

「また催しを開くのを許してくださった御所様への喜びの声も、満ちておりました」

家康を御所様と呼ぶ自らの声に、嶋子は心の中で苦笑いをして打掛の上の拳を握りしめる。天下は大きく動いたのだ。

家康は息を緩やかに吐くと腰に差した扇子を抜いて、開かぬまま何度か肩をたたく。何かを考えるかのような顔になった。

天下分け目の関ヶ原の戦で、家康は多くのものを手中にした。石田三成らの西に与《くみ》した者たちの所領を取りつぶしたり減らしたりし、功のあった者どもに分け与えた。日の本の大名への官途補任《かんとぶにん》の権も、家康が取り仕切ることとなった。それにより、坂東の地を始めとした家康に与する者たちが、力をつけた。

大坂城に住まう秀頼は、戦の際、西の総大将であった毛利輝元《もうりてるもと》の保護下にあった。西も東も、戦の大義を秀頼公を奉るためとしていたので、戦ののち秀頼は家康をいたわった。

そうではあるが、二百二十万石あった秀頼の所領の内、西の大名に任せていた分は大きく減り、六十五万石となってしまった。

秀頼の母の淀は、関ヶ原の戦ではどちらに付くかを明らかにしなかった。だが、家康が武家の棟梁たる征夷大将軍に任じられ、独自のまつりごとを行いはじめたことを快く思っていないようだった。豊臣の世を懐かしみ慕う者も多く、家康と秀頼の間は、込み入ったものとなっている。

今日、嶋子が家康の元に来たのは、そんな豊臣と徳川の間を何とかしたいと高台院が願うからであった。秀吉の糟糠の妻である高台院は子をなさなかった。秀吉の死後は大坂城を出て、秀吉の菩提《ぼだい》をひたすら弔っている。

家康の息子の秀忠が、人質として送られた昔は、秀忠を我が息子のごとく手厚くもてなしたそうである。関ヶ原の戦の際も嶋子の知る限り高台院は、家康にも三成にも進んで与することはなかった。

高台院は、家康と秀頼の仲を何とか取り持ちたいと考えているが、表だって動けぬ立場なのだ。それゆえ大坂城に住まう甲斐姫と親しい嶋子が、京に呼ばれ、その想いを受けて働くこととなった。

「太閤様は信長公亡き世を、一身に背負われた。その想いを痛いほど私は知っているつもりだ。百年にわたる戦乱の世を見事に収められた……」

言葉を濁す家康を見て、嶋子は唐入りの狂ったような騒ぎを思いだす。

唐入りさえなければ国朝は――。

「嶋殿」

家康は力のこもった眼で見つめてくる。

嶋子は打掛の裾を握る。

「今一度、足利の血を、豊臣家との和合のために貸してほしい。今は亡き太閤様の想いと、私の想いは変わらぬものなのだ」

家康は軽やかな音と共に扇子を開く。金箔《きんぱく》の扇が目にまぶしい。ただ秀吉の扇子とは違い明や朝鮮の地は描かれていない。そういえば家康の馬印は大きな金の扇だった。

「日の本を再び、争いの中に巻きこまぬためにも――」

「かしこまりました。御所様のためにまことを尽くします」

嶋子は深々と頭を下げたのち、面《おもて》を上げ、家康を見つめた。

「ただ……その代わり、お願いしたき儀が、ございます――」

嶋子は一度、高台院屋敷に戻り、家康との話を高台院に伝えたのち、日を改めて、奈菜と幾人かの供回りと共に天当船に乗り大坂城へと向かっていた。

懐かしい淀川《よどがわ》の風が、秋の終わりの匂いを運んでくる。

男手を幾人か高台院から借りたが、信用できる供が欲しかったので、氏姫とのやり取りをしてくれていた識彦を探したが、見つからなかった。

つなぎを付けていた造り酒屋で、一度似た男を見つけたが、男は、「違います。もう違うのです」とかぶりを振った。会津に赴いてからは一度も識彦は訪ねてこなかった。氏姫からの便りは別の者が届けてくれている。

天庵の最期を見届けたあと、古河の氏姫の元を訪れたことがあった。つい先ほどまで識彦がいたと聞き、京での礼を告げようと後を追ったが、見当たらなかった。識彦とはありさまの異なる行者姿で白頭巾を巻いている男が、遠ざかってゆくだけだった。

冬が近いとはいえ、川の照り返しの光が思いがけず強く、嶋子は市女笠《いちめがさ》を深くかぶり直す。肩で切りそろえた尼削《あまそ》ぎの髪に手が触れる。

玉鬘《たまかずら》を切った身であるが、悩みや妄執は、相も変わらず次々と生まれてくる。

出家して五年、仏の道を歩もうとしても、生まれ、老い、病にかかり、やがて死ぬことからは逃れられない。愛するものとの別れはあり、恨み憎むものとは出会い、求めるものは得られず、想いや体にとらわれ思うがままにならない。

東慶寺に入山している姉は、このような煩悩の想いに、とらわれることはないのだろうか。

天庵の最後の言葉が、思い浮かぶ。

父を看取ったのち、天庵までもが逝ってしまった。早馬で知らせを受けたので、何とかいまわの際には間に合った。

「姫、拙者は姫と共に多くのものを見ることができて、幸せでござった……」

病の床に就く天庵の弱々しい声に、嶋子は胸が詰まる。

「天庵様、そのようなことを言われますな。もっと多くの天をわらわに教えてくださいませ」

天庵は静かに嶋子を見つめてくる。深いしわが刻まれた頬が緩み、やがてゆっくりとほほ笑んだ。

「もう拙者が姫にお教えできることなどないでござるよ……。姫はもう充分に天を知り、天に支えられておるのでございます。ただ一つ気がかりなのは……拙者は姫の、お役に――立てたでござろうか……」

嶋子は天庵の手を両手で握る。節くれ立った手は温かく大きい。天庵と共に過ごした日々が、胸に湧き起こり、目頭が熱くなる。

「これ、天庵、わらわはまだ天を充分に知らぬぞ。お主が要るのじゃ。まだまだわらわに天を見せてくれねばならぬのに――」

言葉が詰まる。胸の内にあふれるこの極まった想いを、どのような言葉にして伝えればいいのか分からない。

天庵は眼を細めて最後の力を振り絞るかのように嶋子を見つめてくる。

「姫、安房守殿のことを恨んでござるか……」

久しぶりに聞く先の夫の名に、嶋子の小さな胸はうずく。

「い……いいえ」

惟久の出奔がなければ、私はどのように生きていたのだろうか、と思うことはあるが、恨むとか憎むとかという想いではない。忘れたり許したり、ということでもないが、別れて十一年も経った。

「名は天のために捨てるもの……。だが、人はそこまで強くはござらぬ。共に支えあう人がいてこそ、名を天のために捨てることが、できるのでござる。天はそのように支えあう無数の人によって天として成りたっているのです。人の想いを無にしては天は成りたちませせぬ」

嶋子を見つめる天庵の眼は、慈愛に満ちていた。

「姫、拙者の最後の願い事でござる。姫を想う者の想いを、忘れませぬように……。姫は一人ではござらぬ。だからこそ愛しい人を、独りにしてはならぬのです……」

嶋子はうなずいてから、握りしめた天庵の手を、さらに強く握る。

天庵は満ち足りたかのように、眼を閉じた。


嶋子は両の手のひらを広げて見つめる。

戦乱の世を生きぬいた天庵の手は、ごつごつとした巌《いわお》のようであったが温かく柔らかかった。

誰かのために生きる――。

難しい歩みだが、それを諦めてはいけないと天庵は教えてくれた。

二人の夫と子をなせずに別れ、多くの人が願う女子の戦を為すことはできなくなったが、そんな自分にも別の戦いは為せるはずだ。

淀川の流れる音を聞きながら、胸の内の胡桃《くるみ》色の龍笛を取りだして見つめる。さつきとやよいの毛が風にそよいでいる。懐かしい大坂城には、多くの女子が住んでいる。戦になれば無辜《むこ》の者の命がまた失われてしまう。

そのために、今、為せるより良きことを為す。

嶋子は龍笛を強く握りしめた。

「それではお主は、徳川に与するというのじゃな」

淀の大声が、大坂城本丸の奥御殿に響く。

「そのようなわけでは、ございませぬ。ただ、征夷大将軍にまで任じられた御所様は、日の本を泰平の世にしたいと願われているのでございます」

嶋子は頭を下げながら、小袖姿で奥に座る淀を見やる。くつろいだ姿だが、その小袖は滑らかで艶のある黒と紅色の綸子《りんず》の織物で、金の摺箔《すりはく》と金糸で縫箔《ぬいはく》された花模様は、あでやかに咲く一輪の花のようであった。

淀の脇では、紅梅色の小袖姿の甲斐姫が困ったような顔をしていた。このたびの淀への取り計らいは、そばに仕えている甲斐姫に頼んだ。

「徳川の泰平の世など要らぬ。お主は太閤殿下のご恩をもう忘れたのかっ」

三成と同じことを言う淀に、嶋子は心の内で嘆息する。

忘れるわけがない。だからといって、天の流れに逆らってまで固執しないだけだ。

「家康ももう老齢、我が子が大きくなれば薬臭い家康なぞ、ひとたまりもないわ」

淀と会う前に、嶋子は秀頼と千姫にあいさつをした。十と二つの秀頼と、まだ八つの千姫の二人が並ぶ姿は、桃の節句のひな人形のように愛らしくかわいかった。豊臣と徳川の縁を深めようと努める二人の姿に、氏姫と国朝、頼氏の姿が重なり、嶋子は涙ぐんでしまった。

「お主は足利の末裔《まつえい》であろう。三河《みかわ》の田舎侍を御所様と呼んで恥ずかしくないのか」

嶋子は息を呑んで顔を上げる。

「御上《おかみ》様、確かに血は尊いものですが、人の貴さはそれのみで決まるものではございませぬ。かつて太閤様は、わらわにこうおおせになられました」

織田の血を引き、豊臣の血と交わり、息子に徳川の血を受け入れ、今は御上様とも呼ばれている淀は、太閤様という言葉に、嶋子をにらんだ。

「血も始まりは無名から、力も始まりは無力ゆえ、血も力も詰まるところ結実じゃ。天が選ぶものは――」嶋子はいったん言葉を句切る。

甲斐姫が不安げに嶋子を見つめてくる。

「強運こそが天に選ばれし秘訣。天は人を選ぶが、またその者が能《あた》わずとなれば、あっさりと見切るものなのじゃ。信長公も途中までは天に選ばれしお方であった、と」

「お、お主は、と、豊臣が天から見放されたと申すかっ」淀が声を限りに叫ぶ。

「そんなことはございませぬ。ただ、刻は移ろい、変わりゆくものでございます」

嶋子はこうべを垂れる。

誰も言葉を発しない。冬のつとめてのごとく刻が止まったかのようだ。

やがて、静まりかえった奥御殿に、淀の甲高い笑い声が聞こえてきた。

嶋子は頭を上げ、淀の顔を盗み見る。

血走った淀の眼は、あからさまに嶋子を見下していた。

「女子《おなご》の戦に敗れ、子をなせぬ女がなにを言うか。我が子をかき抱いたことのない女の言うことなど当てにならぬわ」

淀のさげすむ笑い声に、嶋子の体は小刻みに震えはじめる。胸に苦く切ない想いが湧き起こり、どす黒い煙に覆われてゆく気がする。

握りしめた震える手を、嶋子は奥歯をかみしめながら見つめつづけた。

四

高塩弥右衛門は腰を落とし、刀を抜いて横に走らせた。

刀を上段に構えていた山伏姿の男は、口から血を吐き前のめりに崩れる。

こちらに倒れてくる男をかわしながら、さらに弥右衛門は刀をすくいあげる。

後ろにいた別の男の胸とあごに赤い線が走り、男はそのままあおむけに倒れてゆく。

男を蹴倒してから弥右衛門は、初夏なのに昼なお暗い山中を見渡す。

「殿っ」叫ぶと、惟久の姿を求めて走りだした。

弥右衛門と惟久は、東海道を江戸から京に向かう嶋子の一行を、いつものように遠くから見守っていた。このたびは嶋子たちが徒立《かちだ》ちなので、さつきは隠れ家に置いてきている。遠江《とおとうみ》の浜名《はまな》の海の北にある気賀《きが》の関を越え、山道に入ったら、山伏姿の一行に襲われた。多勢に無勢、惟久と山中に逃げこんだが、途中はぐれてしまった。

刀を持つ右手が下がり、右肩を左手で押さえる。鞍馬の山中で政宗の手の者に襲われた際の古傷が、いまだに痛む。あの日、燃えさかる庵の中、幾人も斬り倒し、何とかさつきと共に逃げだしたが、惟久も自分も体中に傷を負った。

「殿っ」微かに血の臭いが混ざる山の匂いを吸いながら、焦る気持ちを落ちつかせようとする。

低く叫びながらなお惟久を探していると、耳に鉄《かね》の音が聞こえた。

右奥の木の根元に惟久が座りこんでおり、刀を上げた男の背が見えた。

「くっ」歯ぎしりと同時に脇差を抜いて投げ、駆け寄るが、間に合わない。

脇差は男の背からそれて木に刺さる。

苦しげな叫び声が山中に響く。

山田城の菊御前の恨みの顔と狂ったような叫び声が思い浮かぶ。

「殿っ」

地を蹴り、男の背に刀を袈裟《けさ》斬《ぎ》りに打ち下ろす。

血を吹いた男が惟久に重なる。

男の背を左手でつかみ、左に払う。ぬめった温かい血が、手を染める。

弥右衛門と同じ行者姿の惟久は、茜《あかね》色の脇差を抱えていた。刃の先は血に染まっている。

弥右衛門は肩を落とし、大きく息を吐く。

先ほどの叫び声は、惟久の脇差が、先に敵を刺したからだったのだ……。

辺りを見渡す。敵の姿は見えない。

やれやれと思いながら、右手に刀を握ったまま、弥右衛門は惟久の右脇に座り、木にもたれかかる。

「またこの脇差に救われたな……」

惟久の声にため息を返す。

嶋子の愛用の薙刀《なぎなた》から作った脇差だ。鞍馬の庵で襲われた際に、最後まで残った得物でもあった。

追っ手を振り切り、さらなる山奥で傷を癒やしていた際に、脇差の由来を話してしまった。嶋子との想い出の品であるさくら吹雪の扇子を庵で失った惟久は、幅広の刃を何かを考えるように見つめつづけた。

癒やし切れぬ体のまま、越前へと移った天庵の元を訪れようとする前に、脇差を惟久に譲った。

「いいのか……」と声を震わせる惟久を見て、これでいいのだと自らを納得させた。

その後、天庵がさくら吹雪の扇子を持っていたことに驚いたが、うれしそうに扇子を手にする惟久を見て何も言えなかった。惟久は脇差を返すと言ってきたが、殿が持つべきものですと断った。

物音に、刀を持つ手に力を入れ、目を向ける。

きつねがこちらを見つめていた。

惟久と顔を見合わせ、唇の端を上げる。

「もう幾人斬ったか」

「二十人を超えたところで数えるのはやめましたよ」

政宗の詮索はしつこかった。関ヶ原の戦いの翌春に襲われてから、六年過ぎた慶長十二年（一六〇七）の今でも、追っ手を差し向けてくる。

二人は天庵の元で傷を癒やしていたが、天庵が亡くなり、その文を氏姫に届けたのち、会津に移り住んだ嶋子を追った。若松《わかまつ》の町の外れに潜んでいたが、そこにも政宗の追っ手がやってきた。

嶋子と氏姫に累が及ぶのを避けるため、二人は勝手知ったる下野を、当てもなくさまよいながら嶋子を蔭ながら護っている。

高台院の命を受け、嶋子は徳川と豊臣の仲を取り持つため、江戸と大坂を往来することが多くなった。

家康は、慶長十年（一六〇五）四月に征夷大将軍を辞し、息子の秀忠に譲り渡した。かつての足利将軍家のごとく、将軍を息子に受け継ぐことで、豊臣家ではなく徳川家が武家の棟梁であることを、日の本に知らしめた。

駿河《するが》国の駿府《すんぷ》城に隠居し大御所と呼ばれているが、まつりごとの実の権は離さず、諸大名に、江戸や那古野《なごや》の城の普請などを命じている。

秀吉の遺児である大坂の秀頼は、すくすくと育ち十五になり、右大臣にまで昇ったが、今年の春には辞していた。

右大臣となった秀頼に、家康は京で会うことを望んだが、大坂の淀の側が反発して和合の機会は失われた。

関ヶ原のときのように、徳川と豊臣のありさまは怪しくなってきている。

両者の仲を取り持つべく奔走している嶋子は、大坂方か徳川方かは分からないが、何度か襲われ危ない目に遭っている。いくたびも二人は、その危機を救った。

政宗もいまだ野心を捨てていないのだろう。何度か二人は政宗を狙おうとしたが、警固の者も多く、手負いの二人の手には負えなかった。

「いつまで続くのか……」

思わずこぼしてしまった弱気な言葉に、弥右衛門は慌てて口を閉じる。

惟久のため息が返ってくる。

二人とも四十の坂は越えた。陽の当たらぬ蔭の道を歩きつづけるのは正直つらい。

だが、それを言葉にしてしまっては、ここまでの苦労が水の泡になってしまう。

あの日、氏姫に打ち明けたのは、酔った勢いもあるのだが、本心では、この男の戦のけりを早くつけてしまいたいと思っていたのかもしれない。氏姫は大草《おおくさ》という者をつなぎにしてくれ、金子《きんす》やら手形などで助けてくれている。

弥右衛門は、血のついた刀をじっと見つめる。

惟久が立ちあがり、脇差の刃の血を振り、懐紙で拭い、茜色の鞘《さや》に戻す。そばに落ちていた曲がった刀を拾いあげる。その横顔は寂しげに曇っている。

「弥右衛門、お主はもう……」

言葉をさえぎるように弥右衛門は立ちあがる。

「さっ、早く姫御前様を追いましょう」

刀の血を振って飛ばすと、おどけたように強い声を出す。

皐月の風が、二人の間を寂しげに通り抜けた。

五

「それでは徳川と豊臣の戦は、避けられそうなのですね」

足利氏姫は、嶋子の話を聞いて、明るい声を出した。

茜色の小袖姿で、くつろぎながら向かいに座る嶋子は、うなずく。

「ええ、高台院様も、これで争いは収まるはずと満足されておられたわ」

古河の鴻巣御所の奥にある御殿には、柔らかな卯月《うづき》の陽が射しこんでいる。氏姫は京から戻ってきたばかりの嶋子から上方の話を聞いていた。

先月の慶長十六年（一六一一）三月、家康と秀頼は京の二条城《にじょうじょう》にて久方ぶりに対面した。徳川と豊臣の間には大きな問題が山積みだが、十数年ぶりに大坂城を出た秀頼と家康が会ったことにより、多くの者たちはこれで徳川と豊臣の戦はなくなったと喜んでいる。

「もうこれで大坂と京にしばしば行くこともなくなると思うと、少しだけ寂しいけれど……」

嶋子の呟きに氏姫はうなずく。高台院や家康の命を受け、嶋子はたびたび、大坂の淀の元を訪れていた。上京のたびに、氏姫の元を訪ねてきてくれるが、大坂からの戻りの際は、いつも疲れた顔をしていた。

「大変ならおやめになったほうが……」と一度言ったことがある。

その際、嶋子は自らを鼓舞するように背筋を伸ばしてかぶりを振った。

「敵方とも言える大坂城に、お一人で住まわれる千姫様がふびんで……。わずかな力かもしれないけどお手伝いしたいの。それに戦になれば関わりのない多くの女子衆《おなご》が命を落としてしまう。そんなことをもう見たくないの」

氏姫は、その言葉に胸が熱くなった。

誰かのために残りの人生を生きているのだ、姉様は――。

「それにしても、先の右府様はすこぶる大きくなられて……」

右大臣を辞した秀頼は十と九つになっていた。小柄だった秀吉とは違い、六尺五寸（約百九十七センチメートル）で四十三貫（約百六十一キログラム）の大男だそうだ。

口さがない者は、秀吉とは違う別の者の種をもらったのだとうわさしている。

「姉様も、もう一度……」と言いかけて氏姫は口をつぐんだ。

氏姫は昔、嶋子に何度か再び嫁ぐことを勧めたが、嶋子はかたくなに首を横に振りつづけた。尼削ぎの嶋子は不惑を四つも過ぎてしまった。もう惑っていないのだろう。それに惟久の話を聞いた今となっては、勧めるのは忍びない。

「頼氏とは、うまくやっているの」

「はい」氏姫はうなずく。

関ヶ原の戦のあと、頼氏は家康に戦勝を祝う使者を送った。二年後の慶長七年（一六〇二）には、千石の加増を受け、所領は四千余石となった。

「喜連川には、移り住まないのかしら……」

嶋子の遠慮がちの声に、氏姫はうつむいてしまう。

そのつもりでいた。上杉のことが片付きしだいすぐにでも頼氏の元へ向かうつもりだった。あの話を聞くまでは――。

「でも、ここ古河は先祖代々の地で想い出も多いのだから、氏姫が無理をして動くことはないのよ」

嶋子ははっきりとは言わないが、口の悪い者は、公方家の意地や誇りでこの地に固執しているのだ、小弓公方の風下に立つのがおもしろくないのだろう、などとおもしろおかしく勝手なことを言う。

——違う、違う、そうではない、と声を大にして叫びたいが、口にするわけにはいかない。

あの日、惟久と弥右衛門の秘した想いを聞いてから、喜連川に移るのはやめた。喜びが連なる川の地は、惟久と嶋子の想い出の地なのだ。そっとしておくべきなのだ。

「梅千代王丸——いいえ、義親《よしちか》殿は元気にしておられるの」

黙りこむ氏姫に、嶋子は話題を転じてくれた。

嶋子の問いに氏姫はうなずく。

早世した弟と同じ名の我が子は、十と三つになった。元服も済ませ、最後の古河公方となった氏姫の父、義氏の名から一字をもらい、義親と名乗った。

頼氏との間には、もう一人、娘も授かった。氏姫は三十と八つになったが、自らの血を引く息子と娘を見ると、つらかったり哀しかったりすることがすべて吹き飛ぶ。

「お蔭様で健やかに育っています。大御所様のお計らいで、榊原《さかきばら》様のご養女との婚礼も決まりました……」

息子の祝言を想うと、胸に熱い想いが湧きあがり、言葉が詰まる。

徳川三傑と称されている榊原康政《やすまさ》は、家康の股肱《ここう》の臣であり、上野国の館林《たてばやし》を治めていた。慶長十一年（一六〇六）にこの世を去っていたが、亡くなる前に側の花房《はなぶさ》氏の姪《めい》を養女とし、義親と婚姻の約束を取り交わしていた。

「これで足利の血も安泰ね……。本当に良かった」

嶋子は座ったまま近寄り、氏姫の両手を握ってくる。

「氏姫だけに、重い定めを背負わせてしまって、本当に申し訳ない……。弱い姉さんを許してね……」

脇に置いてある蒔絵《まきえ》手箱の上にある護り刀が、目に入る。

優しい母のような言葉に、氏姫は我が子の婚礼を思うのとは違う熱い想いが湧きあがる。まぶたが熱くなり、目の前の嶋子の姿がかすむ。

嶋子はさらに近寄り、氏姫をかき抱いてくれた。

「氏姫——あなたは本当に屈せずにやりとおした。あなたの想いを天は知っている。だから祝ってくださっているのよ」

「あ、姉様……」

氏姫は泣き叫びたかった。

——違うのです。姉様が私を護ってくださったからなのです。

そして惟久殿と弥右衛門が、私たちを護ってくださっているからなのです。

言葉にならぬ叫びは、かすれた声となりうめき声となり口からこぼれた。

嶋子は氏姫の髪を優しくなでてくれる。

胸に伝わってくる温かい想いに、氏姫は何も言えなくなる。

温かな陽射しが、二人を柔らかく照らしていた。

六

紅蓮の炎が、大坂城を包んでいる。

足利嶋子は、皐月の夜空に燃えあがる大坂城を見て足がすくんでしまった。

心を決めてこの場に臨んだ。しかしながら女子の思いなど、やにわに吹き飛ばす男どもの戦の前に、夏の氷のごとく想いがみるみるしぼんでゆく。

嶋子は右手に持つ薙刀を、もう一度握りしめ、奥歯をかみしめる。

十年もの歳月を過ごした大坂の城は第三のふるさとだ。その城を包む炎が、惟久の元へ嫁ぐ際に造った鮮やかな茜色の胴丸を照らしている。

あの日秀吉を喜連川に迎えた戦のときと同じく、刀を腰に差し、胴丸の上には惟久からもらった真白の陣羽織を羽織った。兜《かぶと》も笠もかぶらず、額金《ひたいがね》を入れた白い鉢巻きを巻いている。

ただ一点違うのは、あの時は長かった髪が短くなっているので、束ねなくていいことだ。

隣に従う奈菜が息を呑む。

奈菜も胴丸をよろい、薙刀を手にしている。六十に近い奈菜には、供をせず京の高台院屋敷で待つように命じたが、「奈菜が姫様のお供をせずに、誰が姫様をお護りするのですか」と笑う奈菜に何も言えなかった。

「姫様、ひとたび戻り、御所様の兵どもと合わさりましょう」

「しかし、今、戻ってしまえば千姫とそのお子らや侍女たちは――」

嶋子の想いを再度くじくかのごとく、そばの屋敷で何かが爆《は》ぜた。

熱い夏の夜風が、木と土の燃える臭いを運んでくる。

頬が内からも外からも熱くなる。

家康と秀頼の対面により避けられたかに見えた徳川と豊臣の戦は、京の大仏のある寺の鐘銘により再び燃えあがった。秀吉の供養として再建された大仏殿の梵鐘《ぼんしょう》に刻まれた「国家安康」と「君臣豊楽」の鐘銘が、家康への呪詛であると騒動になった。

豊臣方も戦の手立てを講じはじめ、去年の慶長十九年（一六一四）の冬、十万余で護る大坂城を、徳川方は二十万余で囲んで攻めた。

その年の暮れには和睦がなり、嶋子も胸をなで下ろしたが、外堀を埋められた大坂城に今年、慶長二十年（一六一五）の夏、徳川方は再度攻めこんだ。

嶋子は戦の前から高台院の使いで、家康と秀頼を何度も訪ねたが、とどのつまり戦を止めることはできなかった。

無念の思いが、胸に湧きあがる。

攻める兵たちの雄たけびや銃声、鉄《かね》の音が聞こえてきた。かがり火がなくても辺りは昼のように明るい。

堀を失った大坂方は野の戦で迎え撃ったが破れ、ついに城下まで追いこまれた。

喜連川の頼氏は兵を出さずにいたが、嶋子は頼みこんで数十人の兵を借りた。

豊臣方の負けは仕方がないとしても、城を枕にして千姫などの女子どもが討ち死にするのは許せない。

城内に残っていた甲斐姫とは、万が一落城の憂き目に遭うのであれば、女子衆を引き連れて逃げてくるように渡りをつけている。

大坂城には一部の者しか知らない地中の抜け穴がいくつもある。そのうちの一つは本丸奥御殿の北にある山里丸《やまざとまる》から京橋口《きょうばしぐち》を抜け、淀川の北のここに続いていた。隠された穴の出口のそばで嶋子たちは待っていた。

すでに大坂城の本丸にまで徳川の兵は攻め入り、豊臣方を裏切った兵どもと混じりあい、地に現れた地獄の体《てい》となっている。

この辺りにも両軍の兵が入り混じりはじめ、嶋子と奈菜の周りに数人の兵だけを残し、残りはその手の武者どもを防いでいた。

「姫様、ひとたび、引きましょう」

嶋子は背を伸ばし、あごを引いた。

「お奈菜や、ここにきて諦めろと申すのか」

嶋子の想いのこもった声に、奈菜はうつむく。

奈菜の気持ちは痛いほど分かるが、ここが勝負どころだ。

嶋子は刀と共に腰に差している胡桃色の龍笛の毛を左手でなでる。さつきとやよいの励ますかのような鳴き声が、炎の中から聞こえた気がした。

古河で嶋子を待っている氏姫の顔が浮かぶ。東慶寺の姉、国朝、頼氏、天庵、父の頼淳、秀吉、弥右衛門……。多くの顔が思い浮かぶ。

最後に浮かんだのは惟久の武骨な笑顔だった。

嶋子は頬を緩めてから、右手の薙刀の石突きを、地面に打ちつける。

「お奈菜、わらわと共に死んでくれ」

奈菜は顔を上げ息を呑んだのち、覚悟を決めたかのように笑いながら大きくうなずいた。

「お供させていただきます」

叫び声と銃声が聞こえた。声のした方を見ると、かぶいた装束の者どもが、頼氏らの兵に斬りかかっている。

金で豊臣に雇われた者たちであろう。大坂城に埋蔵されているとうわさの金目のものを奪って逃げようとしているのだろうか。

頼氏の兵を斬り捨てた男が、嶋子と奈菜に気づいた。

「おい、女がいるぞ」

その卑しい声に、周りの男どもが下劣な叫び声を上げ、こちらに迫りくる。

嶋子は、薙刀を大きく振るった。

「お奈菜、抜かるなよ」

嶋子と奈菜の薙刀が、紅蓮の炎を浴びて光った。

斬り捨てても斬り捨ててもきりがない。

嶋子は肩で息をし、薙刀についた血のりを振りはらった。

皐月の風が、血と炎の臭いを運んでくる。

もう幾人斬ったであろうか、嶋子も奈菜も体が言うことを聞かなくなっていた。

頼氏の兵は果敢に嶋子たちを護ってくれたが、多勢に無勢、もはや数人しか残っていない。

嶋子たちを取り囲んでいる男どもは、まだ十数人は残っている。傷ついたきつねを狩るかのごとき、なぶるような眼で、迫ってくる。

踏みこんできた男の足を、嶋子は薙刀で払った。くぐもった叫び声を上げて男は倒れる。薙刀を持つ両手に、もう力が入らない。返す刃で、迫るもう一人の男を斬りあげようとするが、手が届かない。

男の刀が、炎を浴びて妖しく光る。

嶋子の背を護る奈菜の、「姫様っ」との叫び声が、はるか遠くから聞こえた。

赤く光る刀が、迫り来る。

——ああ、これで終わりか。

と思ったら、銃声と馬のいななきが聞こえた。

赤い刀を持つ男が、嶋子の脇の地面にゆっくりと崩れてゆく。

砂ぼこりを上げて倒れた男の数十間ほど先に、騎乗し白頭巾を巻く行者姿の男が見えた。手にした鉄炮から白い煙が上がっている。

その男の後ろから騎馬が駆けでてきた。同じく行者姿の男は、手に持つ槍《やり》をくるりと軽やかに回すと、嶋子たちを囲む男どもをなぎはらい、嶋子のそばに向かってくる。

馬を斬りつけようと脇から迫る小男に槍を斬られたが、腰に差した刀を目にも留まらぬ抜刀術——立合で抜き、斬り伏せた。

見覚えのある男の顔に血がかかる。

「姫御前様、ご無事ですかっ」

高塩弥右衛門の懐かしい声に、目を見開く。

なぜここに弥右衛門が、と考えるいとまもなく、新手が襲ってきた。

力を振り絞り、薙刀を振る。新手の男の叫び声が、血しぶきとともに舞い散る。

銃声が再度、夜の城下に鳴り響く。

白頭巾の男は、鉄炮をしまうと、抜刀して嶋子たちを取り囲む男どもに斬りかかった。人馬一体の見事な動きで敵を倒してゆく男の白頭巾が、炎と血で朱に染まる。

嶋子と敵の間に、弥右衛門が馬を割りこませてきた。

「お、お主は、なぜ、ここに——」

弥右衛門は、昔と同じように愛嬌のある顔をほころばせた。

「やだな姫御前様、そんなことは決まりきっているじゃないですか。女子《おなご》に刃を向ける奴は許せないからですよ」

弥右衛門は馬上、軽口をたたきながら、迫る男を一閃《いっせん》の元に斬り伏せる。

「では——」

嶋子は、残りの敵に迫る馬上の白頭巾の男を見た。

横から突きだされた敵の槍が、白頭巾の顔に迫る。

槍が赤く光った。

嶋子は、息を吞む。

槍が、白い頭を突き刺した——。

嶋子は、目を閉じた。

誰かが、倒れる音に体をすくめる。

奈菜の叫び声が、夜に響く。

懐かしい馬のいななきが、聞こえる。

嶋子は、おそるおそる目を開けた。

馬の足元には、槍を持った男が倒れていた。槍先には血に染まった白頭巾が見える。

白頭巾を槍先にはぎ取られた男の額には、醜い――だが懐かしい刀創があった。

「あ、あなた――」

「嶋……。息災か」

懐かしい夫――惟久の声が、天から降ってきた。

夫の声に続き、さつきの甘えるかのような嗚き声が響いた。

さつきは尾を高く振り、眼を細めて嶋子に頭や鼻を何度もすり寄せてくる。

懐かしい匂いに、嶋子は頰を緩め、さつきの首筋を優しくなでる。さらに白くなった芦毛《あしげ》は、月の光のように薄い青みを帯びて真白い。その芦毛が赤い炎を受けて朱に染まっている。

「元気にしていた」

嶋子の声にさつきは、嶋子の頰をなめて応える。

「くすぐったいわよ、さつき」

さつきは一声鳴くと、右横に立っている惟久を見た。

襲ってきた男どもは、新手の乱入に散り散りになって逃げ去っていた。

嶋子は背筋を伸ばし両手を重ね、「お久しぶりでございます」と頭を下げる。

顔を上げると、惟久は困ったようにはにかんでいた。いかついひげはそられているが、額の刀創は昔と同じままだ。

「本当は、今までと同じようにすぐ立ち去るつもりだったんですけどね」

夫の傍らに立っている弥右衛門の声に、嶋子は息を吸う。今までたびたび白い男に救われていたが、それは夫だったのだ。

「生きておられたのなら、なぜ……」

言葉に詰まってしまう。傍らの奈菜がすすり鳴きを始めた。

「太閤が生きているうちは、無理だったでしょう。自分を殺そうとした男が、姫御前様の周りをうろちょろするのは……」

夫の代わりに弥右衛門が答えてくる。確かにそうだ。

「太閤が亡くなったから、もう顔を見せてもいい頃合いと思ったら、姫御前様は、出家してしまうし……。おまけに三成や政宗はしつこいし……」

「嶋、すまぬ。お主を惑わせたくなかったのじゃ」

惟久は頭を下げる。

嶋子は両手を胸の前で握りしめ、秀吉が亡くなった際や関ヶ原のあとに、惟久が自分の前に現れていたらどうしていたかと思いをはせる。

秀吉や三成は亡くなったが、弥五郎坂のことを知る政宗はまだ生きている。公方家の血を引く嶋子を利用せんと、惟久のことで難癖をつけてくるかもしれなかった。

惟久や弥右衛門も当然、同じことを思っていたのだろう。

それでも、嶋子は惟久が現れていたら、その胸に飛びこんだはずだ。

——また、ご縁があれば。

若武者だった夫の凛とした声が、耳朶によみがえる。

——血を残すのが、女子《おなご》の戦であるのなら、それを護るのが男の戦、なのだ。

さくらの老木のそばで聞いた夫の呟きが、胸によみがえり沁《し》みる。

嶋子は、夫のその言葉を思いだし、何度も独り呟いた言葉を口にした。

「そんなあなたを護るのも、女子の戦なのでございます……」

夫が泣くように笑った。

嶋子は惟久の元へ歩みより、懐かしい玉薬の匂いにかき抱かれようとする。

――闇夜に光がともった。

銃声が響き、夫が嶋子をかばうように光との間に身を投げた。

あの日、弥五郎坂の山中に響いた銃声を思いだすが、倒れたのは嶋子ではなく、かばった夫であった。

夫の体が、こちらにゆっくりと迫ってくる。

さつきが、いななく。

嶋子は夫の体を受け止めた。夫の腰から扇子が落ちる。

夫の口から血があふれ、嶋子の顔と、さくら吹雪の扇面に振りかかる。

血と玉薬の匂いが鼻を衝《つ》く。

「あなた――」

嶋子は全身を震わせて叫んだ。夜の炎に叫び声がこだまする。

奈菜の甲高い叫びの中、弥右衛門が銃声のした暗闇に駆けこんでゆく。男のうめき声と倒れる音が聞こえた。

「し、嶋よ……」

夫の弱々しい声に、嶋子の胸は張り裂ける。

「わ、わしは……」

「あなた……」

懐かしい匂いのする体を抱きかかえたまま、嶋子は夫の顔を見つめる。

夫の眼は、みるみると力を失ってゆく。

「我らの子をなせなかったが、わしは、お主と尊いものを残すことができた……」

「あなた、もう話さないで」

泣き叫ぶ嶋子に、夫は優しくほほ笑む。

「これで満足じゃ……。これぞ本懐ぞ……」

夫は嶋子を真っすぐに見つめてくる。初めて会った日のように、その眼は澄みきっていた。

「お丸山のさくらの元で……待っておるぞ」

満ち足りた顔になった夫の首が、落ちる。

「あなた――」

嶋子の叫び声が、紅蓮の炎と共に、皐月の空を天まで昇っていった。

終章　皐月の空

一

大坂の夏の陣から一年も経たない元和《げんな》二年（一六一六）の四月十七日、徳川家康は七十五歳でその生涯を閉じた。

足利氏姫は、鴻巣御所の奥の書院で文に目を通している。穏やかな皐月《さつき》の風が文を揺らす。文には、家康の辞世の句と世間に広まっている歌が記されていた。

「うれしやと　二度《ふたたび》さめて　一眠り　うき世の夢は　暁の空」

氏姫は、嶋子の夫であった豊臣秀吉の辞世の句を思いだす。

「露と落ち　露と消えにし　我が身かな　浪速のことも　夢のまた夢」

くしくもどちらにも「夢」の文字が入っている。

秀吉が氏姫の先の夫である国朝を殺したかどうかの真相は、詰まるところ闇の中だ。秀吉の死の二年前に嶋子と再会したときに、国朝を殺したのは秀吉だろうと嶋子は告げてきた。折を見て秀吉に問い質すつもりだと言ったが、話はそれきりになっていた。思いきって嶋子に一度問うたことがあった。

うつむいた嶋子は、「ごめんなさい……」と苦しげに呟いた。それ以来、問えずにいた。氏姫には嶋子の気持ちが痛いほどよく分かる。人は親しいがゆえに、言うことのできぬことがあるのだ。

氏姫は手元に目を落とす。丁寧で達筆な文は、高塩弥右衛門からのものだ。

弥右衛門は、竿屋識彦――いや嶋子の先の夫である塩谷惟久に付き従い、大坂の陣にまで嶋子を見守りに行った。

まさか大坂で惟久が死んでしまうとは思ってもいなかった。だが嶋子をかばって亡くなったと聞き、本懐を遂げたともいえる惟久は、幸せだったのではないかと思う。

戦ののち鴻巣御所に来て惟久の最期を語る弥右衛門は、半身を失ったかのごとくやつれていた。手にした茜《あかね》色の脇差とさくら吹雪の扇子を、慈しむように何度もなでた。

十五年前の惟久と弥右衛門の話を思いだす。あの日、いたずらが見つかった童のように照れくさそうに頭をかいた弥右衛門の文字を、氏姫は再度ゆっくりと追った。

女子《おなご》の戦を蔭ながら護《まも》ったた鞍馬のきつねたちは、器用に生きることのできぬ男たちだ。その顔が、思い浮かぶ。

いや、彼《か》の者どもは、器用に生きられないのではなく、生きることに愚直なのだ。だからこそ私も、愚直に生きようと思う。

人がどう思うかではなく、私は私の気持ちに正直でありたい。

先の夫の国朝が嶋子の想いを受けて、喜びが連なる川——喜連川と呼んだ地に赴かないのも、惟久と嶋子の想い出の地を、そっとしておきたいからだ。

今の夫の頼氏が、お丸山の館を降りて新しく町割りをして造った館に移ったのも、同じ思いからではないかと氏姫は思っている。嶋子と惟久の思いを受け止めたのかどうか分からないが、頼氏は足利の名字を喜連川と改めた。

もちろんじかに話を聞いたわけではない。ときおりここ鴻巣御所に訪ねてくる頼氏に、一度、なぜ喜連川に移らないのかを伝えようとしたことがあった。

その時、頼氏は、ふだん自分に見せる顔でもなく、外に見せるもう一つの顔でもなく、氏姫を想うただの人の顔になった。

「氏よ……。人は言葉にせぬからこそ、深く伝わるものがあるのだ。たとえ誰に伝わることがなくとも、天はすべてを知っておる。わしはそれだけで満足なのだ……」

そう呟く夫の顔は、満ち足りていた。

越前の永平寺に葬られた天庵は、氏姫の手はずにより、常陸の新善光寺《しんぜんこうじ》へと改葬された。小田城に戻ることを、ひたすらこいねがった天庵は、死してその想いを成し遂げた。天庵の二人の息子は、大坂の戦の前に亡くなった。庶子の友治は、慶長九年二月に、嫡男の守治は、慶長十五年（一六一〇）の二月に、その生涯を終えた。

ふすまが開く音がした。

西の局が静かに入ってくる。両手で掲げた漆塗りの角盆の上には、研ぎに出していた緋色の護り刀が載っていた。西の局は、角盆を氏姫の前に置き、腰を下ろしながら大きく息を吐いた。真白なびんに歳月の流れを感ずる。

「お西や……」

西の局は氏姫を見つめてくる。その眼は、母のような優しさに満ちている。

「お主は、幸せであるか……」

氏姫の言葉に、西の局は笑みを崩した。

「それはもちろんでございます。この頃は桃姫《ももひめ》様のお髪《ぐし》を梳《す》くのが、なによりの楽しみでございます。御台所様から姫様に伝わった艶のある美しい黒髪は、桃姫様にも受け継がれてございますから……」

氏姫は自らの長い黒髪に手を伸ばす。

三月三日の上巳《じょうし》に生まれた娘は、桃と名付けた。ここ鴻巣御所の周りには、娘の健やかな成長を願い、多くの桃の木を植えた。

幼き頃の自分と同じように、娘は往々にして氏姫の髪を梳きたがる。なすがままにされるが、抜ける髪の毛の痛さは心地よい。

氏姫は護り刀を手に取る。柄《つか》に巻かれた母の髪の毛は、もう相当に傷んでいた。何度も自分を救い護ってくれたその髪に、そっと手を重ねる。柔らかな母の笑顔がまぶたに浮かぶ。

私もこの護り刀を娘に託す際には、自分の髪を巻こう。

そう、想いは代々、受け継がれてゆくのだ。

氏姫は護り刀を、両手で胸に抱くと、懐かしい和歌を口ずさむ。

君がため　惜しからざりし　命さへ　長くもがなと　思ひけるかな

「お西や、今一度、筑波の嶺《みね》に登ってみたいのう……」

氏姫の呟きに、西の局は優しくほほ笑んだ。

二

「それでは天とは、いったいどのようなものなのでございましょうか」

　足利嶋子は、目の前に座る法泰天秀尼《ほうたいてんしゅうに》の若い凛《りん》とした声に、頬を緩めてしまう。だが、同時に墨染めの法衣姿で、真白の頭巾をかぶらざるを得ない天秀尼の運命に、胸が痛くなる。

「それはですね……」嶋子は言葉をいったん句切った。

　天秀尼の右隣に座る姉――東慶寺十九世住持である瓊山法清尼が、不安げな様子で嶋子を見つめてくる。何か言いたげな顔だ。

　姉の向こうには、鎌倉尼五山の第二位である東慶寺の美しい庭が見える。鮮やかな緑が映える庭からは、夏至を前にした皐月の風が入ってくる。五月雨《さみだれ》の時節としては珍しい乾いたその風が、尼削ぎの髪をなでる。

　天秀尼は、膝に置いた両拳を握りしめ、口を結び真面目なまなざしで嶋子の返事を待っている。その眼は、淀を思いださせる。燃えさかる大坂城で初めて会った時にも同じことを思った。顔立ちは父親である秀頼と瓜《うり》二つだ。

落城から五年経った元和六年（一六二〇）の今、十と二つになった豊臣家の唯一の忘れ形見は、姉の元で日々修行に励んでいる。紅蓮の炎に包まれていた幼子は、柔らかな緑に包まれ、すくすくと育っていた。

「天とは――」

嶋子の声に、天秀尼はあごを引いた。

「おのおのの胸の内に、あるものなのです」

天秀尼は眉を寄せて、思案げな顔になる。

姉は、安堵《あんど》したかのように息を吐く。

名は天のために捨てるもの――。

幼き嶋子はそう思った。

しかし、天とは何かがよく分からなかった。天庵や惟久、氏姫、秀吉など多くの人と過ごし、五十と三つになりたどり着いた結《むす》びは、天とは人に聞かされて分かるものではなく、自らの胸の内に築きあげられるものだということであった。

人が生まれ、老い、病にかかり、やがて死ぬことや、愛するものとの別れ、恨み、憎むものとの出会い、求めるものをなかなか得られず、想いや体にとらわれ思うがままにならないのも、すべては、人がその胸の内に、己の天を見つけるためなのである。

八年前に再び禁じられたバテレンの教えるデウスのように、天とは唯一無二の存在ではなく、この世に生きとし生けるものすべてではないのかと、嶋子はこの頃、思うようになっていた。

「歌人の紀貫之《きのつらゆき》様は、古今和歌集《こきんわかしゅう》の仮名序にこうつづられています」

まだ若い天秀尼は、いぶかしげに首をかしげる。

「やまと歌は、人の心を種として、万《よろづ》の言《こと》の葉《は》とぞなれりける。世の中にある人、ことわざ繁《しげ》きものなれば、心に思ふことを、見るもの聞くものにつけて、言い出《いだ》せるなり。花に鳴く鶯《うぐいす》、水にすむ蛙《かはづ》の声を聞けば、生きとし生けるもの、いづれか歌を詠まざりける。力をも入れずして天地《あめつち》を動かし、目に見えぬ鬼神《おにがみ》をもあはれと思はせ、男女《をとこをむな》の仲をも和らげ、猛《たけ》き武士《もののふ》の心も慰さむるは、歌なり」

夏の匂いを含みはじめた風を受けながら、天秀尼は嶋子の言葉をかみしめるように聞いている。

「多くの人と出会い、多くの人のために祈り、多くの想いを歌えば、きっと天秀尼様にも天が分かります」

天の名を持つ天秀尼は、嶋子の声に力強くうなずいた。

姉がその姿を見て、優しくほほ笑んだ。

ふすまが開いて甲斐姫と奈菜が顔を出す。

「さあさあ、皆様、難しいお話はそれまでにしてお茶でも飲みましょう」

甲斐姫が、おどけるように笑った。


嶋子は茶のあと、東慶寺の整えられた庭を、一人散策していた。

濃い緑に包まれると、気落ちしていた気持ちも少しずつ晴れてゆく気がする。

所々に紫や藍色の色とりどりの紫陽花《あじさい》が咲き乱れる庭は、仏様の住む浄土のようだ。

惟久と初めて出逢った皐月晴れの日の景色が、思いだされる。

五年前のあの日、紅蓮の炎に包まれる大坂城で、久しぶりに会った惟久を失ったのち、嶋子はその場で命を絶とうとした。

抜け穴から甲斐姫と常高院《じょうこういん》――淀の妹の初らが率いてきた、天秀尼と会わなければ、そのまま懐剣で喉を刺したはずだ。幼い天秀尼は、自らの身の上を知っているのかいないのか、歯を食いしばりながら泣くのをひたむきに耐えていた。

死の直前、夫は言った。

「我らの子をなせなかったが、わしは、お主と尊いものを残すことができた……」

夫と共に残した尊いものとは、誰かや何かのために生きる想いだ。

足利の血や、喜連川の地など形に残るものもそうだが、それ以上に形に残らず見ることのできない、何かや誰かのために生きる想いを、私は夫と残したのだ。

そうであれば、目の前の太閤殿下につながるお子を、殺し奪うものから、生かし護ることこそ、残された自分の天の定めではないのか――。

そう思ったとたん、命の鼓動が再び、嶋子を包みはじめた。

大坂城の残党に対する家康の仕打ちは、しつこく容赦がなかった。多くの者どもは自刃したり、捕まったりして首をはねられた。

秀頼の子であった国松《くにまつ》は、大坂城からは落ち延びたが、伏見に隠れているところを見つかり、市中引き回しの上、京の六条河原で斬首された。

国松の妹である天秀尼の命乞いを、嶋子らは家康に切に願った。家康はかたくなだったが、最後は苦笑いしながらも許してくれた。

天秀尼は秀頼の本妻であった千姫の養女となり、嶋子の姉の弟子として東慶寺に入り、その命を保つこととなった。甲斐姫が、天秀尼のそばに付き従っている。

嶋子も、会津から江戸に出てきていた。

嶋子が仕えていた家康の三女振姫は、夫の蒲生秀行を病で失い、先月の四月、紀伊《きい》の浅野長晟《ながあきら》の元へ再び嫁いだ。それを機に、嶋子はいとまをもらった。

天庵が私に天を教えてくれたように、天秀尼に天を教えることを望みに生きてゆこうと思う。天の文字と、秀吉と秀頼につながる秀の字を授かった天秀尼は、姉と同じように天のために生きてくれるであろう。

東慶寺は、縁切寺法を持つ駆けこみ寺でもある。戦乱の世は終わったが、女子の戦は、これからも続く。この寺はきっとその助けになるはずだ。

嶋子は庭石に腰かけ、石をなでる。いくとせも風雨に耐えつづけた石は、角が取れ丸みを帯び、厚く苔《こけ》がむしている。この石は、どれほどの世を見てきたのだろうか。ため息がこぼれる。万物に比べ、人の命の何とはかなきことか……。

半月前の五月六日、嶋子は氏姫を失った。まだ知命にも満たない四十七歳であった。惟久や秀吉を失ったのとはまた違う哀しみが、嶋子を襲っている。

弥右衛門から危篤の知らせを受け、さつきに乗り、江戸から古河の鴻巣御所に駆けつけた。幾日か寝ずに看取《みと》りをしたが、自らの死を悟ったのだろう、死の前日、嶋子と二人だけで話がしたいと言われ、氏姫の枕元に嶋子は座った。

「姉様……」氏姫の弱々しい声に、嶋子は胸が詰まる。

両手で氏姫の左手を握る。その手は、冷たく干からびてしまっていた。

さくらの姫である氏姫は、年が明けてから体の優れない日々が続いたそうだ。春が来てさくらが咲く頃には、だいぶよくなったようだが、さくらが散りはじめた頃から、晩秋の夕陽が落ちるようにみるみる痩せ細っていった。

惟久を亡くしてからは氏姫の元にいた弥右衛門からの便りで、病のありさまは知っていたが、振姫の再度の輿入れ《こしい》で慌ただしく顔を見せることができずにいた。

久しぶりに会った氏姫は、頬がこけ、美しかった黒髪も艶がなくなっていた。

「姉様に、謝らなければならぬことがございます……」

嶋子は首を横に振る。

「氏姫、そんなものはないはずよ。あなたは多くのものを与えてくれた……」

嶋子をじっと見つめてくる氏姫の頬はこけて乾いているが、その瞳はぬれていた。

「わらわだけ女子《おなご》の幸せを受けてしまい……」

氏姫の眼から涙がこぼれた。

元和五年（一六一九）の去年、氏姫の息子の義親は、玉のような息子龍千代丸《りゅうちよまる》を授かっていた。孫をかき抱く氏姫は、いつも不安げに哀しそうな顔をしていた幼い頃とは違い、満ち足りた顔をしていた。

嶋子は、氏姫の手を強く握る。

「そんな詮無《せんな》きことを……。氏姫、気にすることはないのよ。あなたの幸せは、わらわの幸せ。あなたとわらわは、二人で一つなの……」

氏姫の二つの眼《まなこ》が、嶋子を静かに見つめてくる。深く澄んだまなざしは、幼きときから変わっていない。

その愛しい顔を、嶋子も見つめかえす。

「あ、姉様……」

氏姫は嗚咽《おえつ》しはじめた。

むせび泣く声が、二人だけの部屋に響く。

氏姫の枕元にある蒔絵《まきえ》手箱には、緋色の護り刀が置かれている。部屋に入りこむ皐月の風が、柄に巻かれている黒髪を揺らした。古びた髪の隣には、真新しい黒髪が巻かれている。

やがて泣き疲れたのか氏姫は、寝息を立てはじめた。

晩秋の扇——散ったさくらとして生きてきた嶋子は、花盛りのさくらとして生きてきた氏姫を黙って見つめる。嶋子は氏姫の頬に自分の頬を重ねた。じんわりとした温かさが伝わってくる。そのまま氏姫の髪をなでた。

多くの女子の想いを受け継いできた護り刀が、柔らかい陽射しに照らされていた。

まだ知らぬ　海を想いて　いくちとせ　籠中の鳥は　大海を飛ぶ

氏姫の残した最期の歌を、嶋子はそっと呟く。

海を見ることがかなわなかった氏姫だが、筑波の嶺を越え、多くの人の慈しみの海を飛ぶことができたのだろう。

氏姫は死ぬまで鴻巣御所を離れなかった。何か想いがあったのだと思うのだが、嶋子はそれを聞けずにいた。

ただその氏姫の所領安堵を、嶋子は家康に願った。大坂城の淀へ使いに行く際に頼んだその願いを、家康とその跡を継いだ秀忠は守ってくれている。

氏姫に仕えていた西の局は、氏姫の後を追うように息を引き取った。

胸元の胡桃《くるみ》色の龍笛《りゅうてき》を見つめる。

砂利を踏みしめる足音がした。顔を上げると姉が立っていた。真白い頭巾の下の顔は、柔和なほほ笑みをたたえている。

「嶋……」昔と変わらぬ優しい声が聞こえてきた。

「あなたは自分の天を見つけたようですね。足利の家の者として、わらわはあなたを誇りに思います」

「あ、姉様……」

安房の懐かしい海が思いだされる。広くて大きい海を姉と見たのが、ついこの間のように思えるが、もう五十年近く昔のことだ。

姉はそばまでやってきて、嶋子の頬を両手で包んでくれる。

「あなたの苦しさやつらさ、哀しさを支えきれなかった姉さんを許してね」

姉の手は温かい。まぶたが熱くなり、目の前がかすむ。

「姉様っ」

嶋子は立ちあがり、姉に抱きついた。嗚咽が漏れる。

惟久や氏姫を失ってから、耐え忍んできた想いが、一気に口からこぼれはじめた。

姉は優しく嶋子をかき抱いてくれ、嶋子の短い髪の毛を丁寧になでてくれる。

生きている限り伸びつづける玉鬘《たまかずら》のごとく、この世は自らの力ではどうにもならないことが多すぎる。ただ、共にそばで歩んでくれる人がいるだけで、その重荷は軽くなる。

天とは、何かのために共に生きる世界なのだ――。

嶋子は姉の胸の中で、泣きつづけた。

澄みきった皐月の空に、その泣き声はいつまでも響いていた。

三

多くの歳月が、流れた。

二十歳になった家康の孫、家光《いえみつ》が征夷大将軍を譲り受けた翌年の寛永《かんえい》元年（一六二四）九月に、秀吉の本妻であった高台院が八十三歳で亡くなった。

寛永四年（一六二七）七月には、氏姫と頼氏の嫡男である義親が、二十九歳という若さで鴻巣御所で亡くなった。三年後の寛永七年（一六三〇）六月には、頼氏も喜連川の地で、五十一歳の生涯を終える。

鴻巣御所に残っていた龍千代丸は、元服して尊信《たかのぶ》と名乗り、公儀の命により喜連川家の家督を継ぐこととなり、鴻巣御所から喜連川の地へと移った。

氏姫の想い出の地、桃の木に囲まれた鴻巣御所は、公儀の御料となり、氏姫と義親の墓のある徳源院《とくげんいん》が、かつての古河公方《くぼう》の面影を偲《しの》ぶ地となった。

寛永十三年（一六三六）五月には、奥羽の龍、伊達政宗が、七十歳でこの世を去った。辞世の句は「曇りなき　心の月を　先だてて　浮世の闇を　照らしてぞ行く」

同じ頃、嶋子の傍らに常に寄り添っていた侍女の奈菜も、静かに息を引き取った。

嶋子の姉の法清尼は、天秀尼に住持を譲ったのち、寛永二十一年（一六四四）に示寂《じじゃく》した。その天秀尼も正保《しょうほう》二年（一六四五）二月に、三十七歳で後を追うように示寂《じゃく》する。天秀尼に付き従っていた甲斐姫も、そののちに亡くなった。

喜連川に移った尊信であったが、正保四年（一六四七）に起こった騒動により、翌年の慶安《けいあん》元年（一六四八）に、まだ七歳だった嫡男の昭氏《あきうじ》に家督を譲ることとなる。

五年後の承応《じょうおう》二年（一六五三）四月に、尊信は三十五歳の生涯を終えた。

そして将軍家光も亡くなり、第四代征夷大将軍の家綱《いえつな》の世に代わって四年後の明暦《めいれき》元年（一六五五）六月十七日、嶋子はその波乱に満ちた生涯を終えた。

享年八十八。

嶋子は、江戸の市《いち》ヶ谷《や》にあった平安寺《へいあんじ》に埋葬された。平安寺は嶋子の号を受け、月《げっ》桂寺《けいじ》と名を改めた。


一人の男が、お丸山を登っている。

夕陽を浴びて輝く喜連川の町並みを見て男は息を大きく吐く。皐月の風を受ける男の手には、小さな桐箱と鍬《くわ》があった。

嶋子と氏姫の女子の戦により命脈を保った足利の血は、ここ喜連川の地で花を咲かせている。

喜連川家は五千石にも満たないが、公家諸法度により国持大名と同じ四品に叙された。武家官位を受けない無位無冠でありながら、歴代の公方家が任じられた左馬頭や左兵衛督などの名乗りを認められ、尊称としては最上の御所号を許された。

また武家諸法度で定められた江戸への参勤を免じられ、妻子も江戸に人質として住まなくてもよかった。公儀からの諸役軍役も免除されている。

尊信の起こした騒動はふつうの家であれば家名断絶になるところであったが、これも穏便に裁かれ家督を譲ることによって許された。

日の本でこのように将軍家から重んじられている家はない。喜連川家は徳川の家臣ではなく天の家臣となったのである。

嶋子と氏姫の戦による結実の地を、男は一歩一歩踏みしめてゆく。ふらつく体に活を入れて、ようやく目当ての地にまでたどり着いた。

お丸山の端の高台は、矢尻のように左右と先が狭まり、断崖となっている。

そこにさくらの老木があり、葉桜を咲かせていた。眼下には、二つの川に挟まれた田が見え、伸びはじめた緑の苗が揺れている。左手を流れる内川と、右手を流れる荒川が、田の先で重なり一つの川となっている。そろそろ鮎《あゆ》が、喜びが連なる川を上ってくる時節だ。田の上を、背の黒いせきれいが何羽も飛んでゆく。

男は息を整えながら、美しいふるさとの景を心に焼きつけるかのように見つめた。夏の始まりの匂いがする風を、胸いっぱいに吸いこむ。

やがて男は、桐箱を丁寧にさくらの老木の脇に置き、持ってきた鍬で老木のそばに、穴を掘りはじめた。黙々と穴を掘りつづける。

深く掘った穴に、懐から取りだした胡桃色の龍笛と緋色の護り刀を入れた。

嶋子の龍笛と氏姫の護り刀だ。

嶋子の龍笛は、昨年の葬儀の際に託されたものだ。

龍笛の端にはやよいという喜連川のきつねの毛と、その余生を嶋子と過ごし、嶋子が看取った馬のさつきの毛が結ばれている。

護り刀は、氏姫の唯一の娘、桃姫から託されたものだ。桃姫は、氏姫の死後、ここ喜連川のさくらの馬場があった地に住んだのち、正保元年（一六四四）に亡くなった。護り刀に巻かれている古い髪の毛は、氏姫の母の毛で、新しい毛は氏姫のものだ。

そしてその上に、鉄炮《てっぽう》の鉛弾――十匁玉《もんめ》を静かに置く。

手に付いた玉薬《たまぐすり》の懐かしい匂いに、男は惟久の姿を思い浮かべて、笑みをこぼした。

「殿、姫御前様とようやく一緒になれましたな」

高塩弥右衛門は、そう呟いてから、腰に差した茜色《あかね》の脇差を抜いて、遠慮がちにそれらの横に置いた。

「それがしも忘れてもらっては、困りますよ……」

頬を緩めてから、老骨に鞭《むち》打ち、その上に土をかぶせはじめる。

一仕事を終え、弥右衛門は大きく息を吐いて、さくらの老木を背に腰を下ろした。

やっと願いを成し遂げることができた。満ち足りた想いに包まれながら、ふるさとの美しい景を、胸に刻むようにもう一度じっくりと眺める。

爽やかな風の音に交じり、せきれいのさえずりが聞こえてくる。耳をすませて懐かしい音に身を委ねていたら、きつねの鳴き声がした。脇の草むらから、黄金色のきつねが一匹、こちらを見上げて様子をうかがっている。

弥右衛門は、手を差しだし、口を鳴らした。

きつねは、おそるおそるといった様子で、弥右衛門に近寄ってくる。

そばまで来て弥右衛門を見上げていたが、やがて弥右衛門の手をぺろりとなめた。

くすぐったさに弥右衛門は頰を緩める。

殿と嶋子の話していた、やよいではないだろうが、独りになってしまった自分に寄り添ってきてくれるものが、いるだけでもありがたい。

今日と同じようなあの皐月晴れの日、殿と一緒に嶋子を救ったことで、自らの運命はこうなると決まったのだろう。

嶋子が喜連川に嫁いできたのには驚いた。殿が嶋子の話をうれしそうにするたびに、胸に巻き起こる嵐と激しく組み討ちあった。

秀吉が迫った際、悩む殿に、「秀吉、討つべし」と強く申したてたのも、敬愛する殿ならまだしも、醜い猿などに嶋子を奪われてたまるかと思ったからだった……。

だが、身を挺して秀吉を護った——いや、あれは殿を死しても護ろうとした嶋子の熱い想いだったのだ。その行いに、自らの小さな想いを恥じた。

ゆえに殿と共に、そののち嶋子を蔭ながら見守ることとしたのだ。殿が坂東《ばんどう》に戻る際には、弥右衛門が上方《かみがた》に残り、嶋子を見守った。

殿の死後、氏姫に仕えたが、氏姫が亡くなったあと、弥右衛門は思案したのち嶋子のそばに住むことを決めた。政宗には嶋子が話を通してくれ、襲われることはなくなった。女子を守る男の戦も終わりを告げたのだ。

それは満たされた日々であった。そばにいて嶋子を仰ぎ見るだけで幸せであった。東慶寺などにお供する際や、ときおり、共に喫する茶のひと時に心は躍った。二十年以上、そんな穏やかな日々を過ごすことができたのだ。殿には申し訳ないと思いながらも、弥右衛門は幸せであった。

死の間際、病床に横たわる嶋子は、枕元に座る弥右衛門に右手を差しだしてきた。その手を弥右衛門は優しく両手で包む。

「長きにわたり、我が夫、惟久とわらわを心から支えてくださり、かたじけのうございました……」

弱々しい嶋子の声に、弥右衛門は心を引き裂かれそうになる。

「父の死に際に、わらわは嘘をつきました……」

唐突な言葉に、弥右衛門は息を呑む。

「父の懺悔《さんげ》を聞いたあと、『過ぎ去ったことはすべて、切なくも愛しい想い出に、変わっております』と死にゆく父に申しました……。まことの気持ちでしたが、人はそこまで強くはありません。そののちも苦い思いは、胸の内に巻き起こるのです……」

嶋子はつらそうに、言葉を句切り、目を閉じた。

庭から吹いてくる水無月《みなづき》の熱い風が、嶋子の前髪を揺らす。弥右衛門は老いても美しいその顔を、黙って見つめる。

やがて嶋子は、目を開いた。

「それゆえ、共に笑い、共に泣き、共に生きる人のありがたさが心に沁《し》みるのです。弥右衛門様、本当に今まで、かたじけなく……」

弥右衛門の手を握る嶋子の手に力がこもった。柔らかく温かい想いが伝わってくる。

「ひ、姫御前様……」

弥右衛門の胸の内に満たされた想いが、湧きあがる。

まぶたが熱くなり、嶋子の顔がかすむ。

「今なら、まことの想いで呟けます。過ぎ去ったことはすべて、切なくも愛しい想い出となるのでございます……」

嶋子の潤んだ瞳が光る。

弥右衛門は小さくうなずいた。

「お願いしたき儀がございます……。わらわの骨を、ふるさと喜連川のさくらの老木に、まいてほしいのです。できれば夫のお骨と共に……」

嶋子は言葉を句切り、枕元に置いている桐箱を見た。殿の遺骨が入った桐箱を、嶋子は、常に手元に置いていた。

「お任せを……」弥右衛門は言葉を詰まらせる。

嶋子には話していなかったが、殿も実は同じことを弥右衛門に頼んでいた。

「これで安んじた想いで、夫の元へ逝くことができます……。ただ一つ最後に聞きたいことがございます……」

嶋子は弥右衛門を真っすぐに見つめてきた。その眼は晴れわたる空のように澄んでおり、天にまで届くような清らかな光に包まれていた。

「わらわは晩秋の扇――散ったさくらでございましたが、多くの人のお役に立てましたでしょうか……」

弥右衛門は、嶋子の老いたとはいえ柔らかい手を、強く握り返した。

「ええ……もちろんでございます……」

ことり――と桐箱から音が聞こえてきた。

弥右衛門は、横に置いてある桐箱を見て、唇の端を上げる。

殿と嶋子の願いをかなえるため弥右衛門は、今日まで何とか生きぬいてきた。

一年近くかかってしまったのは、嶋子を失ったのち弥右衛門も病に伏したからだ。願いを成し遂げるため天に祈った。そして痛みの落ちついた今、死と引き替えにする覚悟の想いでやってきた。

弥右衛門は大きく息を吐く。

「殿、姫御前様、これから願いを果たしますぞ……。だから、そろそろそれがしもそっちへ行ってもいいでしょうか」

心地よい疲れが、老体を襲うが、最後に為さねばならぬことが残っている。

弥右衛門は、けげんそうに見上げているきつねの額を優しくなでると、桐箱を持って立ちあがり、腰に差した想い出深い扇子を広げる。扇面のさくら吹雪と血の痕をしばし見つめた。

さくらの扇を青く澄みきった空に掲げて、嶋子の最期の歌を口ずさむ。

はかなくも　散った桜が　舞い上がる　あおぐ扇の　想いを胸に

「さあ、花を咲かせましょう」

桐箱を開き、その中の細かく砕いて混ぜた嶋子と惟久の骨の粉を、喜連川の空にまき、扇子で強くあおぐ。

風に乗り骨の粉は、夕陽を浴びて朱に染まり、さくらの花びらのように空を舞う。

扇子からさくら吹雪が抜けでたかのように、空に舞い散ってゆく。

弥右衛門は、目の前の咲きそろうさくらの花びらを見て、頰をほころばせた。

「姫御前様、あなたは散ったさくらではなく、まさしく天いっぱいに咲くさくらの姫だったのですよ。そしてこの先もあなたは、仰ぎ見るさくらとして、この地にとわにとわに美しく咲き誇るのでございます……」

弥右衛門の呟きに応えるかのように、きつねが一声、鳴いた。

さくらの花びらは、お丸山を染めあげるように広がってゆく。

喜びの連なる川の皐月の青い空に、花盛りのさくらの花は、いつまでもいつまでも咲き誇っていた――。

〈謝辞〉

栃木県さくら市、操觚《そうこ》の会、関係各位の皆様のご尽力によりこの物語を書きあげることができました。

また、さくら市関係各位から貴重なアドバイスと事実確認のご協力をいただきました。心より御礼を申しあげます。

〈主要参考文献〉

『喜連川町史』全巻　さくら市市史編纂委員会　さくら市
『古河市史』　古河市史編纂委員会　古河市
『古河公方足利氏の研究』　佐藤博信　校倉書房
『戦国期関東公方の研究』　阿部能久　思文閣出版
『小弓公方足利義明』　千野原靖方　崙書房
『常陸小田氏の盛衰』　野村亨　筑波書林
『常陸小田氏の興亡』　小丸俊雄　新曜社

読後に再度、物語を楽しめるおまけ掌編を、公式ウェブサイトで無料配布しています。サイトのアドレス（https://kamiya-masanari.com/）にアクセスするか、「神家正成」で検索してください。

Twitter や Facebook、note でも情報発信をしています。お気軽にフォローしてください。

解　説

細谷正充
（文芸評論家）

満を持してという言葉が相応《ふさわ》しい作品だ。神家正成の『さくらと扇』のことである。何がどう満を持してなのかは、作者の経歴を見れば分かるだろう。

神家正成は、一九六九年、愛知県に生まれる。陸上自衛隊少年工科学校、富士学校修了。陸上自衛隊で、七四式戦車操縦手として勤務する。自衛隊を依願退職すると、韓国に留学。以後、韓国関係の仕事に携わる。二〇一四年、自衛隊を題材にした『深山の桜』で、第十三回「このミステリーがすごい！」大賞優秀賞を受賞。翌十五年に刊行され、作家デビューを果たした。二〇一六年九月の『七四《ナナヨン》』、二〇一九年三月の『桜と日章』も、自衛隊を題材にしたミステリーである。また、二〇一九年六月の『赤い白球』は、高校野球の名コンビだった日韓の二人の若者を主人公にして、戦争の渦中での厳しい生き方を綴《つづ》った人間ドラマであった。

さて、このように堅実なペースで作品を発表していた作者だが、歴史時代小説を書きたいという思いを抱いていたという。それもあって、早くから操觚《そうこ》の会に参加したようだ。ちなみに操觚の会とは、日本の歴史小説家・時代小説家の団体である。作家自身の手によって運営されており、各種イベントや本の出版など、活動は多岐にわたる。私も作者から、歴史時代小説への思いを聞いたのは、操觚の会のイベントに参加したときのことだったはずだ。

そしてこの操觚の会が、作者を本格的に歴史時代小説の世界に導くことになる。二〇一八年一月、操觚の会の七人の作家による、書き下ろしアンソロジー『幕末暗殺！』が刊行された。テーマは、幕末に起きた暗殺事件。このアンソロジーに参加した作者は、孝明天皇が暗殺されたという疑惑を題材にした短篇「明治の石」を寄稿したのである。明治の世になって、ある長州人が、実在の人物に話を聞いて回り、根強い噂となっている孝明天皇暗殺の真実に迫る。物語のスタイルは歴史ミステリーといっていい。おそらく初の歴史小説ということで、自分の領域であるミステリーの方に、スタイルを引き寄せたのであろう。長州人の意外な正体も含めて、この試みは見事な成功を収めた。同時に、歴史時代小説を書ける作家だと、広く認知されることになったのである。

そして本書『さくらと扇』だが、この物語の誕生にも、操觚の会が深くかかわっている。作者の公式ウェブサイトやｎｏｔｅを参考にしながら、経緯を書いておこう。発端となったのは、二〇一七年十一月四日に、栃木県さくら市で行われた、操觚の会の「作家が語る栃木県の歴史　大河ドラマにしたい人物は？」という、トーク＆サイン会である。このときのトークで作者は、足利尊氏の血を引く、最後の古河公方である氏姫と、小弓公方の一族の嶋子という二人の姫を物語にしたら面白いと話した。その場にいたさくら市の市長夫人が嶋子に関心を抱いており、その後の懇親会で、さくら市のウェブサイトで連載をすることになったのである。

かくして『嶋子とさくらの姫』のタイトルで、二〇一八年九月七日から翌一九年二月二十五日にかけて、さくら市のウェブサイトで連載された。さらに大幅な改稿をなし、タイトルを『さくらと扇』に変えて、二〇二〇年二月に徳間書店から単行本が刊行されたのである。

物語の主人公は、小弓公方の娘で勝気な嶋子だ。古河公方の娘で周囲に流される氏姫が準主役である。と書いても、多くの人は二人のことを知らないだろう。小説で取り上げられたことも、ほとんどない。氏姫に関しては、本書以前だと宮本昌孝の『風魔』にヒロイン格で登場していたが、それくらいだろうか。嶋子の出てくる話など、まったく記憶にないのである。戦国期に実在した女性の中では、かなりマイナーなのだ。それだけに作者も執筆に苦労したようだが、本書で見事な女人戦国絵巻を広げてみせてくれたのである。

まったく性格の違う嶋子と氏姫だが、関東の地で生きる二人は仲良しだ。下野国塩谷にある大蔵ヶ崎城（喜連川城）の城主・塩谷惟久に嫁いで三年。嶋子は、満ち足りた日々を過ごしていた。しかし小田原征伐を終えた関白秀吉が、ほぼ天下人になったことで、関東の状況も混乱する。なぜか惟久が城を出奔《しゅっぽん》してしまい、困惑する嶋子。宇都宮に来るという秀吉と面会するが、その後、ある騒動が起こる。これにより嶋子は秀吉の側室になるのだった。

一方の氏姫は、お飾りの古河公方として、鬱々《うつうつ》とした日々を過ごしていた。やがて、嶋子の弟の国朝と夫婦になる。嶋子が秀吉に口添えしたからである。これで幸せになるかと思えた氏姫。ところが国朝が何者かに毒殺され、彼女の人生も変わっていくのだ。

小田原征伐から始まり、大坂の陣により戦国時代が終焉するまで、嶋子と氏姫の人生は激しく翻弄される。ただし、すべてを黙って受け入れるわけではない。秀吉と対峙したのを皮切りに、嶋子は〝女子の戦〟を続けるのだ。弓や薙刀《なぎなた》を手にすることも辞さない嶋子のキャラクターが魅力的である。そんな嶋子に守られる存在だった氏姫も、しだいに強い心を獲得していく。互いに相手を思いながら、それぞれの場所で必死に生きる、二人の女性の姿には、胸打たれるものがあった。身分や立場を超えた女性同士の連帯を〝シスターフッド〟というが、まさに本書はそのような物語なのである。

もちろん男性側の物語も充実している。惟久と彼の腹心の高塩弥右衛門の生き方と想いも、ストーリーを厚いものにしていた。また、嶋姫を幼い頃から可愛がっていた、天庵こと小田氏治のキャラクターがいい。関東の名門・小田家の前当主で、小田城を巡って佐竹義重と争い続けている天庵。しかし嶋子には無償の愛情を注いだのである。本書の中で、一服の清涼剤ともいうべき人物だ。

その天庵に幼い嶋子は、「名は天のために捨てるものじゃ」といいながら、「まだわらわは天を知らぬ」と語っている。この〝天〟こそが、本書のテーマといっていい。歳月を経て死の床にある天庵が嶋子にいった〝天〟についての言葉。それを踏まえて彼女がたどり着いた境地。ここに人の生きる意味が凝縮されているのだ。

その他、国朝の毒殺に関するミステリーなど、まだまだ読みどころは多いが、読者の興味を削《そ》いでも何なので、細かく指摘するのは控えよう。その代わり、喜連川藩についで述べておきたい。基本的に一万石以上の領地を持つ家が大名と呼ばれる。しかし喜連川藩は、江戸時代を通じて一万石に達することはなかった。それにもかかわらず、十万石の大名と同等の扱いを受けたのである。なぜなのか。本書を読んだなら、よく分かるだろう。喜連川を大切に思う嶋子と氏姫の思いが、人々の心を震わせ、受け継がれたからなのである。

もちろん本書は作者の創作によるところが多いが、喜連川藩の源流に、二人の女性の波乱の存在があったことを信じたくなる。史実の内側に、熱いドラマを創り上げ、歴史を動かしてみせたからだ。それをやってのけた神家正成が、優れた歴史時代作家であることを、証明しているのである。

二〇二三年一月

この作品は2020年2月徳間書店より刊行されました。
文庫化にあたり副題をつけました。

徳間文庫

さくらと扇《おうぎ》

国を護った二人の姫

2023年2月15日 初刷

著者 神《かみ》家《や》正《まさ》成《なり》

発行者 小宮英行

発行所 株式会社 徳間書店

東京都品川区上大崎三―一―一 〒141―8202
目黒セントラルスクエア

電話 編集〇三(五四〇三)四三四九
販売〇四九(二九三)五五二一

振替 〇〇一四〇―〇―四四三九二

印刷 大日本印刷株式会社
製本

ISBN978-4-19-894831-3 (乱丁、落丁本はお取りかえいたします)

徳間文庫の好評既刊

鈴木英治

義元、遼たり

幼き頃仏門に出され、師父《しふ》太原雪斎《たいげんせっさい》のもと、京都で学びの日々を送っていた今川家の三男栴岳承芳《せんがくしょうほう》は、兄の氏輝《うじてる》から駿府に呼び戻される。やがて氏輝が急逝《きゅうせい》、家督を継ぐため承芳は還俗《げんぞく》し義元《よしもと》と名乗る。だが家臣の福島氏は同じく仏門にあった異母兄の玄広恵探《げんこうえたん》を擁立《ようりつ》。武田、北条をも巻き込んだ今川家を二分する家督争いの火蓋《ひぶた》が切られた……。知られざる若き日の義元に焦点を当てた歴史長篇。

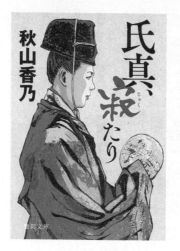